大学者随笔书系

DAXUEZHE SUIBI SHUXI

赵鑫珊

精神之魂

赵鑫珊随笔

Zhaoxinshan Suibi

JINGSHEN ZHIHUN

北京大學出版社
PEKING UNIVERSITY PRESS

图书在版编目(CIP)数据

精神之魂　赵鑫珊随笔/赵鑫珊著.—北京：北京大学出版社，2009.1
(大学者随笔书系)
ISBN 978-7-301-14829-7

Ⅰ.精…　Ⅱ.赵…　Ⅲ.随笔—作品集—中国—当代　Ⅳ.I267.1

中国版本图书馆 CIP 数据核字(2008)第 201304 号

书　　　名：精神之魂　赵鑫珊随笔
著作责任者：赵鑫珊 著
策 划 组 稿：王炜烨
责 任 编 辑：王炜烨
封 面 制 作：石枕寒流设计坊
标 准 书 号：ISBN 978-7-301-14829-7/B·0779
出 版 发 行：北京大学出版社
地　　　址：北京市海淀区成府路 205 号　100871
网　　　址：http://www.pup.cn　电子信箱：zpup@pup.pku.edu.cn
电　　　话：邮购部 62752015　发行部 62750672　编辑部 62750673
　　　　　　出版部 62754962
印　刷　者：涿州市星河印刷有限公司
经　销　者：新华书店
　　　　　　787 毫米×1092 毫米　16 开本　18.75 印张　228 千字
　　　　　　2009 年 1 月第 1 版　2013 年 5 月第 2 次印刷
定　　　价：43.00 元

不同的人，不同的幸福模式。

我写这部书稿的动机，只是想通过我一生的经历表明，幸福是种心理感受，模式因人而异。金钱虽能买到物质生活的豪华享乐，美女香车，灯红酒绿，但不一定能买到幸福。

一个人除了追逐名利、物质生活享乐外，的确还有别的幸福模式。它才是极好的，至善的审美的。

因为它主要来自自我内界，依赖他人和外界的程度很小，很低，而且不用花什么钱，又是绿色的。——它符合21世纪的时代精神和要求。

赵鑫珊手迹

目　录

天地人文

Contents

天地人文

>>> 赵鑫珊 精神之魂>>> 精神之魂>>> 精神之魂

用零星的散文诗表述的自然哲学

一

我一生精神运动的轨迹和总路线是：不从哲学开始，也不以哲学告终，而是从非哲学起步，通过哲学，最后又复归于非哲学。

在作这种精神运动的时候，我画出的是两条平行线：艺术与人生哲学随笔；自然哲学随笔。

随笔是我感受、理解世界的基本方式。对随笔这种哲学文体和思想形式的爱好，使我成了一个“随感派”。我觉得只有随笔（随感）才能自由自在地表达我所感觉、所理解的广大世界。

它是我手中的长笛，世界上发生的一切事变，我都可以用长笛将它们，将世界的诗结构，缓缓地、悠扬起伏地吹奏出来，从而达到尘虑绝，天地宽，胸襟快的心境。

我希望能把我这种心境传达给21世纪的读者。

二

我 20 岁那年，正在北大上学。有一回我读一本英文版的自然哲学书，里面有句格言使我大吃一惊。那格言说：

"数统治宇宙。"(Nunlber mles the Universe.)

说这话的人是古希腊毕达哥拉斯学派的哲学家们。

这句格言的意思是说，数是万物的本原，是事物的本体。

从此以后，我对数 1,2,3…π,e(欧拉数)便怀着一种特殊的敬畏之心，就像原始人对太阳、月亮、星星、高山、大河以及大树和雷鸣闪电心怀一种崇高的敬畏。

四年级的时候，我才明白，我对数的敬畏原来是我的哲学智慧启蒙的开始。记得那天正是 10 月金风飒飒而至的日子，站在未名湖畔的宝塔下，眺望远处西山山腰的落日，颇有一种古道依依，天宇澄清的壮烈感。

三

克罗纳克(L. Kronecker,1823—1891)是 19 世纪德国著名数学家。他的信念是：整个数学都可以最后归结到整数。他在青年的时候还有一个数学猜想，即克罗纳克猜想，又叫克罗纳克青年时代的梦。

我喜欢做这样的数学梦；在这个世界上，只要有数学，就会有数学猜想，就会有美丽的、极富浪漫色彩的梦。

比勃巴赫猜想也是一个奇特的数学梦。做梦人是德国人比勃巴赫(L. Bieberbach,1896—1982)。1916 年，也就是他 20 岁那年，他提出了这样一个猜想：如果一个定义在单位圆内并具有形式 $z+a_2z^2+$

$a_3z^3+\cdots$的解析函数对任何复数的取值都不超过一次，那么对所有的k，它的第k项系数a_k的绝对值决不会超过k。

这就是比勃巴赫“青春期的梦”。

它所涉及的是有关解析函数系数大小的结构和规律。令人惊异的是，这种解析函数在描述飞机机翼上的气流现象时有着重大的作用。——这真是不可思议！

比勃巴赫的数学梦可不简单。自提出之日到1978年，全世界的数学家只断断续续证明了它对第二、三、四、五、六项系数是正确的。是的，数学家只是去顽强地证明，而自然哲学家在证明之后，在醒来满地明月、一声枫叶一声秋之际，还会满腹心事向苍天发问：

造物主在建造世界的时候，为什么总是用到这么多高深的数学方程呢？

四

在自然哲学家看来，自然科学的实质就是人提问，大自然回答。

比如法拉第就是一位善于向大自然提问的人。

既然电流会对磁产生作用，那么，运动的磁场是否也会对电流产生作用呢？也可以这样提问：电可以产生磁，那么反过来磁可不可以产生电呢？——这就是法拉第向大自然提出的一个问题。电气化世界的到来，正是由这个问题引进来的。而正确的提问，就等于成功地解决了问题的一半。

法拉第不久便听到了大自然的一声激动人心的回答：

变化的磁场可以产生电场（听到这声回答的人该有多幸福啊）。

这就是著名的电磁感应现象。

今天它作为知识当然早已是历史的陈迹；但法拉第向大自然提问的

方式和智慧，直到现在，仍旧令人于半窗残月中，低徊久之。

其实，自然科学是一门人与大自然交往、对话的绝妙艺术。

五

在东西方自然哲学史上，最高的自然哲学智慧当推庄子的格言：

“判天地之美，析万物之理。”

读起来，这好像是唐人的五言绝句，纯系天籁自鸣，令后人不可企及，即便是古希腊自然哲学在相比之下也会有逊色、自叹不如的感慨。因为庄子胸襟极邈远高贵，且雄伟浩博。要是在他的后面有一长串现代科学实验和数学公式做支撑，那便十全十美了。

六

对自然哲学的思考于我决不是什么事业，更不是评教授或当博士生导师的业务依据，而是生死之地，存亡之道，不可不察的大对象。

死死眷恋这大对象，我就不会有卑微、渺小和顾影自怜感。

同二三十年前相比，今天的中国人有了较多的选择自由。这当然是件大好事。过去在北大读书期间，我有好几个志同道合、一块钻研自然哲学问题的学友，他们都是物理系的学生。有时候，我们借到一本自然哲学的经典，然后就传阅，大家议论，各抒己见。比如薛定谔和海森伯的书。那是一段美好的、令人磊落襟怀、放浪形骸的黄金岁月。

毕业后，这些人开始分化了，瓦解了，真是各奔前程，尤其是最近十多年。有人干脆连物理专业（更不用说自然哲学）也抛弃了，去日本当了高级职员；也有人去香港经商，成了澳门赌场的一名常客；还有人不仅对自然哲学“洗手不干”，而且还不干一切事，可谓到了“且乐生前一杯酒，何须身后千载名”的境界。

唉，人生行路本多殊，又何必强天下人于一途呢？

各有各的志向和人生价值观。

四十多年，好像只有我还依旧留在追求自然哲学智慧的古道上。其时孤灯无焰穴鼠出，枯叶有声村犬行。

我并不感到孤单，因为有好些伟大自然哲学家的遗产在我前面领跑。

我从来也没有为我的这一清苦选择，为我对自然哲学的忠诚和始终不渝而后悔过，尽管我比去了国外或香港的老同学穷，日子过得比较寒酸，但我深信天道酬劳，酬忠心耿耿；宇宙定会将它的财宝公开给我，让我享受的。——我指的享受是对自然界神圣秩序的静默惊讶和对它的诗意的衷心赞美。

在我们一生中，最震撼人心的高贵经历往往不是外表的轰轰烈烈，而是内心觉得云淡淡月弯弯的一段宁静时刻。

七

自然哲学同自然科学研究的关系颇像自行车的前轮和后轮的关系。两个轮子不能缺一个。否则，自行车就走不了，动不了。

骑自行车的人，应是一名真正的自然科学家兼自然哲学家，或者说是进行哲学思考的科学家。

德国物理学家索末菲（A. Sommerfeld，1868—1951）仅仅是个对量子论的发展有过重大贡献的物理学家，所以他的自行车缺一个自然哲学的轮子。他很知道自己的欠缺，所以1922年他在致爱因斯坦的信中说：

“我只能推进量子的技术，您则务必要研究量子的哲学。”

爱因斯坦、普朗克和海森伯都是一些善于骑自行车、进行哲学思考的物理学家。我喜欢这样的人。

同样，我也喜欢进行哲学思考的地质学家、古生物学家和植物病理学家。

我撰写这本自然哲学随笔的最高目的，正是想鼓吹年轻一代的中国大学生力争做一个进行哲学思考的自然科学家、历史学家、考古学家、剧作家、诗人、画家和作曲家。

八

二次大战前的德国自然科学家们都喜欢在自己专著的扉页上引用一句歌德有关自然哲学的格言大训，这给了我深刻印象。读后，我有时候要激动两三天，只好一个人跑到圆明园的荒野中去细细咀嚼，品味，感慨壮怀一番。

今天，我也想把一段歌德的箴言从德文译出来，放在我这本随笔中：

> 人只有把自己提升到最高理性的高度才能接触到一切物理和伦理的本原现象所出自的神。神既藏在这种本原现象的背后，又借这种本原现象显现出来。

歌德心目中的神，即宇宙秩序，又叫绝对，它相当于中国古代哲人所追求的“太一”：

“太一生两仪，两仪生阴阳。”

太一即太极。太极是道。天地万物皆出自太一，出自太极，出自道。

自然哲学的最高使命就是号召人类最高感情和理性去不断逼近宇宙秩序，逼近太一，认识、把握道。

只有朝宇宙秩序走去的自然科学家，才有可能成为一个爱因斯坦，一个玻尔，一个普朗克或海森伯。

综观近百年的科技革命历史，有这样一条发展轨迹：欧洲人出观念，美国人将观念转成工业技术，日本人则把技术转化为世界市场的价廉物美的商品。

对这条链的三个环节，我都深表敬意。不过，按我个人的兴趣、偏爱和气质，我更推崇“出观念”这第一个环节。因为它同自然哲学是血肉相连的。没有自然哲学为背景的科学观念是不存在的。

九

20世纪已是尾声，自然科学高度发达，人对自然科学的反思也应特别迫切、深沉。这“反思”正是自然哲学，就像诗人对一叶枫叶一声秋、家住青山古渡边的感叹是田园山水诗。

十

文艺创作越繁荣、越丰盛的时代，文艺理论和美学也就越热烈，越深沉。同样的道理，现代自然科学所取得的成就越大，我们对自然哲学的期望理应更高。20世纪同21世纪交替时代的自然哲学，理应超过已往所有时代的自然哲学。

十一

记得1991年10月18日深夜。因为失眠，睡不着，干脆下楼去外面散步。当时正在刮四五级北风，凉意很浓。宽阔的马路上空荡荡的，绿的树叶在不住地抖动，那瑟瑟秋风，更促使我去追问人生的意义和目的；追问人匆匆来又匆匆去，究竟是为什么？

根据我多年的经验，在落日夕阳暮，或在秋云万里、落叶西风之际，一个人最容易千古兴怀，触动天地之间人寄居的伤感。——我知道，这是人生哲学。

那么，自然哲学呢？自然哲学思考、反思最为活跃的时刻也应出现在我们同自然科学研究的第一线拉开一段空旷、凄清和得大自在心理距离的场合。

自然哲学家在细节方面不如自然科学家那样专，但在理解、把握这些细节所会合起来的总体及其后面的深远大背景方面，却要高明些。

不过，要是一个人将自然科学家和自然哲学家集于一身时，这才是最完美的，不分裂的。

十二

鹤以青松为世界，鸥以白水做家乡，我则以深远、幽远和迷远的自然哲学为精神家园。我正是那一年将尽夜，万里有归人。

十三

我们把科学强行划分为数学、物理学、化学、生物物理、声物化学、植物生理学、植物病理学和细胞学……都是不得已而为之的事情。

当阳光照着枫树的一片绿叶，人类为了真正揭开光合作用的奥秘，也许就要动用许多自然科学的分支。

我们所处的时代既是分化又是各门学科综合的时代。

我们不应当仅仅是个物理学家、生物学家或化学家，最好应当成为广义的自然科学家，成为自然哲学家。

倘若只把电子显微镜对准八达岭长城的一块砖，而不抬头眺望整个在山间起伏的万里长城，那么，你就无法认识长城的雄姿和伟大。

自然哲学就是教你抬头眺望。

十四

哲学总是比科学先行一步。

在这种意义上，哲学是侦察兵。它无比机智、勇敢、大胆。

比如，公元前四百多年，有位希腊哲人就在推测（或叫猜测，想象），在宇宙其他地方可能也存在着生命。于是他说出了下面这段充满了机智和博大精神的话语，令人叫绝："在偌大的一片田野上只长出一棵麦子，在无垠的宇宙中只有一个有生命的地球，这似乎都是不可能的。"

这段猜测又一次表明，物质未到思想先行。

十五

面对世界，面对大自然，面对浩瀚、无垠的宇宙，我既没有钱，也没有地位和权势，当然也没有射电望远镜，或电子显微镜。我只有一样东西：思想，或叫会出些思辨力和联想力（想象力）的头脑。

别人做实验，我努力熟悉、把握实验结果，并从中抽出几条自然哲学原理的东西。这也叫“有钱的出钱，有力的出力”。

我只有用我的活跃思想和观念去同大自然推心置腹地交谈。

身处这个世界、这个宇宙，我只有依靠脑子的思想和观念，才能摆脱贫乏、卑微和渺小的状态。

有了思想观念，即便是把我关在一个田螺壳里面，我也会拥有一个无限自由、广大的世界。

1970 年春，狠抓“5·16 分子”开始。在整天整夜的深挖、批斗会上，我是借助于下面这个观念逃到无限自由、广大的世界中去的：

$$\lim_{x \to 0} \frac{\sin x}{x} = 1$$

在数学分析中，这是两个著名的极限之一。不过在我眼里，它一开始就是一首数学诗，或一首诗意化的自然哲理的夜曲。

它一直像个宗教的福音，响彻在我的心坎里，给我生存的勇气，并提示我人类精神的价值和尊严。

这个极限的存在，说明等价无穷小几乎是以同一速度趋近于零的。

当然，不仅仅是上面一个极限，整个极限理论都是西方自然哲学最迷人的一章。

十六

极限理论及其概念的精确化和推广，是 19 世纪西方一些伟大数学家的劳作。

一部西方自然哲学史，应当列举这些代表人类精神伟大胜利的劳作。

很遗憾，我没有看到有人列举。

光列举谢林和黑格尔的名字是远远不够的！这两个人的自然哲学决不是19世纪西方自然哲学的全部，更不是它的精华。

值得注意的是，18世纪的数学家甚至连极限理论的初步都不知道，而莫扎特的伟大作品正是产生在18世纪。可见，文学艺术的成就并不同科学技术的成就成正比。

20世纪90年代的人拥有很深、很系统的极限理论，但是在音乐创作领域则出不了一个堪与莫扎特比肩的大作曲家。

生活在20世纪90年代的人，只有演奏莫扎特作品的份。

十七

光思考人的人，只是半个哲学家；同样，光思考大自然的人，也只是半个哲学家。

一个完整的哲学家是既思考了人又思考了大自然的人。

那么，神或上帝呢？它的位置在哪里？

我的意见是：把神放到大自然中去一块思考。

大自然之外，没有一个独立的神。神并不超越于大自然。大自然即神，神即大自然。两者是一回事。——这就是西方斯宾诺莎的泛神论自然哲学。它是一种很典型的诗意化的自然哲学。

中国人很容易消化、接受这种自然哲学。

因为只要我们把“道”去置换、代替神（或上帝）就行了。即把“上帝—大自然”改写成“道—大自然”。

20 世纪 90 年代的自然科学家尽管取得了大成就，有人还得了诺贝尔奖，但毕竟有一大欠缺和不足；他们只低头拉车，忘了抬头看路。

这路，就是“朝道—大自然”走去！

“道”即宇宙普遍的总规律。

十八

我在这本随笔的写作过程中，经常会动情，流露出一种激情，为一首数学诗，或为一个世界函数。

为世界函数而叫绝、激动的人，不见得个个都是自然哲学家，但是真正的自然哲学家一定会为一条自然定律的发现而激动不已，甚至彻夜不能入睡。

19 世纪德国伟大物理学家、数学家、生理学家和思想家赫姆荷茨就曾为他的学生赫兹的发现而激动不已。时间是 1888 年 2 月 2 日，赫兹在柏林科学院作了有关电磁波的发现的报告，并证明它具有光的一切特性（折射和反射、干涉、衍射、偏振，以及以光速传播等）。

当天夜里，赫姆荷茨因激动和思潮澎湃而整夜不能入睡。

心中为自然定律的发现而波澜起伏，是自然哲学家必须有的素质之一。因为在本质上，自然哲学家也是诗人，也是风景（山水）画家。

十九

正像画家在画布上寻找人生的意义和皈依，我则在自然哲学中寻找人生的意义和皈依。我常常是一唱三叹。

画家相信色彩对人类感情世界的震撼力量,我则确信大自然深层的和谐结构对人类理智所具有的巨大吸引力。

二十

自然界的结构往往是不连续的,比如电荷就是量子化的、不连续的。在自然界,电的单位要么是 e,要么就是 $2e$,$3e$,$4e$,…而决没有在 e 和 $2e$,或 $2e$ 和 $3e$ 之间的分数电荷。

这是为什么?自然界为什么会呈这幅图像?这无疑是一个使自然哲学家激动不已的意味悠长的问题。

二十一

我喜欢把实验物理称作为实验哲学。

牛顿就是这样叫的。其实,英国的自然哲学伟大传统正是从牛顿那里开始的。

牛顿在谈到物质基本成分之间的基本力时这样写道:“自然界中总有某种动因,能使物体粒子通过很强的相互作用而黏合在一起,实验哲学的任务就是发现这种动因。”

二十二

先深入科学史。深入是为了最后走出来。一旦走出来了,就是自然哲学。

自然哲学的任务就是对科学研究业已取得的各种成果作统一的、普遍的概括。这便是我所说的磨碎，碾碎。

二十三

《离骚》为屈原大夫之哭泣；八大山人以画哭；贝多芬哭泣于作曲；曹雪芹寄哭于《红楼梦》；爱因斯坦哭泣于（或者说得确切点是惊叹、敬畏）质量、力和光的本质，当然还有关于宇宙时空的本质。

我则哭泣于读者手中这本随笔的写作。

除纸笔代哭泣，代惊叹、赞美和敬畏，我对大自然的千种感受和理解向谁说？——说实话，这才是我写作本书的动力。

感受、理解愈深者，其哭泣亦愈痛；惊叹、赞美和敬畏上帝大自然那双看不见的神手也愈强烈。我是平生江湖心，聊寄笔墨稿纸上。

二十四

互联网产生了网络经济。它使一些传统行业骤然没落，许多人会失去饭碗。比如网上银行就是没有雄伟建筑，没有地点的。这样，银行办公大楼将急骤减少。成千上万银行职员将会下岗。这现象是没有任何诗意的。当年计算机科学先驱们决没有想到这种后果。这也是昨日抽象，今日具体。在21世纪，人同机器的矛盾会进一步加剧。美国已经有人在恨电脑，砸电脑。评估计算机的功与过是个文明哲学课题。

民族和民族魂

没有民族魂的民族，不仅是弱小的，枯槁的，而且也是没有元气和生命力的。它经不住任何大灾变的袭击。

没有民族魂的民族，就像没有一面军旗和一支军号的军队。在生死存亡的关头，它必定欠缺一种精神和心理上的凝聚力。因此它必然就是零散的，溃败的。

今年初夏，我在上海接待了德国汉堡大学一个师生代表团。有一次，我看到他们使用东西德统一后新发行的 100 马克纸币，上面印有 19 世纪德国杰出女钢琴家克拉拉·舒曼(作曲家罗伯特·舒曼的爱妻)的头像，使我颇为激动。

两个德国的统一是件很复杂的"系统工程"。它不仅仅是政治和经济的统一，而且也是精神、文化和心理上的统一。把克拉拉的头像印在新发行的纸币上，正是为了完成精神、文化和心理上的统一所采取的一个步骤。因为克拉拉是属于整个德意志民族的，正如巴赫、贝多芬、舒曼、门德尔松、勃拉姆斯和瓦格纳是属于整个德意志民族的。他们的音乐是每个德国人的骄傲。

德国音乐伟大的传统是德意志民族魂的重要组成部分。它理应成为统一德国的金纽带。

像巴赫和贝多芬一样，康德、歌德和席勒，以及伟大的物理学家赫姆霍茨、赫兹和普朗克等人也是属于整个德意志民族的，也是德意志民族魂的重要组成部分。

1988年深秋的一天，我路经原属东德的魏玛，并在那里作了短暂的逗留。那天晚上，正逢“席勒国家博物馆”开幕，我看到来宾中也有西德文化界的著名人士和记者。我意识到，席勒的遗产是超越政治哲学偏见的。席勒是德意志民族魂的一个组成部分。

我又想起1933年爱因斯坦遭纳粹迫害。他在美国发表了《不回德国的声明》：“我也希望将来康德和歌德那样的德国伟人不仅时常会被人纪念，而且也会在公共生活里，在人民的心坎里……永远受到尊敬。”不用说，康德和歌德在过去、现在和将来作为德意志民族魂的重要组成部分，都活在全体德国人的内心深处，并构成了一个善的德国的精神基石。

1942年是牛顿诞生300周年。因战争关系，纪念会推迟到了1946年。世界各主要国家的大科学家都被邀请来伦敦参加活动。为了对普朗克的伟大科学业绩和他与希特勒德国不合作的正义态度表示敬意，英国政府特派了一架军用飞机去德国把普朗克接到伦敦。当时，只有普朗克是唯一没有国籍的代表，因为德国已不复存在，到处都是一片瓦砾和废墟，但是德意志民族魂却依然屹立在德国人的心中。至关重要的民族魂没有散去，没有消亡。

1947年，德国人还没有度过饥寒交迫的岁月，就在重印普朗克的著名讲演《宗教和自然科学》等小册子。因为德国人一直把普朗克的论著看成是民族魂的重要组成部分，看成是重建家园的精神支柱之一。事实上，以普朗克命名的科学学会在重整德国科学昔日的雄风中曾立下了不朽功勋。

1941年希特勒军队兵临莫斯科城下，斯大林在红场发表了演说，列举了俄罗斯民族一系列精英的名字，包括托尔斯泰和柴可夫斯基，以此来鼓舞士气和斗志。

那么，究竟有哪些英名组成了中华民族魂呢？我想，至少可以列举几十个英名，包括孔子、老子、孟子、庄子、李白、杜甫、白居易、岳飞和文天祥等人。

若是把这些名字都抛掉了，抹杀掉了，那么，中华民族就是一个失落了魂、没有旗帜、没有号角的民族。“文革”十年就曾抹杀掉了这些英名，所以是民族的大灾难。

在深秋枫树林中漫步时的思考

一

树林中有数不清的财富：物质的，精神的。只要走进去，就没有一个是空着手回来的。

有人从林中打到野鸡，野兔，或雷鸟；也有人采集到了草莓、蘑菇；还有一类人会带回一首诗《林中的寂静》，或一幅油画《林中小路》。我则带回来一大堆对大自然的感受和思考。那是秋冬之月，木叶送清响；层林尽染，静者心多妙。

二

每个时代，每个民族，都必须拥有自己的发言人：大诗人和大哲学家。没有大诗人的民族是没有情感的民族；没有大哲学家的民族是没有头脑的民族。没有头脑的民族等于一群没有带头羊的羊群，等于一条没有导航仪器的远洋航船。

大哲学家的可贵是他在论著中集中表述了时代的苦闷、困惑和迷惘，当然也集中反映了世纪的兴趣、追求和愿望，并且在多重包围圈中指出了一个突围口，说：

“跟我来！”

三

我同广大世界本来隔着一条很宽很深很陌生的河。幸亏中间有座金桥，才把我同世界联结在一起。这座金桥便是写作。

没有写作，一不写作，我同世界便断了联系。

所谓孤独，所谓失落感，所谓找不着最后归宿，都是因为人同世界切断了联系的缘故。

农民是通过土地同世界发生联系的；画家是通过作画同世界发生联系的；实验物理学家是通过精密仪器同世界发生联系的；我则是通过写作。

四

说实话。我喜欢话剧。作为探索人及其存在的一种诗化哲学语言，我还赞叹话剧，崇拜话剧。

当铃声一响，舞台上的布幕一拉开。我就会因期待人类的渺小同伟大发生全方位的冲突而屏住呼吸。我深深懂得，编剧、导演、演员和舞美设计力图在舞台那么一点点有限的时间空间范围揭示人类生存无限本质的一个方面，揭示人的尴尬处境，从一个侧面将世界和人生作一概括——哲学上的或形而上的概括，该会是多么激动人心的壮举啊！

我惊叹话剧的理由，大致上也是我惊叹空间笛卡儿直角坐标的理由。三条相交于一点且相互垂直的轴所搭成的坐标系原是那么简洁的一个有限人造舞台，在它上面竟可以描述、刻画和网罗那么多的物理事件，演出一幕幕惊心动魄的戏剧，令我拍案叫绝。

我之所以喜欢话剧，因为整个人生就是舞台；全世界也是一座舞台。我们每个人都是演员，每时每刻都在扮演自己的角色。要把在人生和世界舞台上所发生的戏剧事件高度集中、概括地搬到剧场那个拥有灯光和道具的舞台上去，绝不比牛顿将那么多宏观物理事件概括为一个公式 $F=ma$ 来得容易。在我的心目中，莎士比亚是戏剧界的牛顿，牛顿则是物理学界的莎士比亚。

我一向偏爱概括，推崇概括，不论是哲学的，物理的，戏剧的，诗的或美学的。

真正的科学，艺术和哲学作品的篇幅是既不能少，也不容许多的。三者均要服从“经济原则”：用最小的篇幅，概括最大量的事实和思想感情。

我的散文好像正落在这三者的交叉点上，自当服从这一最高原则。

从写硬派哲理散文诗到剧本创作还有一段距离，也是一种新的冒险。但我喜欢从事内在的精神冒险活动。

只要我在作这种冒险，我就没有老。

时时站在起跑线上的人是不会老的。

倘若上帝慷慨地让我活到 70 岁，倘若在我的简陋墓碑上刻有下面这三个头衔，让河谷蛮荒上的残月苍白地冷冷照着，晓风吹着，就算我没有白活，就算我没有白白到地球上来走过一遭：

赵鑫珊(1938—2008)

哲学家，因为他独立地思索过这个世界；

散文作家，因为他敏锐地感受过这个世界；

幸福的情人，因为他真的用心血爱过也被爱过。

五

我喜欢对爱情做哲学的思考，我以为只有这样，只有性哲学，才能揭示爱情的本质。

诗人讴歌爱情，哲人揭示爱情的本质。

在高等数学中，有“级数收敛判定法”。

在爱情哲学中，我以为也有一些判定法。

有一回，我关心地问一位 32 岁的化学系研究生：

“你不是有女朋友了吗？还愁眉苦脸什么？”

“我不知道我是不是真心爱她？我怕我是为了完成结婚的任务。”

“我给你一个判定法。我问你：星期六晚上，如果你们约好七点在紫竹院公园门口会合，当你站在门口等她，离七点只有五分钟，这时候，你的心会跳得厉害吗？”

“不，像平常一样，七十三下。”

“这说明你对她不是发自内心的爱。因为真正的爱是心的不住颤抖。”

判定爱情的第二个法则是嫉妒。

嫉妒有多深，爱就有多深。嫉妒是爱火在心灵上的一团漆黑的投影，一旦嫉妒没有了，爱火也就熄灭了。

第三个判定法是教人发奋、上进和善良。

如果有一天，你告别恋人往回走。路上刮着刺骨的北风，可你一点也不觉得冷；你心里充满了热爱和同情。——你怜爱每一株白杨树，同情每一株枯黄的小草。倘若遇到一个逃荒的乞丐，你会慷慨解囊相助，把仅有的八元九角六分全部送给他。

果真如此，我敢说：你的爱是纯洁的，尽管它有那么一点不合法。教人发奋、上进和善良的爱没有不纯洁的。

与此相反，如果你在恋爱，可你浑身上下都浸透了占有欲、肉欲或权力欲，我敢下判断：你的爱是不纯洁的，尽管它完全合法。教人物欲横流的爱没有一个是纯洁的。

六

诗是对直觉、幻想世界的陈述。科学和哲学是揭开直觉世界的面纱。科学揭开第一层面纱，哲学揭去第二层。世界一共有几层面纱？

七

诗人同科学家发生了激烈的争论。

诗人说：“挂在树叶上的露珠是星星在黎明的时候挥手告别地球落下的眼泪。”

科学家说：“你在胡说些什么！露珠是靠近地面的水蒸气在夜间遇冷凝结而成的小水珠。”

诗人同科学家争执不下，问站在旁边作静观的哲学家。

哲学家淡然一笑，说：“争论本身是无意义的！”

“你说说，露珠实在是什么？”——诗人和科学家异口同声追问哲学家。

“关于露珠实在是什么，是古今中外一切哲学流派争论的焦点。也许，实在的露珠颇像欧美加表壳里的机器。诗人幻想有个天使在里面推动秒针和分针；科学只听到滴答声，只观察并记录分针、秒针与刻度之间的读数关系。谁也打不开这只神秘的表，谁也无法看到里面的机器。”

哲学家说了这番话后，诗人和科学家，还有哲学家自己，都感到有种根本的茫然和惆怅猛袭心头……

八

1969年，我在海边牧羊，因有所见，曾以《宇宙·昆虫·人》为题，偷偷地写过这样一首诗：

落霞，和风，野花，
无名小虫花间爬。
无限宇宙虫眼看：
层层花瓣叶芽。

外星人观我，
地位不知如何？
小虫不管人嘲，
依旧忙碌花朵。

的确，人类观察宇宙。谈论宇宙大爆炸，谈论脉冲星、银河系和梅西叶天体，谈论所谓“总星系”，也许就像小虫谈论花草。

人类实在无权谈论“总星系”，恰如小虫无权谈论无限宇宙。

九

衡量当代哲学家的重要标志之一，看他是不是在思考我们时代生死攸关的几个大问题，如核战争、粮食危机，生态危机和人口爆炸等全球性的灾难。

当然，远不止这几个紧迫问题。

人性，及人的本质注定了是科学技术愈来愈发达，精神愈来愈贫困、道德愈来愈堕落吗？——当代哲学家应回答这个问题。

看来，人类遇到了一个最难对付的顽敌——原来是人自身，是人类自己，是人性。

我们时代的症结所在，归根到底是人与人性，人与自身相遭遇。

十

在哲学家看来，哲学思考就是感恩，就是对苍天，对万古不语的闪烁星空，对天地神秘的交叉点，对人类的命运和人性同哲学家进行诚挚交谈的一声感激回答。我笔下的一切，包括散文随笔，无一不是感恩。

十一

现代人的厄运和困难是“无家可归感”。哲学思考就是唤醒你、我、他（还有她）的“家园感”，使丧失家园的人“有家可归”。

我所说的“家”，当然不仅仅是指“成家立业”的家，不仅仅是指你那个两室一厅 32 平方米的狭小空间。

哲学的“家”不是具体的“家”。哲学不追寻具体的事物。哲学所追寻的对象很像纯粹数学追问数、点、线究竟是什么。哲学意义上的“家”，是指精神上的平衡、和谐和安宁。

十二

情绪吗？

哦，情绪也是一种哲学，只要这种情绪具有时代的普遍性。所以，流行歌曲在某种意义上也陈述了一种哲学情绪，因为它表达了千百万青年男女的喜怒哀乐，表达了他们的焦虑、渴望、惆怅、忧郁和惴惴不安感，以及那种种无法用普通语言表述的内在感受和体验。确有许多青年男女并不是通过严肃的哲学著作，而是通过某个歌星的歌喉，通过流行歌曲，陈述了自己的世界观，证明了自身的存在，实现了“自我表现”和思想感情的发泄。

十三

像诗歌和音乐一样，哲学和科学的最后功能，也是给人以一种情绪上的感染。不感染，不成功；小感染，小成功；大感染，大成功；永恒的感染，永恒的成功！

十四

人在得意、幸福的时候，并不需要哲学；处在精神孤独、危机四伏的困境，则倍感需要。

现代英国哲学家罗素从事哲学创作便是一个典型例子。他的重要哲学著作几乎都是在他不如意（尤其是在爱情遭到挫折）的时候写出来的。《数学原理》是当他同艾莉丝感情破裂的时候写下的；当他痛苦地徘徊在格丽和陶娜之间，他又写下了《心的分析》。看来，女人对作曲家、画家、文学家和哲学家的创作都是很重要的。

十五

当代世界是如此丰富，有那么多深刻的危机、烦恼和忧虑，还有那么广阔的、前所未有的科学视野，理应出现一些更深刻的哲学思想。人们期待着，期待有人站出来将当代世界予以哲学化。

十六

缺乏诗意的哲学，未免太枯燥；缺乏科学和逻辑性的哲学，又未免不严谨。

所以，好的哲学应在诗与科学之间作往返来回的波动。我想，这也是当代中国哲学着手同世界哲学接轨的途径之一。

十七

哲学的朦胧性和含糊性是两码事。

我赞赏、追求哲学的朦胧性所造出的美，而极端厌恶哲学的含糊性。

哲学的朦胧美是艰辛精确化历程的终点，是哲学家艰辛劳作的最高报酬；哲学的含糊性则是某些哲学家的故弄玄虚，比如德国的哈伯马斯，尽管他很有名气，但我讨厌他。

十八

研究哲学的人应过两重生活：正常人的生活和不正常人的生活。

他应该到妇产医院去听婴儿的啼哭；

他应该到肿瘤医院去倾听患癌症的病人在即将离开人世前的种种体验。

他应该凌晨三四点钟起床，去看黑夜同黎明的衔接……

总之，哲学家应该越过正常人的生活界限，打开他的全部感官，像诗人那样去感受世界。哲学首先是感受，深深地感受是哲学思考的大门。

十九

只要有人，有生，有死，有人在夏夜中乘凉，抬眼望着那浩渺的星空，为遥远的、来自宇宙的光线作无私的激动，就会有哲学。

二十

哲学是哲学家心灵的历史;是他的心灵运动的轨迹和记录。

二十一

像诗人一样,哲学家不虚度任何时间。当火车晚点,他也在对无聊的心理状态作一种体验。

他活在这个世界上,永远是个主观体验者,又永远是个冷静的、客观的观察者。

二十二

只有当现代男人同女人的全部关系建立在双方坚实的、自由的、浪漫主义的、发自内在纯感情的需要(而不是出自其他别的原因,如物质利益的获得、同情或怜悯)的基础上;

只有当人性的自由同性道德取得一致的时候。

这个世界便宣告最后成熟了。

二十三

哲学思考就是力图摆脱个人的感受和命运。上升到对世界和人类命运作普遍的关注和观照。

所以，不管世界上发生了什么事情，对于哲学家来说，都不是坏事。哲学家的内界永远像一潭寒碧那样凝静。他是独立于个人命运和环境的。我认为这是哲学家应具备的最重要的素质之一。

二十四

像诗人一样，哲学家更喜欢朦胧的月夜。因为哲学思考就是力图摆脱具体的、现实的世界，同现实世界拉开一段审美距离，拉开一段哲学距离。诗和哲学其实都是现实世界的投影。

二十五

就感受世界和人生来说，哲学家应该是一个儿童。即便他已白发苍苍，血管硬化。所以孟子说："大人者，不失其赤子之心者也。"所谓赤子之心，即孩子的心。

二十六

普通人总以为闪烁的星空是万古不语的。

哲学家则能用心耳听出天体运行时发出的美妙和声，即宇宙间的天体音乐。

二十七

哲学当以影响千百万人的视角、视野和心灵境界为目标。

二十八

哲学家死了。但他的哲学思想却越出了他的坟墓，化作袅袅金风，淡淡片云，居高临下去安慰人，启迪人，给人以智慧。注意，是智慧不是知识。

二十九

诗人的格言是："我追逐自己，寻找自己，跑到天涯海角，才找到了自己。"

哲人的格言是："我追寻世界，寻找世界，跑到自己的内心，才发觉了世界。"

三十

哲学家的著作，应是他在人生的逆旅中沿途丢下的自己的血和肉，还有一串串心泪，心滴着血。

三十一

在根本的烦忧、孤独和苦闷中振拔活力，完成创造。——这就是哲学创作的格言。

三十二

哲学家是用哲学观念来满足自己的。把哲学当代世界化或把当代世界哲学化，才是他的最高满足和最后的归宿。

的确，你用什么东西来满足你自己，你就是什么人。

三十三

能把严峻的哲理像悠扬的牧歌一样唱将出来，吹奏出来，方是真功夫，方是极致。我确信，这样的哲学连啄木鸟、山雀和狗尾草都爱竖起耳朵听。

三十四

诗是天地自然之音。哲学又何尝不是？或者说，哲学是天地自然之思。

三十五

我并不懂得秋夜皓洁星空的哲学含义，我只知道，它会给我一种很大的情绪感染：地球在宇宙中是一粒孤独的尘埃；地球在宇宙中的出现是偶然的；人类在地球上的出现也是纯属偶然；于是，我来到人间，便是三重的偶然。

皓洁的星空教给我的东西，比十个贤哲教给我的还要多，还要深刻，还要娓娓动听。

三十六

如果我去大学教哲学，当哲学教员，给学生上第一堂哲学课，我就领着他们站在秋夜星空底下，让他们各自同星星进行一次默默的自由交谈。倘若星空对学生有一种情绪上的感染，这第一课便算成功了。因为哲学的第一次高贵冲动只能来自天上，来自万古不语的闪烁星空。星空是哲学的启蒙老师，也是哲学的最后一课。

三十七

最不幸的人，是遗失生命目标的人。

最不幸的时代，是丧失了生存意义的时代。

有一次，我在马路上看到一个盲人乞丐，他跪在地上，在那里不停地哀求行人施舍："做做好事呀！"

他还想活着，因为他还没有遗失目标，所以他并不能算是最不幸的人。

三十八

写诗的人，不一定是诗人。不写诗的人，不一定就不是诗人。

同样，写哲学论著（尤其是引据大段大段经典）的人，不一定是哲学家。不写哲学论著的人，不一定就不是哲学家。

有人用墨水在稿纸上写，有人用心泪、血泪、意志和激情在自己的生命史上写，在生与死的搏斗中写。当然我更看重后者。

有的人，生命本身，心路历程本身，就是一首千古绝唱，就是一部风雨不蚀的哲学论著。

诗人和哲人的重要标志都是对世界和人生采取一种独特的态度，独特的感受和思考方式。

三十九

我把整个世界看成是一首诗，于是我便意外地获得了整个世界，包括科学世界和哲学世界。

四十

感情苦闷时，我读先辈们的诗；

思想枯竭时，我读先辈们的哲学。

在诗歌中，我得到了一种生命的冲动；

在哲学中，我得到了宁静，因为我学会了对世界进行默念和沉思。宁静是我同世界和解的标志。

但我觉得这还不够。

我还想握有一把精密的尺子去度量世界。

这把尺子便是自然科学。

四十一

诗人是精神上的百万富翁。铮然一片落地的秋叶，一丝拂面的柔风，一缕浮动的白云，他都能随手拈来把它们编织成一个自给自足的，金碧辉煌的世界。

其实，哲学家和科学家也是如此的。

四十二

不过问情感生活的哲学是干巴巴的哲学。当代哲学尤其要过问情感生活，并用哲学智慧之光去照亮它，丰富它，使它色彩斑斓。

四十三

从古到今，中国国土受到外来哲学大规模的冲击有两次。每一次冲击都给中国的经济、政治、哲学、文学艺术和民族心理特性带来了全面的、深刻影响。

第一次冲击来自印度的佛教哲学，起始于公元2世纪的东汉。最后结果是印度的佛教哲学为中国本土哲学所同化。

第二次则开始于近代，即来自西方哲学的冲击，其中当然包括马克思主义。

当代中国哲学家应深入思考这两次冲击的前因后果和全部含义。

四十四

土地失去水分，便成了沙漠。

人生失去了科学、艺术和哲学，失去了爱情，那会是什么样的人生啊！那是沙漠人生。

四十五

“诗人”是一个极高贵的称谓。

“音响诗人”比单纯的作曲家自然要高出一筹；

“数学诗人”比单纯的数学家也要高出一个层次；

“哲学诗人”同单纯的哲学家的关系也是如此。

四十六

诗人写诗，从不引经据典。

绝大多数人在撰写哲学论著的时候，必引经据典。这难道是从事哲学研究的注定命运吗？我不喜欢这种命运。

四十七

在希望中死去，而不要在绝望中偷生。

四十八

苦闷也是一种幸福，倘若这苦闷是普遍世界的，深沉的，真挚的；倘若它以深厚广阔的人类文化为背景，以整个天地人神这四重结构为背景。

所以，哲学和诗，都是在世界苦闷中求得解脱的一种努力。

四十九

我希望在哲学思考中找到豁达和宁静。

“明月松间照，清泉石上流。”——这就是哲学追求的境界。

五十

哲学不是丘墓死语的堆砌和引用，不是以炳古人之烛为荣光，而是博大胸襟与天籁合调，在一潭深碧似的内心映出一大片湛蓝的天。我追求这片天。

五十一

雅斯贝尔斯是在海边长大的。那一望无际的、一片烟波接着远天的大海，那永不停息的海浪运动，造就了他的胸次，在他的感情上和理智上都引起了一种震动。他说：“眺望大海，对于我来说，是自然界中最为壮丽的一幕。”这我相信，因为我有同感。

所以，要想真正把握、理解雅斯贝尔斯的哲学，请务必去看看激励过，养育过这位哲人的大海，看看它的潮汐，它的风暴，以及海上生明月的壮观景象。

是的，打开雅斯贝尔斯的哲学著作，仿佛有一阵阵带咸腥味的海风扑面吹来，仿佛在他的体系后面是浩瀚的、水天一色的德国北海作为它的创作心理背景；读者可以听到海涛声，可以看到万顷碧波在蓝天底下闪烁，可以瞥见一只自由翱翔的海燕在风雨雷电中搏击……当然还有荒凉的海岸，以及一条破渔船静静地躺在海滩上。

我自以为我有足够的内外阅历理解雅斯贝尔斯的哲学。因为我在辽西海边放过六年羊。站在高高的长着狗尾草的崖岸，海鸥就在我脚下。在海涛声中，我曾偷偷地读过他的好几本书。当然是德文原文，不是译文。

当时，在我身边有三位难得的哲学辅导老师：孤独、苦闷和辽阔的大海。

我始终认为，就文学和哲学而言，课堂老师是不重要的。光有课堂造就不了大文学家和大哲学家。

五十二

大学哲学系的课堂培养稳稳当当的哲学教员、哲学工作者或哲学教授；只有大自然，人生中的根本孤独、苦难和不幸，以及时代的伟大动荡和转折，才有可能造就出一个拓荒的哲学家。

课堂上难以培养出哲学家，恰如难以培养出文学家。

五十三

一天我看了一本法国巴比松风景画派的画册。我觉得其中每一幅画都是一首田园诗，都是一种自然哲学。因为每一幅画，尽管画面很小，都给人以一种无限广阔的感觉，而这正是诗和哲学的真正魅力所在。

诗、哲学和科学，都应该用有限的语言使人产生无限的感觉。

看了柯罗、罗梭和杜比尼的风景画，我的心在不住地颤抖，那是一颗心在大自然无限广阔的空间和时间之中幸福地颤抖。我发誓，我要写本有关这个画派的专著，把我的颤抖填满稿纸上一个个的格子。

五十四

诗人、音乐家、风景画家、自然哲学家和科学家的使命，都在通过各自的作品，使人类感到大自然的庄严、壮丽和伟大。

现代人对大自然尤其要怀有这种感情。没有这种感情的人将是不幸的，贫困的。

五十五

艺术家、哲学家和科学家，都要用崇高的激情对待大自然。19 世纪法国伟大风景画画家罗梭总是怀着崇高的激情，分担大自然的一切苦难，同暴风雨一起呼吸、颤抖，同太阳、月亮和星星一起发光。

自然哲学家和科学家同样需要罗梭这种气质和情绪。

五十六

19 世纪法国著名风景画大师杜普列喜欢表现大自然的力。一天夜里，暴风雨袭击勒伊尔阿达姆桥，杜普列激动地抓住同伴喊道："你瞧，多么美，多么美啊！"同伴在闪电的亮光中看到在他脸上闪烁着泪花。

面对大自然的壮观，哲学家也应激动而真诚地落泪，当然不是落眼泪，而是落心泪。不落心泪，便不足以成为哲学家。

落心泪是哲学思考的起点和终点。因为在这种泪花中，映出的是天道地道人道，是宇宙的壮丽景象，是乾坤浩气。

"平生不下泪，于此泣无穷。"

五十七

我始终认为，把大自然人格化，赋予大自然以人的感情，是件大好事。这有利于发展科学、艺术和哲学。

比如，把孤苦伶仃站在暴风雨中的一株百年老橡树看成是一位孤独的老人，对科学家、艺术家和哲学家来说，都是一种灵感的源泉，莫大的慰藉。

五十八

在每个人的身上，其实都有诗人的素质，都有诗性，就像在每个人的头脑里都有点哲学。普通人和哲人的区别仅在于：前者的哲学思想是零星的、肤浅的和不自觉的；后者的哲学思考则是系统的，深沉的和自觉的。或者说，哲学是哲学家的个性和气质的真率表露，不是一时一事，一年一月，而是长年累月对整个世界和人生所持的总态度的惯性反映。

普通人同诗人的区别大体上也是如此。前者的诗兴只是一瞬间，就像划着一根火柴；后者则把自己的生命点燃。他的生命存在形式和内容就是他的诗作。诗人的存在是因为他在写诗。诗人的格言是："诗就是我，我就是诗！"

与此相仿佛，哲学家的格言是"哲学就是我，我就是哲学"。这才是我追求的潇洒走一回。

五十九

在诗人、哲学家和纯粹自然科学家眼里，没有一种自然现象是丑恶的，不合理的。

也许你会反驳说："农作物的害虫（如玉米螟、甘薯天蛾和油菜尺蠖等）就是丑恶的、不合理的现象。植物保护学家和化学家联合起来发明农药，正是为了消灭这种现象。"

"为什么？"——我紧接着追问。

"因为这些害虫不符合人的利益。"——你振振有词地这样回答。

"以人为尺度的科学家只是应用科学家。纯粹自然科学家、诗人和哲学家应以自然本身为尺度。从'以人为尺度'转变为'以大自然本身为尺度'，是当代哲学家最重大的觉醒之一。因为这是原则性的转变。"我期望 21 世纪会完成这一转变。我的散文随笔也在致力于这转变。

六十

哲学的功能是提出问题，拓展人们的精神视野。叩着一切老旧发觉新意。

诗的功能大体上也是如此。

前者拓展思维、观念世界，后者拓展感情、心理世界。

人只有在不断追求中才能得到满足。像爱情一样，诗，哲学、科学的真正精神恰恰就是不断地追求，永远站在起跑线上。

六十一

自古以来，“春天”和“爱情”不知被多少诗人吟诵过。当然，你还可以再写它们。但是在写完之后，请扪心自问一下：有无新意？

诗人、哲学家和科学家的重要标志都在于有新的发现。

六十二

能够用普通语言说清楚的世界仅仅是一小块。

在日常生活和科学研究活动中，大量问题是说不太清的。那是属于不确定和不分明的世界。现代模糊数学和模糊逻辑的崛起，正是为了处理一些模糊的对象。

其实，诗的对象早就是不确定和不分明的世界。

就这一点而论，诗是早熟，数学是晚熟；现代数学家觉醒的地方，原是唐朝诗人物我两相忘，一吟双泪流的高超境界。

在诗与科学之间作往返波动的哲学，归根到底，也是处理一些模糊、不确定的对象。

近来常有人提倡哲学的定量化。我认为这是一种妄想。

试问：对生、老、病、死的种种体验，感受和沉思如何定量化？诗能定量化吗？

六十三

要了解某个时代、某个民族的哲学，务必要了解那个时代和那个民族的诗歌和音乐。

音乐是发出声响的哲学。

当代西方流行歌曲所表述的，其实是一种哲学情绪，它多半与存在主义有关。

关于全球生态环境的哲学思考

机器文明是没有国界的；工业污染也是没有国界的；地球只有一个，在茫茫宇宙时空中，地球只是一条小小的、脆弱的飞船。它像个蓝色的玻璃球，很美丽，但正在破碎、下沉。我们大家都在这条船上。“风雨同舟”或“同舟共济”这个最古老的中国成语今天有了一层崭新的含义。为醒目起见，我特选择以下几个问题来展开讨论：

隧道效应

对上海的隧道，我是有发言权的。夏天，有时有辆卡车在里面抛了锚，于是，满载人群的公共汽车便被迫陷在隧道里，进不去，也出不来。车上是人挤人。分配到每个乘客的生存空间仅有一个立锥之地。气温高达 38℃，人人汗流浃背。大量汽车排出的废气使人有种窒息、呕吐和压迫感。当然还伴有一种精神上的极度烦闷和焦躁。特别想喝口清凉的水。但没有水。乘客想下车，冲出隧道，但门不开。——这就是“隧道效应”。如果世界人口增长继续失控，地球生态环境继续恶化，那么，用不了许多年，整个地球环境就会成为一个大隧道，100亿人就生存在“隧道效应”中，那才是活受罪。

在今日的世界，人口增长、经济发展和保护环境已形成了一条三角因果链。其中任何一方的改善都将取决于其他两个方面。

人，始终是东、西方哲学思考的主要对象。今天它之所以特别重要，是因为当代人类正在全力对付的几乎每个重要问题(饥饿和环境污染)，都有人口问题在那里起着关键作用。把人口过度增长看成是一种灾难，看成是当今一切灾难的根源，一点也不过分。其逻辑很简单：

每个人呱呱落地来到这个世界，定要伸手向有限的、不堪重负的地球母亲索取生存空间、空气、淡水、粮食、住房、钢铁、能源、水泥、其他金属、木材和衣服，以及堆放垃圾的地方。是的，千万不要忽视还要有个堆垃圾的地方。

这便是生态公理世界的第一条公理。也是我们面对全球人口增长的出发点。

其实，纵观第二次世界大战前人类生成和进化的漫长历史，也一直存在着人口问题，不过那时是指可怕的传染病、自然灾害和战争造成的人口锐减。中世纪的霍乱、鼠疫、伤寒和天花流行，几乎使人类濒临灭绝的地步。后来由于医学科学的突飞猛进，人类在第二次大战后才面临人口爆炸、我们能否在地球上继续生存下去的大难题。

在地球上，每种动植物的总数量和寿命(天年)都是一定的。比如牛是30年，山羊18年，长颈鹿33年，猪27年，马46年，猿猴30年，麻雀20年，金丝雀24年，大雁31年，野鸡26年，鲤鱼47年，等等。人类在地球上的总数量和寿命其实也有一个天然上限。只是由于医学科学的进步，人类才打破了造物主给人规定的上限。于是生态平衡便遭到破坏，灾祸相继从四方蜂起，一个个接踵而至。

为了弄清人口拥挤究竟会造成什么样的后果，美国科学家曾做过这样一项试验：在一个钢笼子里放了四雄四雌的老鼠，让它们无控制地生育繁殖。两年后，笼里的鼠为1600只。由于缺乏起码的生存空间，这些鼠的行为也变了，开始极其凶残，总是攻击和撕咬同伴，后来便丧失了一切兴趣和能力，甚至不会交配。不久就衰老、死去。科学家称它们为"非鼠"。

将来，如果 100 亿人生活在拥挤的地球上也会变成"非人"。

最后，我想说的是：即便地球能养活 100 亿人口，这么多人所产生的垃圾也足以把自己埋葬掉。

道罗定律

有人推算，今后 30 年，人类每天平均将会使得 100 个生物物种灭绝。诚然，灭绝是生物进化的组成部分，但目前的灭绝速度却是过去的 1000 倍。

在干预大自然的进化过程和造物主总的安排方面，人类做得太过分了。不错，当代人类有一大堆聪明，但也有一大堆愚蠢。向同人类一道进化过来、共同栖息在这个星球上长达数百万年之久的动植物进行大规模的开战，便是一大愚蠢。

1990 年，国际环境保护组织提出严重威胁地球生态环境的十大问题，"野生动物大量灭绝"被列在榜首。道理很简单，一种生物的消失，因连锁反应，就会引起另外其他 13 种生物发生危机。因为生态系统是脆弱的，它是一个由许多环节相互供养、互相制约和相互精确地取得平衡才能生存的集合体。地球上有各种各样的财富，但最最重要的财富却是平衡的生态系统。

问题的症结在于，生物物种的灭绝是一个不可逆的自然过程和灾难。要知道，所有的自然过程都可以归纳为两类：可逆或不可逆过程。水结成冰为可逆过程；生米煮成熟饭为不可逆过程。大象、狮子、天鹅、雷鸟和紫罗兰……灭绝后，要是经过若干年大自然又会把它们重新再创造出来，我们就不会把生物物种灭绝看得如此严重了。

生物进化的历史记录表明，进化的类型不可能倒转再回到祖先的类型；后代进化了的器官也不可能恢复到其祖先的原来状态；反之，祖先已获得的器官一经退化或消失，也不会再现。——这就是著名的道罗定律。它说明造物主是不喜欢重复的。某物种一旦灭绝，造物主就决不再造。要知道，造物主造一种鸟（比如黄莺）需要用上百万年的漫长时间，而人类灭绝它只需要短短的几十年。

技术哲学

情形是很复杂的。把今天生态上的一切过错统统都推到科学技术头上的做法是欠公正的。我想起柏拉图举过一个例子，说是街上有人用一块石头击中了一条狗，这疼痛的狗便死命咬住石头不放，认定石头就是使它疼痛的原因。这个例子无疑包含了有关技术哲学智慧的萌芽。

作为现代世界哲学的一个分支，技术哲学正式形成于1975年左右。这是可以理解的。因为70年代初全球范围的生态危机开始出现。与此同时，世界上一些忧国忧民忧地球的思想家们对科学技术的本质及其正、反两种作用也进行了系统的沉思。于是现代技术哲学作为一股思潮便破土而出。

当现代技术带给人类尽是一大堆舒舒服服的好处、方便和享乐，那肯定出不了一个技术哲学家；当现代技术既会给人类带来一大堆好处，也会带来一大堆坏处的时候，人对技术进行哲学反思倒是逻辑的必然，比如技术价值论，技术伦理学。

不能把一切技术都说成是毒害环境的魔鬼。不，农业文明中的风车、水磨、水车和马车对大自然就是友善的。犁无疑是人类最有益的发明之一。因为在犁发明以前，用人力耕地是十分吃力的劳动。

严格来说，技术对环境真正构成威胁始于英国的工业革命。人口的猛增，则加剧了技术对环境的破坏。

有许多问题是意想不到的。比如技术进步与人类安全之间的微妙关系。不错，医学科学的巨大成就大大降低了人类的死亡率，却促使世界另一个头等严重问题的产生——世界人口爆炸，人的安全受到自身的威胁。于是，这又使我想起一句成语：这里打开了一扇窗，那里又关闭了一扇门。战后，由于汽车技术的改进，价格也便宜，大量生产，普及，这可以说是技术的一大进步，但车祸也随之猛增，人反而变得不安全。

技术哲学家对工程师通常讲的“技术进步”提出质疑，不是没有道理的。因为哲学家的着眼点总是把大自然看成是一个非常复杂、非常微妙、各个零件相互依存和互相协调的整体，最后它再作用于同样微妙的人。哲学家甚至在暗地里谴责机器弄坏了人类的感情，使其质量下降。

的确，在某种程度上，当代人类的感情世界比起古代和近代(19世纪)是贬值了。人心都被技术和物欲所占，为崇高、敬畏和神圣感情留下的地盘就极小极小。

19世纪俄国杰出风景画家列维坦看到一轮孤月缓缓地从荒山的后面爬上树梢，他顿时就被大自然这份凄清、荒寒之美激动得哭了。因为这时候又正好有野狗嗥月声从远处传来……

试问，今天纽约、东京或香港的居民有几个人会像列维坦那样去激动呢？更可悲的是，在这些不夜城是难得看到月光的。灯光通明的世界，能源的消耗，遮住了月色。拥有星星和月亮的浪漫世界被技术所统治的物质世界淹没了，忘却了，抛弃了。一辈子从不仰头惊叹雨后天空架起一道彩虹的现代人，尽管她穿金戴银，住豪华别墅，我也怀疑她的感情世界的质量，包括其广度和深度。

对大自然，人们历来都有两种态度：功利主义的角度和美学的角度。工业革命前，人的功利主义少些，美学多些。在东方哲学，美学多些，功利主义少些，甚至闭口不谈自然资源利用。

工业革命后的人，看到一片高大、挺拔的橡树林和枫树林，脑子里想到的是将树木砍伐下来造房屋、造纸和修矿山、修铁路。这是典型的功利主义。正是这种功利主义哲学造成了今天全球环境的污染，制造了黑色力量。

我不主张反经济主义。但现代人对大自然抱极端的功利主义态度毕竟是不可取的，片面的，错误的。功利主义同高消费生活方式是一回事。比如有些上海女人拥有十五件羊毛衫，其中两三件是必需，其他的则是浪费。为了拯救地球，务必要对大自然多些美学角度。——这是当代技术哲学的一个重大觉醒。审美情趣和审美价值永远同地球上的绿色力量站在一起。

没有天堂

人类最大的错误之一是假设在尘世和地球之外还有一个所谓的天堂。

天堂纯粹是个幻觉、幻影、幻想；纯粹是个假设的安慰。唯一的天堂不在地球之外，而在地球之上。

月球、金星、火星……是万万去不得的。人类只能生存在地球之上，而无法在别的星球上生存下去，更无幸福可言。——这就是“我们只有一个地球”这句口号的含义。

如果人类能够快乐地生活在月球、火星或金星上，并且可以把55亿人统统移民过去，那么，“我们只有一个地球”的口号就是多余的。

摆在人类面前的出路只有两条：坚决控制人口，下决心保护地球生态环境；或将人类统统移民到别的星球上去居住。

但这后一条出路是不可能的。比如，在月球表面上如何建造密封式的居住空间就是个大问题。月球上没有大气，它是一个完全没有生命的世界。夜间极冷(－166℃)，白天奇热(99℃)。

把我们的工厂搬离开地球生物圈，进入太空，让它们高悬在我们头顶上几千公里之外，那也是不现实的。

火星同样不适合人类生存。那里的昼夜温差达100℃。气候极寒冷且干燥，大气非常稀薄，主要是二氧化碳。火星的水主要贮存在冻土圈的壳层中，到处是干旱的不毛之地。

科学家相信，今天像炼狱一样的火星，便是将来地球被毁后的惨状。

在宇宙太空中，地球原是一条很安全、很舒适的小飞船，如今它因人类的错误触了礁，漏了些“水”，人类理应积极行动起来，亡羊补牢，堵塞漏洞，才是唯一的出路，而不是弃船逃走。

弃船逃走是不负责任的，也是不可能的自欺欺人的行为。连非洲大象都无法在西伯利亚生存，更何况地球人要移民到月球、火星或金星上去。抛弃地球母亲的想法是最大的犯罪。

人性改造

冬天的上海，多数日子并不冷。坐在屋子里要穿上一件毛衣外加一件薄的小棉袄，就很舒服，决不会有冻手冻脚坐立不安的感觉。可就在这种天气，都市的一些豪华大饭店、五星级宾馆，已经开足了暖气。里面的男女招待，全是身着夏装。

有必要穿得这样风流吗？为什么不可以把室内温度降低三五度，给自己加条裤子，加件毛衣？这样做，可以节约许多能源，而且人也会觉得很舒服。健康的自然界必须有春夏秋冬四季的分明；同样，一个健康的人每一年也必须经历这四季。因为人是大自然的一部分。

大饭店、酒吧的室温当以衣着不臃肿又不冻手冻脚为准。冬天，决不能在室内追求只穿一件薄衬衫和超短裙的夏日浪漫。其实那并不是浪漫和潇洒，而是人性的一种堕落。

这是“美国生活方式”在世界蔓延席卷的一种表现。它是人性中的“艾滋病”，是地球黑色力量的制造者。

为了满足这物欲横流，社会就必须生产出更多的、愈来愈新型的、各式各样的高档商品。这势必就会加重摧残地球生态环境。比如，在西方一些国家，一些名媛贵妇常以穿戴珍贵野生动物皮毛制品来满足虚荣心，其结果当然是好些动物遭灭绝。

改造人性，是指限制人性中物欲横流和贪得无厌的那一面。正是人性中这个恶面，造成了环境灾难，动摇了人类自身生存的根基。

我们的世界不应紧跟美国，步其后尘，去盲目地追求“耗能文化”。

中国古代哲人庄子的“沉于物、溺于德”的见解充满了哲学智慧，其预言性业已得到不断的证实。事实上，人们对外部物质世界攫取得越多，占有得越多，自我也就越迷惘，内在性灵和精神家园的地盘也越小。

——这便是危机。

人性中的癌和人的危机才是地球生态环境不断恶化的最深根源。

生物世界的哲理和诗结构

因果律和统计律交叉成了一个黄金十字架，这两者合在一起才是我心目中的自然律。它支配生物世界，也支配整个宇宙的变化。在德国，沿莱茵河散步，我总是想起这个十字架，其时风声簌簌，幽然答应。我知道，我是踏着当年贝多芬散步的足迹。

——题记

一

"枯藤老树昏鸦"是世界诗结构的一个侧面，但有病的植物就没有一点诗意可言。当导管系统受到破坏，植株发生萎蔫；或者植株出现软腐烂（细胞消解，流出水分和病原菌混在一起）；或者当组织坏死，叶面上出现各种颜色和形状的斑点，哪有一点诗意？

当植物在生病，或自然界的生态平衡受到破坏，世界的诗意也丧失殆尽。为了拯救生物世界的诗意，我们也要开展植物病理学研究和保护地球生态平衡。

不过墓地的诗意反而很浓，尤其是当落日西沉，11月的风吹动白杨树的最后几片枯叶；但卧病不起、垂死的艾滋病患者则毫无诗意可言。——我不知道这是为什么。

二

我力争成为空间笛卡儿直角坐标系的一个点。该点由横、纵、竖三个坐标确定。具体到本文，便是生物世界、自然哲学和诗意这三者的交叉构成了我的眼点。我是站在这三者的交点上来看整个生物世界的。

我庆幸我拥有这个交点。它使我很潇洒，至少这是我的自我感觉。

把自然哲学和诗意这两种高贵的成分放到生物世界中去，就像将蔗糖和可可脂加进到炼乳中去。

这个配料适用于任何自然科学分支。这也是杂交优势。

三

因果律的逻辑普遍结构其实是宇宙间最伟大的哲理散文诗结构。正是这逻辑创造了上帝，上帝再用因果律的逻辑创造宇宙，创造世界万物。

因果律的逻辑在先，上帝在后。世界又在上帝诞生之后——这就是我的"创世纪"。

动物世界也受该逻辑的支配。

猫头鹰在夜间捕捉鼠类（确切判断猎物的方位与距离），以及蝙蝠的回声定位，都在应用该逻辑：

因为有鼠类在地面活动，所以就有声波传到猫头鹰的两耳；猫共鹰再根据双耳的时差和声差来确定猎物所处的位置和距地面的高度。——这正是诗人自然哲学家赞叹的动物世界的因果律结构。

人类的一切活动也是如此。比如，你家的玻璃窗突然被击破了一个洞，那肯定是有人扔石子或其他东西的缘故。这就是世界的因果律："因为……所以……"

没有原因的结果是没有的。

不要小看这个论断，它却是宇宙间一首最高的哲理散文诗。它是一张网，一切的一切，都在它的网罗之下。

它原是宇宙自身的品格和个性，宇宙把它也遗传给了动物、植物和人。大家都遵从这同一个逻辑，无一例外。也多亏了它，人才可以理解我们生存于斯的这个世界。

四

1993年夏秋，我在德国科隆乡下住了好几个月。在森林和田野，我观察过猫头鹰和蝙蝠。正是从这里，我联想到世界的因果律结构：因为……所以……

因为你向玻璃窗扔了块石子，所以玻璃被击破。

因为病原菌能产生毒素，所以能使机体致病。

因为有霍乱弧菌侵入机体，所以某先生才得了霍乱。

如此等等，不一而足。不过这种因果关系还要附加一个必要条件：具有可重复性。

比如，昨天早上我上楼梯摔在水泥地上，一小时之后云南某地便发生了六级地震。

“我摔跤”和“地震”这两个事件是否有因果关系呢？是否能写成：因为我上楼梯摔了一跤，所以地球某处不久便发生了地震。

我们只有用是否具有重复性才能验证其真伪。

不对世界具有普遍因果结构表示出大惊讶的人，他就不配做个哲学家。世界秩序，世界合理性，以及世界可以被我们理解，都是有了“因为……所以……”这条因果律的普遍存在和有效。

它才是我心目中的全能上帝。因果律的起源才是世界的起源。世界最大混乱，莫过于因果律的普遍有效性遭到破坏。

五

当然，我们更多的是从结果去追寻原因。

整个医学科学几乎都是从结果去追寻原因的一门学问。当然还有地质学和古生物学。

化脓性传染是因为金黄色葡萄球菌侵入机体所致；

破伤风是因为破伤风梭状芽孢杆菌侵入机体所致。

不过这一追寻却是个无穷序列。

问：为什么得破伤风会致死？

答：因为有神经毒素在起麻痹作用。

再问：为什么该毒素具有如此强的毒性？

再答：目前尚不完全清楚。

无穷序列中的最后一个原因正是上帝，正是造物主。

自然科学家愈是深掘大自然的深层因果链，他就愈加懂得敬畏上帝，敬畏造物主。

六

当然，统治生物世界的不仅仅是"因为……所以……"这一因果律结构。统计律也在那里起作用，比如在生态学中。在本质上，生态学是一首极优美的数学诗。读它，我经常会有一种"胸中脱去尘浊，自然丘壑内营"的清静感，飘逸感。这也是韦应物的两句诗："杨柳散和风，青山澹吾虑。"于是原先的人生世界呕吐感也没有了，消失了。

在生态学中，常要用到离散的对数正态分布。在我看来，下面这个积分便是一首极优美的诗（尽管它没有更简明的表达式）：

$$P_r = \frac{1}{r!\sigma\sqrt{2\pi}}\int_0^\infty \exp\left[e^{-x} + rx = \frac{2}{2\sigma^2}(x - \ln m)^2\right]dx$$

我恨不得马上就跑到野外荒原或森林中去观察检验这个分布的正确性。我这样做，是为了证明上帝的存在。因为上帝是个最伟大的数学家。他喜欢用一些微分方程和对数正态分布概率密度函数来默默表明他的意图和设计。

我是 1976 年从一本《生物统计》（英文期刊）读到这首数学诗的。当天晚上，我便写下了一段日记：

山要气魄胜人，数学方程也是如此。唐宋八大家之文，全以气魄胜人，描述、刻画生物世界的数学又何尝不是这样？我激赏从数学生态学里面常透露出天地之清气。同德国和奥地利古典音乐一样，这里也是人生荒漠中的一眼值得流连的甘泉和一片绿洲。

七

19 世纪，英国浪漫派诗人常在沼泽、灌木地或者荒原酝酿诗句。其实，今天的数学生态学家也在这些地方出没，面对这里的植被或植物群落，吟诵不朽的诗句。我指的是诸如随机过程，随机集合的过程，马尔柯夫链，马尔柯夫矩阵……

我喜欢站在数学生态学家、自然哲学家和诗人的交叉点上宣称：在大自然界，植被的随机 n 相 L—镶嵌是罕见的。

这便是我心目中的生物世界一首统计律的散文诗。

它同下面一首因果律的哲理散文诗是等价的：

如果一个生物系统的平衡遇到某种压力，那么，该系统必将发生适应这一压力的变化。（因果律的自然哲学结构又叫“如果……那么就一定……”的逻辑结构。）

正是因果律和统计律的交汇才形成了自然律；才形成了阴阳刚柔协和以为体的天地之道。两者交汇之原，有着天地之温深兼雄伟。

八

对于猎人举起的不义之枪，我一直怀恨在心，因为我就是自然界的生态平衡；生态平衡原就是我。因为“砰”的一声巨响，破坏了原先和谐的生物链，造成了下面这个畸形的序列：

老鹰被猎人消灭掉→引起蛇的不正常增长→青蛙减少→蝗虫铺天盖地而来→植被缩减，大自然一片荒凉。

归根到底，这是世界诗结构和诗意遭到破败。

九

“独钓寒江雪”具有世界的诗结构和诗意。

用炸药炸池塘里的鱼则是对诗的破坏，当被炸的死鱼无可奈何，纷纷飘浮在水面上，哪有一点诗意？

十

令我终生后悔的事情有好几件，下面便是其中一件：

少年时代，我经常蹲在地上看蚂蚁搬家。那长长的像是一支行军的队伍，至今我还记得。尤其是当许多蚂蚁总是循着一条路线前进的情景。有好多回，我向蚂蚁撒尿，并捣毁其巢或窝。今天想起来，我是犯了罪，对不起大自然造物主。当然也是对世界诗结构和诗意的粗暴破坏。

谁能否认，天上的人字形雁阵和地上的蚂蚁列队前进，不是两首诗呢？不是两首千古绝唱呢？

世界的诗结构是什么？一言以蔽之，它就是天地自然之象。春有草树，山有烟霞，雪月空明，云雷奋发，皆是造化自然，皆有世界的诗意、诗境。蚂蚁搬家又何尝不是一首诗作？已死的蚂蚁其腐烂的尸体会释放出一种长链脂酸和脂物质的气味，以便刺激工蚁将尸体抛弃到巢口的“垃圾堆”中去。少年时代的我，看到过这种现象，但不解其意。40年后的今天，尽管我知道一点长链脂酸，但依旧不知道造物主为什么会作这种部署——多么智慧的部署啊！

造物主用最高的智慧设计、部署了我们的太阳和我们周围的绝大部分恒星都环绕银河系的银心以近圆轨道运动，其速度量级为220公里/秒；而在设计、部署工蚁将尸体抛弃，造物主所用到的智慧也是那个量级。这是同一智慧的两个侧面。一个规模很大很大，另一个很小很小，但两者都是造物主迂肠拗笔之作。每念及此，我总想恸哭一场。

我想起建安作家阮籍(210—263)。他好学博览，喜欢老庄哲学，向往大自然，旷达不拘礼俗。他嗜酒放荡，不问世事，或闭户著书，累月不出；或登山玩水，竟日忘归。每至途穷，辄恸哭而返。——这也是我想大哭一场的原因之一，为生的困惑，为人被抛到这个无意义的世界上来。我想恸哭一场，还为世界的诗结构，为该结构的空灵、淡远和荒寒，为世界的如此这般设计，茫无津涯，不可求思。

十一

我很重视研究动物行为的实验报告。所有的结果都证实了一点：人是动物的一种。比如体温。不同类群鸟的体温通常在37℃～40℃，接近人的体温水平。只是雀形目的鸟类多数体温较高（40℃～43℃），这是人所不能忍受的。

十二

鸟类的体温调节机制当然具有世界诗的结构。这里也有天地幽远奇险，不能一一自剖其妙。想想吧，在地球各地，从北极到南极，从青藏高原到太平洋的小岛上，都有种类繁多飞鸟活动的踪迹。各地寒暑变化相差悬殊，但它们的体温仍旧能保持在一个相对稳定的水平上，这一体温节律不是一首世界诗是什么？

对造物主的部署（大之经纬天地，细而一动一植），我们只有深叹其艺之妙绝。

十三

宇宙间第一等高古、沉雄的诗作，莫过于宇宙和谐节律。如地球每24小时绕轴自转一周，于是才有了白天与黑夜之分；月球每29.5天绕地球一圈；地球每365.25天绕太阳运转一周，称为一年。而太阳又环绕银河系的银心运动。其相对于银心的圆速度约220公里/秒。

宇宙的这一律动也在生物世界打上了无法挣脱的深深烙印。比如生物界的定时性节律（律动）现象。植物发芽、生长、开花、结果；有些动物一到冬季便进入冬眠；人类的尿量、脉搏都呈昼夜节律性的波动。

生物学家发现，鸟类下丘脑前部的上视交叉核是鸟类控制活动节律的部位。如果将其毁坏，那么鸟类活动的昼夜节律现象便会消失。

自然哲学要追问：这个上视交叉核是谁设计、部署的？

又是那句无言的回答："是造物主的统一安排。"这事关重大：大而乾坤以之定位，日月以之运行；小而至一草一木的枯荣，一禽一兽的活动。

追问"为什么"就到此为止。造物主原是世界第一个原因。在我游思缥缈之际，我仿佛身处深山邃谷，老木寒泉，听四周有风声簌簌。

十四

生态系统结构其实是世界诗结构的一种投影和折射。它理应成为自然哲学的第一首诗或第一课。

十五

我很幸运，生活在环境科学（有关生态系统结构的科学）蓬勃发展的当今时代。我可以期望从中抽取好多首妙绝的自然哲理诗。也许这些诗并不能突破老庄、柏拉图和谢林等人所确立起来的框架，但可以大大充实它，丰富它。我是借这类哲理诗文抒我心胸，发现天地之壮美。其实我有两位老师：初以古人为师，后以造物（天地）为师，师森罗万象。

十六

想起生物世界同太阳的关系，我的内心便会坠入久久的沉思而不能自拔。

站在月球上看，地球是悬在茫茫宇宙时空中的一个蓝色玻璃球状的天体——一只除了从外界接受太阳辐射外，不接受任何东西的自给自足的宇宙飞船。

仅从月球上的这一瞥，我们便可妙悟出老庄或柏拉图连做梦也不曾想到的自然哲理。

现在让我们来进一步阐述地球生态系统同太阳辐射的关系。先看一艘自给自足的宇宙飞船。在它的舷窗旁边，放一个装有小型藻类的大玻璃罐。藻类接受太阳辐射便进行光合作用。在光合作用过程中，藻类吸收二氧化碳和水，并利用太阳光能制成葡萄糖，并产生氧。氧气进入宇航员的呼吸罐。宇航员呼吸时消耗氧气并放出二氧化碳。而二氧化碳又恰好是藻类进行光合作用所需要的气体。

从理论上来讲，这艘飞船（我们的地球在本质上恰好就是这样一艘宇宙飞船）的生态系统结构可以无限地维持下去：宇航员利用藻类来维持生活，而藻类又利用宇航员所排出的二氧化碳和粪便来求得生存。只有一样东西要求助于地球以外的供给，这便是太阳光——地球绿色植物进行光合作用所必需的能量。

由此可见太阳辐射的重要性。人必须把太阳当作最高意义上的神来顶礼膜拜才对。

太阳是世界诗结构的唯一起源和动力。

十七

探索生态系统结构是将当代世界哲学化的一个重要组成部分。正是这个课题使我成为一个“世界公民”，使我有了一个世界级的牵挂。

有牵挂的人是幸运的。大牵挂大幸运，小牵挂小幸运，不牵挂不幸运。

十八

在土壤与植物之间的相互关系中，既有自然哲学又有田园山水诗。

大学刚毕业，我被分配到中国农业科学院工作。当时土壤肥料研究所的好些实验室就在楼下，我从它的门口经过千百次，只有今天我才真正懂得这些实验研究的重要性。

十九

能量是个物理概念。正是它支撑着和启动我的全部自然哲学思考。用这个概念将当代世界哲学化是其中一条重要途径。

世纪之交的思绪

别了,20 世纪——你的世纪,我的世纪,他的世纪,我们大家每个人的世纪。因为我们都或长或短地生活在这段时间,其中绝大多数人还要跨进下个世纪。

告别是壮丽的,磅礴的,甚至是悲壮的。因为 20 世纪的晚钟和 21 世纪的晨钟正在我们的头顶上空交织鸣响;能听到它的人是幸运的,不过要用脑,用心耳去谛听它的喃喃述说。

告别同窗好友、老同事、老邻居,或者告别我们的童年、青少年、母校或外祖母,我们还会百感交集,怅望斜阳外,寒鸦数点,万千心事难寄,更何况我们现在即将要告别的是我们自己出生、认真生活过、曾用我们自己的泪和血肉滚爬过的苦难世纪呢?尽管我们熟悉这个世纪,却看不透它的结构方式和运动规律,以及她的种种变数和将来局面。

告别的方式可以是多种多样的,但写本专著也许是一种最庄重和最深沉有力的方式。比如但丁(1265—1321)之所以伟大,因为他用《神曲》,以曲笔隐喻的方法,概览了中世纪,成了中世纪思想的集大成者。

多宏伟的 20 世纪啊!多波澜壮阔、天风海涛的 100 年啊!它拥有人类一大堆聪明、才智、灵气和技巧(很遗憾,就是欠缺智慧,欠缺敬畏生命的伦理学的哲学智慧),但同时也拥有一大堆人类的愚蠢、残酷、短视和偏见(政治哲学的偏见,意识形态的偏见,宗教信仰的偏见,价值观念的偏见和种族的偏见……)。比起过往文明史上几十个漫长世纪的总和,20 世纪人类的聪明和愚蠢都是空前的,惊心动魄的。力图剖析并概括这两者的空前和丝丝缠绕交织,将是我这本书的主旋律。这就必然要求作者做到心思微,魄力大;微者条理于字中,大者磅礴于字外。而凡是有点思想感情的人,挥手告别这样一个极富阅历的世纪,内心都不能水波不兴,无动于衷。

早在 1990 年元旦那天,当低沉的钟声在阵阵鸣响,我就萌念想动手写本回顾、总结 20 世纪和展望、预测 21 世纪的学术著作。我深知它的难度之大。当然不是在占有资料,而在欠缺一种黑格尔式的概括力方面,洞见力方面。

自那以后,我一直在暗暗酝酿、盘算、构思和设计"我未来的儿子",并渐渐形成胎观。即便在德国和欧洲,我沿着莱茵河和多瑙河岸边散步,住在奥地利阿尔卑斯山上,住在科隆的德国难民营,或在巴黎街道屋檐下躲雨,我也在打腹稿。同时我也在有意识、有明确目的地时时处处审视、评估现时当前正在发生的一些世界性大事件。比如 1994 年 7 月在宇宙时空中发生的一次交通事故——彗木星相撞;以及卢旺达百万难民的悲剧;8 月德国警方又截获一批走私核材料;1994 年夏天热浪席卷世界各地。

第一条消息涉及天灾。它无疑是本世纪世界性大事件之一,因为我联想到地球的命运。谁能保证一颗直径 10 公里的小行星不会撞击地球,其爆炸能量相当于 50 亿颗广岛原子弹爆炸产生的能量呢?这便是世界末日了。于是我想起人在宇宙中的可怜、卑微地位。报纸上把这次彗木相撞称之为"彗木之吻","太空之吻",未免太轻松、太浪漫了,实在不妥。美国著名地质学家及灾变理论权威苏梅克指出,如果一颗直径 2 公里的天体撞击地球,将会导致全球四分之三的人丧生。恐龙灭绝便是历史见证。那是发生在6500万年前的悲剧。

第二条消息涉及人祸。是政治动乱造成的。我联想到中国。希望在世纪交替之际,中国社会持久稳定。如果出现大规模的社会政治动乱,中国难民估计在上亿人。如果再加上生态环境难民,其严重性便是空前。到那时候,有哪个国家能救得了?十万架运输机来空投救援也无济于事。

第三条消息也涉及人祸。估计国际恐怖组织已经拥有足够的核材料来制造原子弹。因为拥有6至8公斤高纯度的钚239,就可以造一颗原子弹。本来指望在冷战结束、苏联解体之后过太平日子的欧洲人现在又开始忧心忡忡了。这对整个人类的安全也是一个可怕的威胁。在人类社会过去的世纪里,这种不安全感是从来没有过的。无论如何,这是本世纪的大愚蠢之一。

第四条消息既涉及天灾也有人祸方面的原因。全球环境污染造成的"温室效应"便属人祸范畴。

这四条消息颇有些本世纪的代表性。合在一起,便构成了"世界的忧虑"。一部告别20世纪的书,不能不条分缕析这令人日夜不安的"世界的忧虑"。

当然,都涉及秩序问题。

大自然和人类社会都有个秩序问题,都必须法治(law and order)。不能乱套,乱就意味着灾变。大乱,大灾。

我四岁发蒙读私塾,糊里糊涂。第一年只学了七八个汉字,还在课堂上尿了一次裤。幸好总算记住了其中四个,共八画:一,二,三,人。书写起来极简单,但内涵极丰富、深刻,够我受用、琢磨一辈子,两辈子,三辈子。因为这四个汉字合在一起,涵盖了天下一切学问:

一、二、三包容了宇宙的起源及其生成的总法则;包容了宇宙的最根本的秩序,构成了自然哲学的第一原理。因为老子说:"道生一,一生二,二生三,三生万物。"由此可见。而"人"字仅一撇一捺,共两画,却有说不完的感天动地的悲欢离合故事。——这四个汉字，不是成了古今中外所有人的“学”和“问”的对象、范围么？

告别21世纪，说到底是向20世纪这四个汉字的普遍世界状况做一回顾。把这个世纪理清楚，说清楚，是很难很难的。试试看吧。

每个时代的大哲学家其概括对象都超不过这“八画”范围。有的人（比如萨特和加缪）只是半个哲学家，因为他们只琢磨人，不考虑一、二、三。只有罗素才是现代意义上一个正宗的、完整的哲学家。因为他探索的不是局部，而是整体。如果罗素今天还活着，他才是提笔撰写《世纪的晚钟和晨钟在交织鸣响》一书最合适的人选（不是汤因比）。道理很简单：罗素原是个杰出的数学家，后来才转向将世界哲学化。只有他这种气象阔大的思想家（而不是汤因比）才能吃透20世纪“一、二、三和人”的普遍状况。

《世纪的晚钟和晨钟在交织鸣响》这个书名就是得“诺贝尔奖”级的题目。当然归根到底要看由谁写。罗素写，能得100分，拿“诺贝尔奖”。如果由斯宾格勒（O. Spengler）和雅斯贝尔斯写，也能得100分。因为这两个人也是从理工科转向人文科学的。他们都脚踏两只船：自然科学和社会科学；都是搞“八画”的朋友，否则就显得单薄，双手举不起重重的两只大“钟”。

我深知这两只“钟”的分量。不过为举起它们，掉一身肉也值得。

在这个世界上，有的书名，不管由谁来写，也得不了“诺贝尔奖”。比如《北京胡同名称的由来》、《上海街道名称的演变》。可见题目之重要。

许多年，我经常抱怨生的痛苦折磨，抱怨我母亲在未经我本人同意之前就把我生下来，抛到这个尘世来受苦受难。

“那么，赵老师，如果你今天还没有出世，你母亲现在来征求你的意见，问你是否愿意来到这个世上走一遭？你怎样回答你母亲？”世界经济研究所有个研究生这样咄咄逼人地问。

“还是愿意来走一遭。做个看客，看看热闹，看看世界也好。说得精确点便是，既做演员（56亿普通演员中的一个），又兼做观众（看客）和自封的评委。”将世界性大事件作为一幕幕舞台上的悲喜剧来观摩、欣赏、玩味，有什么不好？写《世纪的晚钟和晨钟在交织鸣响》便以这三重身份（主要是以冷静、客观和公正的评委身份）。实在觉得无聊，不想再演，再看，或支撑不住，受不了苦，就主动退席，回老家。我选择跳海这种方式。有一回，我从上海乘船去青岛，深夜一个人站在甲板上极静，静极，我就想到跳海这种悄悄的安乐死。想到这种自杀方式，我的生存勇气反而大增。你说怪不？手中有了安乐死这个解脱大痛苦的方法，我便无所畏惧了。死，才是我们的永久归宿。古埃及人住的屋子很简陋，墓地却修建得十分坚固、考究，因为他们认为死才是回到了永恒。这也是我的想法，尽管我决不会有墓。

毕竟，生在20世纪是生逢其时。

我们阅历了这么多。作为一个演员、观众和自封的评论家是幸运的，千载难逢的幸运。俯仰一世，放浪形骸之外，仰观“道生一，一生二，三生三，三生万物”之广大宏伟气势，俯察人类社会种种演变之错综曲折，游目骋怀，极视听之娱，怎不幸运？

德国大诗人兼思想家歌德一再强调，伟人之所以能成伟人，多半要归根于他所处的那个雄壮、宏伟的时代。关于他自己，歌德认定自己是生逢其时：“我出生的时代对我是个大便利。当时发生了一系列震撼世界的大事，我活得很长，看到了这类大事在接二连三地发生。关于七年战争、美国脱离英国独立、法国大革命、整个拿破仑时代……我都是一个活着的见证人。”（这里，歌德也把自己作为一个“看客”，一个“观众”。）

的确，歌德的漫长一生有幸跨越了18世纪和19世纪这两个伟大的世纪的交接，但就“生逢其时”这一点而论，我们却要比他更幸运些。因为20世纪比18、19世纪更为波澜壮阔、震撼人心。（当然，音乐、文学和绘画创作要除外。比起前两个世纪，20世纪要逊色一些。既没有出个莫扎特、贝多芬或瓦格纳，也没有出个雨果或巴尔扎克。但20世纪却是个伟大的演奏时代。出了好几个伟大的演奏家，比如海菲茨。这是亿万人通过广播、电视、磁带、唱片欣赏古典音乐的世纪，应该承认，席卷20世纪后半个50年的摇滚乐也是世界性大事。）

毕竟，20和21世纪的交接远比18和19以及19和20世纪的交接更为激荡、深沉、风起云涌，且更加充满了跨世纪的危机和困惑，前途未卜，忧心忡忡。但对一个思想家或文学艺术家，这局势倒是件好事。因为“困于心，衡于虑，而后作”（孟子语），这“作”是作为，创作。

光1900年这一年便是够重要的了。当然这是巧合：它既是20世纪的曙光，也是原子世界大门被开启之日，因为普朗克在这一年提出了量子概念，悄悄宣布了原子能世纪的到来；紧接着便是1905年相对论提出，以及一系列划时代科技成果的涌现，包括塑料、农业革命、电视、电脑、火箭、卫星和登上月球。人类在20世纪所取得的科技成就远远超过了过去五千年的全部总和，但也正是这些巨大成就的异化有可能会导致全人类的毁灭，我指的是核战争和全球生态平衡被破坏。

另一方面便是第一、第二次世界大战爆发（我有幸在1993年参观过这两次战争的欧洲战场和阵亡士兵的墓地，感慨万千）；俄国1917年革命和1991年年终岁末苏联解体，斧头镰刀国旗从克里姆林宫的上空徐徐降落……都是世界性大事。记得苏联电影《列宁在十月》有个画面打出了一段字幕：“俄国资本主义的最后一夜是寒冷的。”70多年过去了。当苏联国旗从克里姆林宫上空掉落下来的那个夜晚，也是寒冷的。两头都是寒冷。冷的终点回到了冷的起点，这难道就是历史的运动方式和结构吗？那么，历史的目的和意义在哪里？从今以后，必将有一百年、两百年、三百年的长长时间，世界上一些重要的思想家和历史哲学家要一再谈论这段颇有点悲壮色彩的苏联历史。1917—1991年，当然还有中国的十年“文革”。“文革”的色彩可不是悲壮，而是恶心和愚蠢，加上荒诞。

今天，有关以上事件的历史著作合在一起估计不会少于一万零一种，我没有必要在这长长的书目名单后面再新添一种。在《交织鸣响》这本著作的有关部分，我只想提出两个课题来讨论：

（一）对战争的本质作哲学思考，比如从人性，从生物学角度去探讨战争的不可避免性或可以避免。目前，核危机并未消失。一场局部战争迅速升级为核战争（当然还有大规模的毒气战）的危险正在猛增。在六、七十年代美苏对抗时期，我们至少还知道谁可以用手指按一下发射核武器的按钮。现在不知道了，可核武器还存放在原处。这种局面比以前更危险。

（二）世界秩序结构问题；人类本性与社会秩序。

谁是这些世界性大事件的同时代人，活着的见证人，他就可能拥有一笔巨大的精神财富，可能有大福。（本世纪西方一些哲学流派的兴起，如维也纳逻辑实证主义、存在主义和语言哲学等，也是世界性事件。）之所以说“可能”，因为仅仅是同时代人还是远远不够的。只有把这一系列的大事件主动地予以哲学概括，将它们哲学化，并提升为普遍世界的观念、原理和原则，这些事件才能真正转化为一笔巨大的精神财富。

这正是我今天萌念撰写《交织鸣响》一书的动机。

对于我，写作这样一本著作，概括一个世纪的风雨雷电，自然是件很过把瘾的事；这是同世界本质的一次交谈，推心置腹抱膝长谈——20世纪作为一方，我作为另一方——是我对生命的一声真挚感激，当然也是我的潇洒走一回。

今天，一切有作为的学者、思想家、文学艺术家和文化创造者，理应选择自己特有的眼点和侧面，对行将结束的20世纪作一回顾、总结和概括，展望下个世纪，否则就辜负了世纪交替的丰富、曲折和深永。——世界大无外，细无垠；天地万物，纷然杂陈，仅供看客、评论者一目。这是何等的潇洒！那么，作曲家就没有这份潇洒吗？不。在西方音乐史上，1788年莫扎特写下的《朱匹特》交响曲便是迎接未来的号角，是19世纪到来的先声。多庄严、辉煌啊！很遗憾，我们的作曲家欠缺冲动，去写一部告别20世纪的交响曲。

在本质上，我要撰写的这部著作是属于历史哲学的范畴。请注意，是历史哲学书，不是历史书，更不是百年大事记，不是编年史。关于20世纪的历史书已经太多太多，而有关它的历史哲学的书则又太少太少。所谓历史哲学，就是司马迁所说的“究天人之际，通古今之变，成一家之言”。

老实说，在我的书桌上就放着一本德文的鸿篇巨制《20世纪编年史》(*Chroni des 20. Jahrhunderts*)，1984年第6版，Bodo Harenberg主编，1247页，重约4公斤，从1900年编起，直到1984年，图文并茂，其中百分之五十的照片是我第一次见到的。当然，编得很出色，重大事件几乎一件不漏，并附有照片。不过最大遗憾是：没有思想，没有历史哲学观念在闪烁。仅仅是一堆事实，排列得极有序，整齐，就是欠缺一根历史哲学的金线将这些重大事实串联起来。

打个比方：那只是一团血肉，却欠缺骨架子和一个大脑，还成不了一个会走路的人。

或者说，那只是一堆放得很整齐的建筑材料：砖头、木板、铁钉、水泥，但还不是幢大厦，因为没有一个建筑师到位。

若是我们写本告别20世纪的书，还能写成编年史吗？能超过我桌上的那本重4公斤的“航空母舰”吗？

对这部德文版的编年史，我是肃然起敬的。这也多少说明德国的文化之发达。投放了多少人力、物力和财力啊！这是我们出版界的短处。光上万张历史照片我们就望尘莫及。于是我们只好扬长避短，走用哲学观念取胜的道路。历史哲学的要害是在一些基本历史事实的基础上作出哲学概括，上升为揭示世界生成的脉络，上升为历史哲学智慧的洞察，上升为世界精神。19世纪德国杰出物理思想家克劳修斯(1822—1888)就把热力学广大领域的纷然杂陈的基本事实概括为两条自然哲学的智慧，上升为宇宙间的绝妙义理，给我极深刻印象：

> 宇宙的能量恒定不变；
> 宇宙的熵趋向最大值。

今天我要问：在面对行将结束的20世纪，我们也能从中抽出几条类似这样的绝妙义理吗？也能抽出哲学智慧吗？电脑、火箭、卫星……只是一堆了不起的知识。不错，知识即力量。但“力”是有善、恶，破坏或建设两个方向的。没有方向的知识是可怕的。智慧则为知识指出了方向。

我交代过，我深知撰写《交织鸣响》一书之难度。作者须兼有才、识、胆、力，苟一有所歉，则不可登作者之坛。比如，无识而有胆，则为鲁莽，为无知，其言必背理叛道。无识而有才，虽议论纵横，思致挥霍，而黑白颠倒，是非混淆。

只有将才、识、胆、力四者集于一身，才能从20世纪波澜壮阔的历史画卷中梳理出世界历史发展的律动、节奏和规律性；看出世界的意义，历史的目的。（即便没有意义，那也是意义；即便没有目的，那也算是目的。）

撰写这本书的实质，是担负起哲学概念思维的艰苦工作。比如，当代美国国际关系专家、哈佛大学教授亨廷顿便认为今后的世界可能不再有意识形态的冲突；21世纪的世界格局在很大程度上取决于这几大文明的相互撞击和互相影响：西方文明、儒家学说、日本文明、伊斯兰文明、印度教和斯拉夫东正教等。——这便是文明哲学的概括。当然这仅仅是一家之言。不过东西方文明的撞击毕竟是下个的世纪的重要课题。

别了，20世纪，不单单是告别或回顾一百年，同时还要展望下个世纪。凡是有点头脑的人都在展望，都在思考。

距2000年只有5年；谁也不知道主宰21世纪的将是什么。当有一天，在我们的日历上突然出现了“2000”这串数字，我们会陌生的。我们好像失去了坐标，失去了依托。就我个人来说，幸好，我还有莫扎特和贝多芬可以继续依托下去。

即便是上帝死了，天使失踪了，莫扎特和贝多芬还活着。

《交织鸣响》一书不可避免地有未来学的成分和章节。

写这本书有两个不尽相同的立场：

中国人的立场；世界公民的立场。

我选择后者；因为20世纪是全球的，不是某个地区的。也许，最好站在外星人的立场来审视一百年的风风雨雨便更为清晰、冷静、客观和公正。全书分三编：1. 人与自然；2. 人与社会；3. 人与人性。

在关键性的时刻来到这个世界毕竟是幸运的。

的确，就面临跨世纪难题的质量和数量而言，过去的世纪统统叠加在一起同今天相比却是小巫见大巫。因为今天的每一个难题都关系到人类的生死存亡。命中注定要我们怀着世界忧心和世界痛苦走向21世纪。

世界范围的忧虑暂且不说，这里先说中国的困境。比如人口。不错，家庭联产承包制刺激了农村经济发展和农村市场化程度，但也大大刺激了农民的生育动机，导致了农村人口增长。可见，中国农村实行家庭联产承包制等经济政策同计划生育政策是相矛盾的。

最近几年，农村人口大量过剩，涌向全国各个城市，使这些城市不堪重负。在上海，我就日夜亲身感受到了这压力之巨大。我经常同来自河南、山东、安徽、江西和苏北的农民交谈。他们告诉我，一家生三五个孩子不稀奇。在广大农村，如今是有钱的买着生，有权的明着生，胆大的抢着生，没钱没势的偷着生。在有的地方，超生要罚款两千元。农民说，花两千元买个儿子，合算！

中国人口增长失控所造成的一系列危机将严重影响21世纪中国社会的格局。庞大的农村剩余劳动力将成为中国社会变革过程中长期动荡的根源之一。因为人口过剩和狭小生存空间的尖锐矛盾，会严重威胁着人际关系的和谐以及社会、政治、经济三大秩序的稳定。也许，今天卢旺达的灾难就是21世纪30年代中国的灾难。

1993年秋，我"有幸"在德国莱茵河沿岸难民营体验过七天七夜的难民生活。在今天世界上1800万国际难民中，流落在德国的难民算是非常幸运的。当然，内战是人们背井离乡的重要原因。

过去是各国之间交战，今天（在世纪交替之际）却是在一个国家的内部混战。波黑、苏丹、卢旺达、莫桑比克、安哥拉、菲律宾、利比亚、阿富汗、埃塞俄比亚、索马里和阿塞拜疆已成了危机的策源地。(我祷求上苍保佑中国,不要让内战降祸在中华大地,永远不要。)

第一次世界大战,平民受难者仅百分之五;第二次世界大战为百分之五十;到了现在,在被战火席卷的地区,受害者中平民比例已高达百分之九十!(这是人间最大的恶。)

这是严重倒退。在科技发达方面,人类越来越聪明,但在伦理、道德和正义方面,却越来越愚蠢。民族冲突当然在大愚蠢之列。波黑塞族、穆族和克族之间的混战已使270万居民在国内颠沛流离;加上120万波黑难民逃往国外,共计390万人。

生态难民也将加剧世界难民危机,威胁21世纪。例如,前苏联切尔诺贝利核电站事故以后,许多人逃离家园;孟加拉发生大水灾,人们无家可归;哥萨克因干旱而逃离咸海地区;印度每年因洪水使2500万人受灾,造成"国内大移民"。据估计,到世纪末,世界的"国内移民"人数将达到3～5亿。

世界忧心来自人类危机;世界痛苦来自地球危机。对某些人,这也许是件好事。因为只有世界忧心和痛苦才有可能造就世界哲学。

我明白,撰写《交织鸣响》一书是一项艰巨、复杂的系统工程,要涉及诸多学科,必将动员、驱迫我的每一个脑细胞。不过不能面面俱到,不能"全线进攻",只能是"重点突破"。分清人类的一大堆聪明和另一大堆愚蠢是我仰观俯察、发表剧评的眼点和主旋律。所以,我要动手写的这本书的书名又可以叫做《20世纪的聪明和愚蠢》或叫《20世纪的时代精神》。

忧祸乱,悲时日,怀远道,一一触类而起,旁见侧出,皆我胸襟寄托。

在关键时刻登上舞台或在台下有意寻找一个角落做看客,写剧评,都是幸运的。不过最为重要的是:内心要有股冲动和激情。

当然这也可以是一套丛书:《回顾20世纪丛书》。

打头的第一部应是纲领式的,黑格尔式的鸟瞰:《20世纪的聪明和愚蠢》。由此引出下面许多分册,如:

《20世纪的数学》;《20世纪的物理学》;《20世纪的生物学》;《20世纪的农业》;《20世纪的音乐》;《20世纪建筑艺术》;《20世纪国际关系史》;《20世纪战争与人》;《20世纪人与自然》;《20世纪医学哲学——中西医哲学背景比较研究》……

作者必须先要有激情,有灵感和创作冲动;有童心最为重要。撰写这类书不是有泪才悲,而是有悲借泪以出。

估计全世界不少有识之士都会想到以上题目。"题目是众人的,文章是自己的,故千古有同一题目,无同一文章"(明末清初学者廖燕语)。此话说得极是。

于是,1995年酷暑的夜半,我躺在唐新公寓的阳台上,看着满天的星星,想起我的人生使命:

站在世纪潮头
将哲学概括思维的长鞭
直指世界的本体
抽出世界的构成方式
听出它的
节拍　起伏　律动
也是
一种潇洒
一种富有
一种威风

最后,我想要说明一点:

历史发展是连续不断的。在两个世纪的一夜之间,并没有一条鸿沟。1999年12月31日深夜一过,2000年元旦那天黎明便是另一个世界。不,不会这样。

在一个世纪行将结束之际,对地球上的整整一百年作一综合性的回顾,对欧美人来说也是一次难得的机会。对我们中国人来说更是如此。

我从没有见到过,1900 年前后,有个西方人站出来回顾整个 19 世纪。主要原因是:当时的人还没有足够的世界意识,全球或世纪意识。因为当时还没有覆盖全球的广播、电视和报刊。今天,作为一个中国人能堂堂正正地站出来,把整个 20 世纪作为自己哲学概括的对象,这不能不说是一种骄傲和自豪,当然也是一次百年一遇的良机。

最后我想起 18 世纪法国思想家伏尔泰(1694—1778)的死。他的心脏装在一个盒子里,上面写着他生前的一句话:"这里是我的心脏,但到处是我的精神。"这是哲学家的风流。

是的,18 世纪的欧洲精神正是伏尔泰的精神,康德的精神。

那么,人类 20 世纪的精神呢?我想至少要有以下几个人的英名:马克思、列宁、爱因斯坦、普朗克、玻尔、海森堡、希尔伯特……当然远不止这些。

对昆虫世界的哲学思考

对昆虫世界，我好像多少有点发言权，因为我早年在中国农业科学院翻译了十多万字的应用昆虫学的论文，并且是边翻译，边读有关方面的学术专著，又经常出入植物保护和昆虫生理实验室。后来，在东北放羊的时候，我又经常坐在山坡草地上直接观察自然状态中各种各样昆虫的生活习性，比如它们的交尾和身体上的保护色。有一回，我在树干上发现了一只昆虫，它的颜色几乎同树皮完全一样。多亏我观察仔细，又有的是闲暇时间，否则要把它同树皮区别开来是不可能的。

走进昆虫世界的人一般怀有两种目的：应用（或实用）的目的；被不知足的好奇心驱使而深入这个领域的“大自然活动”——这后一个目的，纯粹是对大自然智慧的爱，以及对造物主安排和设计的敬畏。

我好像是出于这后一个目的。探求整个大自然活动的哲学背景，就是追求一种哲学的自然观。它的心理学动机是不知足的好奇心。它要打破砂锅问到底，一直追问到上帝的尊前。

我最先感兴趣的，是昆虫病理学（insect pathology）。当我第一次知道昆虫也会患病，微生物是使昆虫患病的原因时，我是既惊讶又激动。我记得，那是1962年的一个秋日，其时正值白杨树叶纷纷飘落下来。当时北京西郊魏公村一带还是很清静的。我意识到，我对昆虫病理学的激动和惊讶是既纯正又神圣，那是一种地道的对大自然智慧的爱——谢天谢地，我这种爱一直保持到现在。一个人只要有了这份爱心，便会豁然胸次扫尘埃，浮名浮利不贪他，万事无牵挂。我想，这就是昨天和今天当然还有明天我热烈追求哲学自然观的最大理由之一。

关于昆虫的病，我知道，蚕就会患病。当病原微生物（真菌类、细菌类、病毒类和原虫类）通过各种渠道，侵入蚕体，蚕往往就会发病。

病原微生物都是极小的微粒，重量很轻，可以悬浮。在大气中它到处飘扬；也会飘落在水域，或黏附于尘埃之上，久久不失去活力。

如果地球上3000万种昆虫都发病、死亡，那么，地球就会一团混乱。这是食物链或食物网的混乱。因为昆虫是花粉的传播者。陆地上绝大多数开花的植物失去了花粉传播者，很快便会灭绝。紧接着发生的大灾难便是大量的哺乳动物、鸟类和其他陆生脊椎动物随着开花植物一起回归到寂静的坟墓，便不再在地球上出现。因为它们赖以生存的可食叶子、果实和可捕捉的昆虫没有了，灭绝了。

由此可见，我们人的生存是紧紧依赖于昆虫的，尽管在我们眼里，许多昆虫是丑陋的，有害的。但是不要忘了，地球上陆地世界的秩序都要靠昆虫来维持，而不是靠人。

要知道，昆虫是陆地上最多的动物；昆虫的种类比其他所有的生物（包括植物、动物和微生物）加在一起的种类还要多，其总数估计有10^{18}，约1万亿公斤的生物量。而开花植物则是陆地上种类最多的植物。

在经济学家看来，世界的最大财富是矿产、土地、森林和水产资源等；但在进行自然哲学思考的生物学家眼里，世界最大的财富却是昆虫同开花植物之间的相互依存和平衡的生态关系。因为几百万年来，陆地上的生态环境有很大一部分是由昆虫同开花植物的相互依存关系维持的。

只是后来，我们人类才在地球上出现，这比昆虫的出现要晚许多，也许要晚3.99亿万年。因为昆虫是4亿年前在陆地上首批出现的动物，而人类的历史还不到100万年。

当代人类有两大愚蠢：

核战争，使用化学和生物武器；

世界人口在不断爆炸，而对如何同其他物种和谐地共同生活在这个地球上又知道得太少。

下面这个事实是意味深长的：

人对昆虫的用途并不大；人类的生存却要依赖于昆虫世界。

要是将来一旦人类在地球上灭绝了，除了三种人体寄生虫外，其余千百万种昆虫照样会继续生存下去，而且会越来越兴旺。

于是我觉得，人类作为地球上横行霸道的居民，是不受自然界其他居民（比如许多野生动物）欢迎的。当严冬来到，北风吹着田野上的电线，发出一阵阵响声，在我听来，那好像是自然界在呻吟，呜咽，在那里埋怨，在那里咒骂人类对大自然所犯下的种种罪过。

是的，一个没有了人类的地球是可以想象的：两三百年后，世界生态体系便会更新，重新回到1万年前存在过的物种丰富和多种多样的平衡状态——树林子里有鸟来筑巢，洁净的河水里有鱼，泥土里有蚯蚓在忙碌，并且再也用不着害怕有剧毒的农药；当然还有野猪和野鹿在亮丽的五月山坡上自由地奔跑，因为再也不用担心会有暗算它们的猎枪扣响……

不过，站在人的立场上看，一个没有人类的地球的兴旺和繁荣又有什么意思呢？那是真正的"人去楼空"，凄凉得很。

问题的另一面是：一个没有了其他生物、光有人类生存于斯的地球则是不成立的，不可想象的，因为最后，人类也无法活下去，地球一片可怕的荒凉，就像今天我们在当年的丝绸之路沿途所见到的西风残照；巴黎、纽约、东京和上海的高楼大厦全是空无一人，且落满了尘埃和黄沙，连一只昏鸦都见不到。

这真是一个悲惨的结局。

可是我们希望的却是一个既有人类又有野生动物的地球的持久繁荣。

这只有在地球上的生态平衡得到保证的前提下才能够实现。今天的人类应该而且必须学会唱陶渊明的歌：

悟已往之不谏，知来者之可追；

实迷途其未远，觉今是而昨非……

外　　滩

——上海开放的象征

不论是过去还是现在，上海的象征并不是老城隍庙，也不是国际饭店，而是拥有百年历史的外滩。只有外滩才是今日大上海开放的标志。

尽管最近几年许多高楼大厦在上海各个区拔地而起，但也休想动摇外滩作为这座国际大城市象征的地位。

外滩之所以占有这一席独一无二的地位，我想有两个原因：它那凝重的中国近代史背景以及伫立在浩瀚太平洋东海岸的地理位置。

有一回，我骑车路过四川南路和福州路的交叉点，突然在东边看到有艘万吨级的远洋轮船从外滩黄浦江的江面上缓缓悠悠地驶过，我觉得那庞然大物的移动简直就像是舞台上的一幕布景。然而正是这一奇特的景观造就了大上海的独特形象：中国面向世界的最大吞吐商港。

的确，只要你往外滩一站，看着万吨级来往船舶在江面上忙个不停，间或有三两只海鸥在那里自由自在地飞翔，对岸正是举世瞩目拔地而起的浦东，而在你的背后，则是鳞次栉比的各种类型的西方建筑——昔日的银行、洋行、海关和领事馆，这时你的心胸和眼界，必然就是开放的，面向世界和未来的。外滩的气质同任何闭关自守的观念都是格格不入的。

是的，外滩如同一个人，它有自己的胸襟和气质。站在外滩，你想到的，绝不仅仅是中国五千年的古老历史和传统文化，而是更重要、更现实的放眼世界，把中国放到当今世界范围和世界经济大格局中去思考，并且同纽约、旧金山、大阪、伦敦、新加坡、鹿特丹、汉堡和彼得堡……联系起来一块考虑。

如果说，自 1845 年以来上海就是中国对外部世界开放的一个重要口岸，那么，当你今天站在外滩望着悬挂各国旗帜的舳舻相接，穿梭在黄浦江上，你的心态仿佛就是在临窗远眺整个世界。先前夜郎自大的狭窄心胸顿时便会为之一扫。

打开中国的窗口吧，让有益于我们民族的世界新风吹进来！——每当我站在外滩，我的内心便会情不自禁地这样呼喊。

外滩的胸襟，其实就是整个大上海胸襟的折射；大上海的胸怀，又当是我们整个中华民族今天的气度，就像盛唐的长安是当年我们民族向世界开放的气魄。

在某种意义上，外滩的历史实在是中国近代史的一个缩影。

作为一个旅游者，不管你来自地球上哪个角落：美国、英国、西班牙……或是中国的台湾、河南省和贵州省，要是你第一次到上海而不在外滩站一站，那你就等于没有到过上海；当你站在外滩，要是你对外滩同中国近代史的一些关系一无所知，那也等于你自来外滩走了一遭。我说过，绝大多数旅游都是需要旅游者的文化素质和历史知识的，否则你就会入宝山而空手还，白花钱，劳民伤财。

鸦片战争之后，在《南京条约》中，上海正式被列为五个对外通商口岸之一。从 19 世纪 80 年代到本世纪 30 年代，外滩便相继出现了大批的西方建筑。英国汇丰银行就很典型。今天坐落在福州路外滩的上海市人民政府大楼便是 1925 年建成的新汇丰大厦。面积达 3.2 万平米。

从外到里，它都是仿古典主义的风格，尤其是那半球形屋顶以及爱奥尼克式的柱廊，恒给人庄严和富丽堂皇的感觉。不管是白天还是夜晚，每每从它面前经过，我的心耳总像是听到了一首非常庄重的乐曲，当然不是中国的《梅花三弄》或《广陵散》，而是亨德尔、巴赫或贝多芬的弥撒曲。再就是华俄道胜银行(今上海市航天局)。我只知道这座三层楼砖石钢筋混凝土混合结构的建筑建成于1910年。但它的建筑设计师是谁，我却一无所知。这是不公正的。在一些主要建筑物的上面理应署上建筑师的名字，就像诗人、画家在自己的作品上署上姓名和完成的日期。上海黄浦区旅游局是否可以做这个工作：在外滩及其周围一些著名建筑物的墙上钉一个铜牌，写上该建筑过去的名称、建成时间和设计师的姓名。这样做，无疑会增加旅游点的价值和色彩。

据我所知，今天坐落在南京路外滩的“和平饭店南楼”便是1906年由英国人斯各脱设计的。(过去叫“汇中饭店”)每当我看见“1906”这四个阿拉伯数字高高地镶嵌在大门前的上面，我的心便会为之一动，我联想到的自然是爱因斯坦的相对论。因为1906年正是他创立相对论的第二年。

历史毕竟是已经翻过去的一章。让我们还是站在外滩，面向浦东，眺望浦东的灯火辉煌吧；那里才是外滩今后的发展、扩张和希望所在。

没有浦东今日的腾飞，外滩仅仅是一段陈旧的民族辛酸历史；没有外滩大批仿古典主义风格的西式建筑，浦东就会同中国近代史断绝连续性，而变得浅薄。

我不喜欢一个浅薄的城市，而偏爱生活在一个既有现代化气氛又有凝重历史感的大都会。昨天、今天和明天是一个城市之链的三个环节。没有昨天，哪来今天？

今天我们看外滩，主要不是去追忆往事，而是站在振兴上海的大背景下去赋予外滩以一片崭新的生机和内涵。于是我写下了几行诗句：

把握今天
回忆昨天

展望明天的人
拥有三辈子

只有今天
不回顾昨天
也不眺望明天的人
充其量只活过一辈子

莫扎特音乐与中国古典美学

每当我们纪念人类文化史上一位伟人，我们就务必要把他同我们自己所处的现时代联系起来纪念；否则，便会失去意义。我们之所以要纪念他，原是因为他的精神遗产还活跃在我们的时代，活跃在我们的心中，经常给我们以生存的勇气，生存的亮光和生存的智慧。

1930年，爱因斯坦为了纪念德国伟大天文学家开普勒逝世300周年写过一篇文章。一开始，他就说："在像我们所处的这个令人焦虑和动荡不安的时代，难以在人性中和在人类事务的进程中找到什么乐趣，而正是在这样一个时刻，我们来怀念像开普勒这样一位高尚而淳朴的人物，心里就感到特别的欣慰。"大家知道，1930年前后，经济危机席卷了世界许多地区；战争的危险笼罩着欧洲和亚洲。当时人类的生存状态是普遍的动荡不安，可谓灾难深重。

今天，人类的生存状态依旧是严峻的。要是爱因斯坦还活着，他肯定会用同样的话语来怀念莫扎特，纪念莫扎特逝世两百周年。这倒并不仅仅是因为他终生热爱莫扎特音乐的缘故，更主要的是，我们今天所生活的时代，仍旧危机四伏，令我们焦虑和忧心忡忡。

人类同大自然的空前紧张关系就是一个例子。我指的全球生态环境被严重污染。科威特油田上空浓烟滚滚正是这种被严重污染的最恶劣的形象。它既直观，又叫人坐立不安；既可恶，又可怕；既可恨，又对它无可奈何。因为这种愚蠢的行为，人类是一犯再犯。它同莫扎特音乐的和谐是多么不相容啊！现代人虽然拥有波音飞机、电视和第五代计算机，但内心世界却充满了混乱和迷惘，因为生存的目的模糊了，精神找不到家园，找不到寄托和归宿，终日被一种茫然、空虚和恍惚所包围，看不透，冲不破，也走不出去。

那么，现代人的出路究竟何在呢？当然不仅仅是寄希望于尖端的科学技术，而是寄希望于人性的改造。因为我们的世纪并不欠缺科学技术，并不欠缺飞机飞行的超音速度，而是缺少道德和伦理的智慧，欠缺内心的和谐和平衡，欠缺一种博大的爱心，对天地人神的爱。

音乐这门艺术的最大功能正在于她能改善人性。我指的当然不是摇滚乐，不是美国午餐音乐，而是优秀的古典音乐，尤其是莫扎特音乐。

奥地利现代杰出的原子核物理学家魏斯柯普夫说过这样一段意味深长的话：

“对我的学生因这个世界感到沮丧时，我就时常对他们说，有两样东西使我感到生活的意义：莫扎特音乐和量子力学。”

几年前，当我在一本物理学杂志上读到魏斯柯普夫这段自白时，我是很受感动的，并且同他也很有些共鸣，因为三十多年，直到今天，莫扎特音乐依旧在暗示我人生的意义，给我启迪和鼓舞。

个人和他所处的世纪在万事如意的时候也许不要莫扎特音乐来安慰和指点迷津，在我们惶惶然、迷惘和苦闷的时刻，我们就迫切需要听到莫扎特音乐。我想，这便是国际文化艺术界把1991年定为“莫扎特年”，世界主要文明国度都在纷纷举办纪念活动的重要原因。

这是时代的需要，也是我们世纪的自我意识、自我反省和自我纪念。况且，一切优秀的文学艺术、文化都是没有国界的，都是有助于世界和解的。人与大自然、人与人、民族与民族的和解。

那么，我们这些当代中国人为什么要在这里聚会纪念莫扎特逝世两百周年呢？要知道，莫扎特生活的时间和空间离我们很远，文化背景也很不相同。我们纪念的理由是什么？我想，主要理由有两个：

第一，当代中国是当代世界的一部分。脱离当今世界主旋律的封闭中国是不可能存在的；改革、开放的中国，以及既古老又新生的中华民族，特别需要具有向世界一切优秀文化开放的博大胸怀，这也是我们民族自信心的表现之一。

第二，在莫扎特音乐和中国古典美学之间存在着一些极深刻的关系，揭示这些关系，正是东西方文化比较研究的一个课题。为了阐述这个课题，我想分别论述如下。

一　莫扎特音乐在世界文化史上的地位

20世纪是伟大的。之所以伟大，是因为她站在两个伟大世纪肩上的缘故。这便是18和19世纪。

莫扎特正是18世纪的儿子。18世纪之所以伟大，是因为她产生了好些伟大的儿子，发生了一系列重大事件。我们仅列举伏尔泰、卢梭和康德就够了。当然还有伟大数学家拉普拉斯和欧拉，以及拉格朗日和达朗贝尔。我之所以要着重提到这些数学家，是因为他们对无穷级数理论作出了重大的贡献。比如，欧拉就证明了像

$$\frac{1}{1^2}+\frac{1}{3^2}+\frac{1}{5^2}+\cdots\cdots=\frac{\pi^2}{8}$$

这类无穷级数。此外，三角级数也充分体现了18世纪数学思想的特征，这是很典型的18世纪的形式处理方法。这种级数之所以在天文学上有用，显然是因为它是周期函数的缘故，因为天文现象大都是周期性的。开普勒有句名言："上帝要求人们倾听天文学的音乐。"事实上，正是天文学和无穷级数为我们感受、理解莫扎特音乐的绝对和谐提供了最崇高的想象力的背景。因为莫扎特音乐精神同无穷级数的精神颇为相近。

开普勒在他的《宇宙和谐论》中研究了音乐谐音的机制，为的是要说明宇宙天体的和谐；今天我们在这里谈点无穷级数，则是为了更好地体验莫特音乐的绝对美和绝对和谐。因为不论是无穷级数，还是莫扎特音乐（特别是他的钢琴协奏曲），都体现了中国古代哲学家所说的“天地之序”的高级和谐，这是18世纪的时代精神在科学思维和艺术思维这两个侧面的伟大成就。莫扎特在处理音乐艺术世界的时候，好像也采用了他所处的那个时代将函数展开为三角级数的手法。我以为，要真正把握莫扎特音乐，就很有必要同时去观照、比较18世纪欧洲其他文化（包括数学思想）所达到的高度，比如建筑艺术、绘画和哲学思维。

二　莫扎特音乐与中国古典美学

很巧，三十多年前，我几乎是在同一时期接触到这三样东西的：莫扎特音乐、无穷级数理论和中国古典美学。我惊讶地发现，前两者都是中国古典审美最古理想——“天地之和”的绝妙回声，都是天籁自鸣。

今天，作为东西方文化的比较研究的一位学者，我自然想从中国古典美学的角度去观照莫扎特音乐的博大精深和永久魅力，去陈述我对他的音乐绝对和谐、绝对美的感受和理解。

当然，企图用普通语言文字去议论莫扎特音乐，就像用乞丐的语言去谈论阿拉伯王子的宫廷生活，显得很贫乏，很干巴，简直是不自量力。如果硬是要勉强为之，我只好借用中国的《礼记·乐记》的说法：莫扎特音乐是“清明像天，广大像地，终始像四时，周旋像风雨”。我以为，这18个汉字正好是莫扎特音乐的文字写照，尤其是他的钢琴协奏曲。若是有人还嫌这18个汉字太多，提出只允许用一个汉字来刻画莫扎特音乐的精神，那么，我就想用一个“和”字，而表达贝多芬音乐的精神，则用一个“力”字。这一字之差，便是这两位作曲家所创造的音乐艺术世界的差别。

这“和”字，却是中国哲学与美学一个具有多重结构的最重要的范畴，它是“乐者，天地之和”的“和”。

中国古人把音乐看成是表现天地运行和谐境界的这样一门艺术。这种见解，即便是今天，仍旧令我们赞叹不已，拍案叫绝。

无独有偶。公元前5世纪，古希腊哲学家毕泰戈拉也提出了天体谐音的学说。该学派认为，天体的排列是和谐的，整个宇宙系统是按谐音的比率排列的，如四度音程、五度音程、八度音程。

中国古人尽管没有从数量上的关系将音乐同宇宙天体运动的和谐做一比较，但从定性上却认为：“凡乐，天地之和，阴阳之调也。”（《吕氏春秋》）或者说，“太一”、“太和”产生天地，天地产生阴阳，阴阳之气上下变化，互相融合，产生万物。而音乐应该是天地和谐、阴阳协调的表现。

和谐是从两个对立的主题得来的。比如阴与阳，雄与雌，光与暗，上与下，一与多，奇与偶，有限与无限，善与恶，欢乐与悲哀……

莫扎特钢琴协奏曲和交响曲的绝对和谐，便是由这些对立的主题相互矛盾、冲突和统一造成的。比如他一生的最后三部交响曲就很符合中国古典审美最高理想“和”。《第四十交响曲》的艺术魅力就在于莫扎特安排了这样两个基调的对立：悲哀和激昂；或者说是淡淡的哀愁和激昂慷慨的热情。而悲哀中的沉思和激昂中的威严又使得他的作品具有一种审美的力度、广度和深度，恒给我们中国人以“无边落木萧萧下，不尽长江滚滚来”的宏伟气度。

一个以中国传统文化为背景的现代中国人是不难把握莫扎特音乐精神的，因为它很符合我们中国人所追求的“和”。孔子说过：“乐而不淫，哀而不伤。”这也是“和”的重要内涵之一。在莫扎特的音乐中，我们中国人好像听到，在一个清风朗月的夜晚，莫扎特独自在晚秋的菩提树下徘徊，他在那里为世界人生变变化化、生生死死而哭；他在那里暗自抽泣，但不是坐在地上号啕大哭，不是一把眼泪一把鼻涕；后来我们又听到他在笑，但又不是狂笑，而是从内心流露出来的笑。莫扎特的哭和笑都是不出声的；莫扎特的哭和笑，欢乐和悲哀，好像都是中国古典式的：

“乐而不淫，哀而不伤”。苏东坡有句名言：“养生之道，曰和曰安。”所以，我们中国人对莫扎特音乐的态度，也可能把它看成是一种养生之道，因为它充满了平和、平衡和安详的气氛。

为了说明问题，我想提一提莫扎特的《A大调单簧管协奏曲》。写完这部作品后三个月，他就死了。我之所以要着重提到这首曲子，是因为莫扎特式的悲哀和欢乐在这里的吐露都是很典型的，有节制的，从不过分的。过分，就破坏了“和”，破坏了“安”。令我们奇怪的是，莫扎特式的淡淡哀愁，总不失其富有一种令人心醉的美感，对这种美感，我们中国人是似曾相识的，那原是唐诗宋词的境界，也是它们的魅力所在。

今天，为了纪念莫扎特，我们中国人也要演奏他的几首曲子。但是在什么地方演奏最合适呢？在商城？在音乐厅？严格来说，都不合适。唯一合适的地方只有在圆明园，而且是在没有被烧毁的圆明园。理由很简单：莫扎特音乐和圆明园都是18世纪的作品。莫扎特生活的年代正是我国清朝乾隆时代。圆明园的建筑可以说是东西方文化比较的杰作。过去好些年，我经常在圆明园的废墟西洋楼附近散步。在清风朗月的夜晚，站在这一西式建筑遗迹的面前，我想起的不是肖邦，也不是柴可夫斯基，更不是巴托克和格什温，而是莫扎特音乐。

今天我所听到的莫扎特音乐，就像我在圆明园看到的西洋楼，可惜西洋楼今天只剩下了丛生的荒草和杂陈的乱石。没有毁坏的西洋楼是典雅的，富丽堂皇的，对称的，和谐的，它坐落在圆明园内，正像我们中国人的内心所感觉、所理解的莫扎特音乐，两者都是荡人心魄的，都是中国人心中的18世纪欧洲艺术风格。

就说到这里。

因为音乐归根到底不是用嘴巴说的，而是用乐器演的或歌唱的。如果莫扎特音乐能用嘴巴说清楚，那么，莫特和全世界的交响乐团就是多余的；托斯卡尼尼、卡拉扬海菲茨和梅纽因当然也是多余的。

1991年9月14日

哦，浮士德之叶

在万里之外
我早已
仰慕你的名字
却不曾来朝拜
不是不想
全怪中国的国门
久久紧闭不开放

——在从埃尔福特到魏玛的公路上

魏玛地处埃尔福特和莱比锡之间，德国主人最后决定我们在魏玛作短暂的逗留对于我实在是一个意外的收获，令我兴奋。因为从大学一年级下学期我就从德语课本上知道了魏玛，对那里迸发出来的德意志精神我一直是心向往之的。魏玛对我的精神世界的魅力，就好比清泉白石、皓月疏风的幽静对想屏绝一切尘俗杂虑的出世者具有特殊的诱惑力。

从某个侧面、某种程度上来说，魏玛这座小城的历史也是德国历史的一个缩影。它的命运，仿佛是一个象征，象征德意志民族的命运。它的起落兴衰或善良邪恶，也是德意志的善与恶。

纳粹德国著名的集中营布痕瓦尔德就在公路的另一侧，同魏玛相对，相隔仅十几公里，我好像一下子看到了一个人的两副面孔：善的德国，恶的德国。坐在面包车上，我就有了探讨德意志民族性格的冲动。

快到魏玛的时候，正逢壮丽的落日；天边有一颗很大很亮的星星蓦然出现。一切的一切，都是那么安宁、太和、平静。这安宁、太和、平静，正是一百多年前歌德在魏玛发出的一声呐喊：

甘美的宁静，
来吧，
哦来到我的心怀！

透过正在行驶中的面包车的玻璃窗子，久久望着这人才荟萃之地的郊外落日，这魏玛的寒日无言西下，我好像真正懂得了歌德的内心世界。也许，这里的暮色苍茫和这里的郁郁淡看风月的高大树木，同德国的浪漫气质和禀赋都有一层神秘的内在关系。

1824 年 5 月的一天，歌德就在魏玛郊外的黄昏落日沉思、感叹过。那天傍晚，歌德邀请爱克曼乘马车去溜达。车子穿过魏玛的山冈，夕阳的光辉照着白桦树林。看到落日，歌德沉思了一阵子，然后向爱克曼朗诵了公元五世纪古希腊诗人依努斯的一句诗：

西沉的永远是同一个太阳。

接着就很高兴地说："到了 75 岁，人总不免偶尔想到死，不过我对此处之泰然，因为我深信人类精神是不朽的，它就像太阳，用肉眼看，它像是落下去了，而实际上它永远不落，永远不停地在照耀着。"

当我望着魏玛郊外绿色的丘陵景色、田野和白桦林上空那最后几束玫瑰色的晚霞，企图捕捉几处冷落、凄凉的秋景来充实我的遐想的时候，我失败了。因为歌德的思想和行动充满了生机，好像歌德和席勒曾经住过、创作过的魏玛并不懂得登孤垒荒凉，也不懂得愁肠已断不必醉，酒未到，先成泪。

歌德的精神，即他笔下浮士德的精神。在浮士德身上有一种永久不灭的活力在那里激溢、冲动：

他在不倦地奋斗，
于是他才能得救。

4点半钟，当我们站在歌德故居门前摄影留念的时候，我满脑子就是想着浮士德的精神。我想，只有把浮士德的精神深深印在脑海里（摄影留念仅仅是外表的东西），把它带回到上海，才算没有白来魏玛一趟。因时间关系，我们不能去里面看看歌德的卧室、书房和图书馆。席勒的故居也无法进去。

在歌德故居门前的路旁有几株高大、挺拔的杨树，秋风吹来，叶子沙沙作响，我突然感觉到有一种天地之气，蓬蓬然起于暮色之中。我知道，那是一种不可磨灭的天地、浩然之气。

正是这浩然之气，造就了普遍的世界感触、思维和觉悟，它同言不出帷薄，事不离井巷的地域狭小性是格格不入的。——想到此处，我连忙弯下腰，拾起了一片落叶，将它夹在日记本里。如今，这片"浮士德之叶"也钉在我的书房墙壁上，作为一种晨钟暮鼓，教我竭尽终生之力，将志高、志大、志远溢于笔墨之外。

魏玛的街灯亮了，但没有一丝灯红酒绿的市侩气。商店的典雅、高洁格调，真是令我陶醉。一个现代人一旦走到这种环境，原先在物欲横流的社会里精神感到无限的空虚，好像终日被一种漠漫的寂寥感所包围，不知何处是边际，何处是归程，看不透，冲不破，也走不出去的困惑和迷惘，顿时便会烟消云散。至少，我是这样。

我们去一家地下咖啡馆参观，据说当年歌德和席勒也常来这里坐坐，或谈论诗，或讨论戏剧。记得晚年的歌德曾对爱克曼说过这样一段话："像度勒和我这样两个朋友，多年结合在一起，兴趣相同，朝夕晤谈，互相切磋，互相影响，两人如同一人，所以关于某些个别思想，很难说其中哪些是他的，哪些是我的。"这是一段很著名的自白，当我站在魏玛歌剧院的大门前，徘徊在歌德同席勒并肩站在一起、手执一卷诗稿的雕像下面的时候，在我的耳边就回响着歌德这段出自肺腑的自白。

紧靠歌剧院的旁边有一座很精致的大厅，里面摆着鲜花，好像要开什么庆祝大会。经打听，才知道“席勒国家博物馆”今晚在这里开幕，西德有好些文化界的名人也来参加。这件事使我意识到歌德、席勒原是属于两个德国的。但是我为分裂的歌德感深遗憾：他的诞生地法兰克福在西德，而魏玛却在东德。两个德国何时能统一呢？21世纪可以吗？——国际政治事务的格局变化并不是气象，预言它是种妄想，因为变数、参数太多，太复杂，列出它的函数方程几乎是不可能的。

在往回走的路上，经过一幢高雅的19世纪风格的建筑，墙上钉有一块铜牌，上面刻有“魏玛F·李斯特音乐学院”的字样，我又情不自禁地“哦”了一声。因为我喜欢这位19世纪匈牙利作曲家、钢琴家的作品。1848—1861年，李斯特迁居魏玛，担任魏玛歌剧院指挥，上演格鲁克、莫扎特和贝多芬的歌剧，以及他的同时代人瓦格纳的作品，从而使小小的魏玛成了当时德国的音乐中心之一。

说实话，我喜欢李斯特的诗人哲学家气质。当我站立在那块铜牌的下面，仿佛听到了他的《第一钢琴协奏曲》从远处飘到我的心耳里来，萦绕在我的灵魂深处。我以为他的最高艺术成就在于他将管弦乐翻译成了钢琴的语言。用一架钢琴述说整整一个管弦乐队才能述说的时代渴望、矛盾和病态，陈述普遍的世界苦闷和追求，的确是他的功绩。

最后一个项目是仅从外表看一座宾馆，那样子很像上海外滩附近友谊商店对面的圆明园饭店。据说，30年代希特勒曾在这里住过，并且站在阳台上声嘶力竭地发表演说。

但这毕竟是历史的一页，上面落满了尘土，就像歌德故居的隔壁白天鹅旅馆落满了历史的厚厚尘埃，因为19世纪初拿破仑曾在那里用过饭，如今成了联合国的重点文物保护单位。

上车前的一分钟，我还在四处张望，我知道，我是在寻找巴赫的足迹，因为1703年他在魏玛宫廷乐队担任过小提琴手，他的大量管风琴乐曲便是在魏玛期间写成的。许多年，我从他的管风琴曲子中得到过多少“灵魂的平静”啊！我也知道，我四处张望，是在寻找尼采的审美人生，那原是生命热情奔放的状态。(一个是灵的平静,一个是魂的奔放,合在一起才叫完美,才叫人的自我最高实现。)在尼采生命的最后三年,他来到了魏玛,1900年就死在这里。

我不知道他的坟墓是否在魏玛,但不管怎样,在我的意识流中,却蓦然冒出了对他的一种深深的敬意。当面包车启动的时候,我想起了陶渊明歌颂荆轲侠义的诗句:

其人虽已没,千载有余情。

让尼采的审美陶醉来拯救无意义的我个人的世界和广大普遍的世界吧!

再见,永恒的魏玛,善良德国的魏玛,德国理想性的魏玛;两个德国,只有一个魏玛,只有一个浮士德啊!

人怎能没有理想性呢?有了物质,那只是生存;有了理想性,才是生活。猪圈里的猪是生存,而人则渴望生活,渴望当代美国心理学家马斯洛所说的高级需要;被别人尊重的需要和自我实现的需要。

寻找生理需要的人,请不要去魏玛,而去香港;

懂得寻找尊重需要和自我实现需要的人,魏玛则能教给你做人的价值。

选择吧——在魏玛的文化和香港的夜总会之间。

至于我,当然选择歌德和席勒,选择浮士德,选择意志的沉醉,选择尼采所说的"只有在创造中才有自由",选择歌德一生的追求:

多少个岁月,都是这么快乐,
精神热切追求,
去体验,去探索
创造中的自然如何生活。
世界是永恒的一个,
却又显示为许多:
小变大,大变小,
万物各按其本性。

近移远，远移近，

坚持不渝，变动不停，

这样在创造，这样在革新——

我对此惊异莫名。

正是魏玛鼓励我做出这种选择，抗击“香港式”的诱惑。我想，这正是我路经魏玛，逗留一个小时的最大收获。我年五十，难道还要在这个时候背叛我自己吗？

爱因斯坦的爱情和家庭生活

“欢娱嫌夜短，寂寞恨更长。”

这是中国古代小说刻画爱情生活的一句话。按照爱因斯坦的见解，这里面有相对论。有一次，爱因斯坦用了一个通俗的例子来解释他的相对论：

“如果你在一个漂亮的姑娘身旁坐一个小时，你只觉得坐了片刻；反之，你如果坐在一个热火炉上，片刻就像一个小时。这就是相对的意义。这当然是好懂的。如果有人存有怀疑，想试验一下的话，有谁不愿同那个姑娘坐在一起，而把火炉留给那个怀疑者呢？”

这可不是爱因斯坦通过纯粹自然哲学的思辨，根据某个公理，用数学推导或凭空冥想出来的结论。这必定是他的亲身体验。这位自然哲人一向崇敬基本事实，把经验看成是科学研究和哲学概括的出发点。在他的一生中，他肯定不止一次地在漂亮的姑娘身旁动情地坐过。否则，他就不会想到用这个生动的例子来解释现代物理学上极艰深的相对论。

据爱因斯坦的朋友后来回忆说，从青年时代起，直至暮年，他终生都喜欢同女子交往，从中得到快乐，得到娱乐，免除掉了寂寞。

早年，爱因斯坦经常在女大学生面前演奏小提琴，若是在座者中有位漂亮的女子，他的琴声就显得特别热情，格外富于柔情。

爱因斯坦常去拜访巴赫托德太太，因为那里住着好几个女大学生。爱因斯坦的隐蔽动机由此可见。自然界的优美结构使爱因斯坦一往情深，美好的女子同样使他心醉，这是符合逻辑的，因为女人的美是大自然优美的一个组成部分。

他一生结过两次婚。1904 年长子出生，六年后次子出生。关于婚后的家庭生活，有位学生作了如下描述：

“他（指爱因斯坦）坐在书房里，面前是一堆写满了数学公式的稿纸。他的左手抱着他的小儿子，右手却在那里奋笔疾书。他的长子在玩积木，不时向父亲提出些怪问题。‘等一会儿，我马上就好了。’爱因斯坦总是这样回答着说。最后，他干脆把两个孩子交给我照管一会儿，脱身后他便伏在桌上不停地写。”

时间估计在 1910 年至 1911 年，地点在苏黎世。另一位来访者则在回忆中写道：

“我走进爱因斯坦的房间，他正在那做哲学的沉思默想，一只手还在不停地摇着摇篮，孩子就躺在摇篮里。他嘴边叼着一根质量很低劣的香烟，在另一只手中有本打开着的书，炉子里正在猛烈地冒烟。生活在这样一个世界，他受得了吗？”

受得了的。因为在他的内心深处有一个无比清静的世界。那是他自己用思维和概念，用想象力和逻辑推理构筑而成的物理世界。他是这样一个多侧面的人：既入世又出世；既生活在这个世界上又越脱这个世界。有时候，他在街上一边缓缓悠悠地推着婴儿车，一边还沉浸在他的物理学思考中。那么，婴儿车同高深的比热理论、量子问题放在一块，能相容吗？别人也许难以做到，爱因斯坦却做到了。也正是这几年，他对理论物理学做出了重大贡献。

1915 年左右爱因斯坦还与一女子有过私通。其时也正是他创作广义相对论的热烈日子。看来，人类性爱同科学、艺术和哲学创作一样，也需要激情和真诚。文明人的性爱，在本质上不是别的，而是艺术创作。

人的低级和高级需要

一天，我突然接到一个电话，是 W 君打来的，约我去他下榻的锦江饭店吃午饭，说很想同我聊聊人生哲学，因为他晚上就要回香港。

W 君比我小得多，1982 年毕业于北大经济系，也算是我的校友。1987 年赴美打工，现在是美国一家大公司驻香港首席代表。这次回来，算得上是“衣锦还乡”了。一见面，我就说：

“要聊，就要坦率，既要报喜，也要报忧。”

“我是奋斗，硬闯出来的。这些年，我什么累活都干过。一天干 16 个小时。当然，机会和运气也给我碰上了。”

“据你所知，去美国的人混得怎样？”

“一言难尽。一般每月赚 1000 美元到 1500 美元，仅容头过身而已。有的就很不好。有位从南京去的姑娘，学电脑的，成绩优秀，但找不到工作，精神散了架，老想自杀。当然，自杀原因并不止这一个。”

“她应该努力奋斗一番才是。”我说。

“奋斗过了。精神已崩溃，很难再爬起来。在电话里，她告诉我，安眠药就放在枕头边，她随时准备告别这个世界。她承认自己是个失败者。”

饭后，为了继续探讨生的意义和死的解脱，我们又在花园饭店的咖啡大厅坐了下来。

“我很羡慕他。”W指了指独自坐在角落里的一位头发发斑白的顾客，手里拿着一本书正在读。

“明朝大学者方以智说‘千古之智，唯善读书者享之’。我得以坐集千古之智，折中其间，岂不幸乎！”

W君对这句话大感兴趣，要我写下来给他。

突然，钢琴、小提琴和中提琴响了，奏的是舒伯特的《圣母颂》，我们都沉醉了。

“今天你我坐在这里，得到的仅仅是第三级幸福。演奏者是二级幸福，舒伯特才是一级幸福，只有创造者才能得到一级幸福。”我说。

从W的面部表情看得出来，他很欣赏我把幸福分成三等，就像火车、轮船的座位分三个等级。

“如果你日后成了亿万富翁，你想干什么？”我问。

“送一个图书馆和一座游泳池给母校北大。”

“你的心胸未免太狭窄。你应该给中国100个小县城捐赠个图书馆。一个民族有了文化教养总是件大好事。”

分手时，W告诉我，他爱写散文，每年总要写成七八篇，存放起来。我看了看他，有点被他的追求所感动。

回家的路上，我在总结这次神聊。从W君的身上，可以看出美国心理学家马斯洛的理论是多么正确：人的需要分生理（低级）需要和精神（高级）需要。因为W君的生理需要（衣食住行）已经大大满足了，所以他才渴望尊重和自我现实。

自我现实的需要是人类所独有的。画画，作曲，写剧本，追问量子物理学的哲学基础等，都是自我现实的高级需要。W君找我聊大，是在他开始寻找生命新的、高级动机的时候。记得在同他分手时，他一再向我道谢，说我的谈话给了他许多启示。其实他也给了我许多。至少，他的新追求验证了马斯洛的理论；其次也说明我今天的写作生涯还是值得一过的。对于我，W君的处境和追求是一面镜子，照出了我的位置；是一个参考系，测出了我的值。

今天，若是要我在W君的位置和我现在的写作生涯之间作一选择，我仍旧会选择后者，因为前者只能保证我享乐，后者则会使我幸福。

当然，世界上没有绝对的幸福，只有比较意义上的幸福。我还是这几句话：

我拥有
一个自给自足的自我世界
它比外在世界
更重要
更亲切
当然也更美妙

这也是我不选择、不稀罕美国公司（即便是副总裁、副董事）的全部理由，尽管我口袋里没有外汇券，走不进花园饭店，我也铁了心，认了。我决不回头，也决不后悔。

不开口的菩萨，沉默的上帝

——我的内心体验

我不是研究佛学的，也不是位神学家，我不想去绞尽脑汁分清菩萨和上帝的区别，只想谈谈我多年内心体验到的菩萨和上帝，尤其是当我处在根本烦恼、惆怅、孤独和迷惘的时候；或处在根本无助境况的时刻。

我经常散步，在夜深人静的川杨河畔徘徊，其时秋风瑟瑟，我心里在默祷，但是我听不到上帝或观音的一声回答。不论是菩萨还是上帝，他们都是永不开口的，周遭只有晚风，只有星光和渔船上的灯光。试问：有谁直接听到过上帝在用明确的语言说什么呢？即便是牛顿、普朗克和爱因斯坦也只是间接地听到过。

1900年秋冬之交，普朗克在研究热辐射的过程中，在柏林郊外森林中散步的时候，突然灵感附身，脑子里出现了一个奇怪的、不合传统观念的公式，从而开启了量子微观世界的大门：

$E=hv$

我想，这个普朗克公式大概就是上帝间接说出的一句话吧。最先听到并理解它的人正是普朗克：火炉中振荡粒子的能量在辐射时是不连续跳变的。

从伦理道德来说，很难一口咬定菩萨或上帝就是仁慈的，大慈大悲的，救苦救难的。

上个月电视《动物世界》有个节目非常生动地纪录了非洲野牛的生活。每年过河的时候，刚生下来的小牛总要死掉一小半，死去的这一半好像是为了让活下来的那另一大半有更好的草地，有更好的生存机会，有更好的生存空间似的。

当我看到成千上万头小牛的尸体被凶猛的河水冲刷到岸边的凄惨情景，我便猛然意识到，世界上若是有上帝，那么上帝必然是恶的，不仁慈的。但一想到，这些死去的小牛是为了让其他别的小牛能够生存下来，又觉得上帝毕竟是善的，仁慈的。

许多年，我的亲身体验告诉我，上帝的最大特点就是沉默不言语。他习惯用行动来说话，表述自己的方针、意图，用坚决、果断的一个接一个的行动来表明自己的存在。因此，他是无时无处不在的。你看不到他，其实他时时处处都在。

1975 和 1976 年冬天下雪天，我经常一个人去故宫里头走走，遛遛弯。那时游人极少，望着宫内庭院纷纷扬扬的大雪，我就会发问：

清朝的皇帝，如今一个个都到哪里去了？还有那个显赫了几十年的女人那拉氏呢？还有康有为和梁启超呢？当年在西直门外开茶馆的那位王大爷和住在青龙桥的那些穷困居民，如今都到哪里去了呢？

没有回答。上帝是从不开口说话的。他尤其不回答这个问题：

人活着有什么意义？来也匆匆，去也匆匆，究竟图个什么？

即便是马上你去死，不想再活，去跳海，上吊，他也不开口，更不阻拦。一切由你自己决定。当拿破仑、慈禧太后和斯大林病死的那一天，太阳照例还是升起来，落下去；量子的霍耳效应也照样存在，银河系依旧发出无线电辐射，植物照旧在那里进行神秘的光合作用。

对人间天大的事，上帝都是沉默不言语的，作冷静观察的。

1966 年初夏和 1968 年初冬，我两次被揪斗，当时我觉得是天昏地暗的事，是怎么也过不了的死门关。今天回过头去看，它只不过是飘浮在我个人历史长河上空的一粒尘埃罢了。

1956—1960年我初恋的痛苦不也是这样一粒尘埃吗？

时间是最伟大的。因为它笑一切，笑一切悲剧，湮没一切悲剧。它既可以目睹25亿年前冰川期的发生，太阳系的起源，恐龙的绝种，也可以冷冷看着你失恋、丧母、得肝癌；冷冷看着当年苏德和北非战场的残酷，柏林的陷落，广岛被炸，战后西德和日本的崛起……

又据统计，现在每年有600万公顷的土地沦为沙漠。即便是有那么一天，全世界的所有耕地、草原、果园……统统都被沙漠侵吞了，地球变得像月球一样荒凉，上面不再有一个人，连老鼠也死绝了，死光了，面对这种空前绝后的凄惨，上帝依旧是一言不发，能量依旧守恒，热力学第二定律照样在那里管用，发号施令。于是，我渐渐领悟到了，至高无上的菩萨或上帝，原来不是别的，而是自然规律的总和。

上帝就是孔夫子所说的"天"：

"天何言哉！四时行焉，百物生焉，天何言载！"

这真是一语道破了"神"或"上帝"的天机。

孟子也说过类似的话："天不言，以行与事示之而已矣。"(上天不说话，只是用行动和事物来表达自己的意志罢了。)

以后，我就用孔、孟的"天"来代替"神"和"上帝"。因为"天"才是我心目中的"上帝"和"神"。

入秋已经好些日子了。看着日暮秋云，仰见北斗，心里常常浮现出一种说不清的惆怅：

天啊，你离我这么远，又距我如此的近！

有必要上九华山和普陀山去吗？

有必要去教堂吗？

若是允许，日后在我的墓碑上一定刻上这几行字：

"我在生从未直接看到过天。我只是间接瞥见过他的隐隐约约的身影，既模糊又清晰。他喜欢捉弄人，总是用命运来捉弄。墓地便是他对每个人的最后一次捉弄。西山此处，荒坟一角，衰草塞烟，昏鸦数点，全是他的设计、布置和安排。”

是的，无论谁，都逃脱不了他的这一安排、布置和设计。死后一丘黄土也罢，金字塔也罢，大理石砌成的陵墓和明十三陵也罢，在实质上统统都是同一个下场和结局，真是绝对的平等，甚至包括恒星死亡的残骸。——恒星死亡，它的外层被甩掉，核心则被压缩成古怪的白矮星或黑洞。对一颗恒星来说，最后归宿居然、也是一丘黄土，黄土一丘！

要数黄土最博大宽容。

我们在世，它长出五谷，慷慨地养育我们；死后，它又一一怀容我们，不论善与恶，不论在生是拿破仑还是一名士兵，不论是天鹅还是一只传播鼠疫的老鼠，甚至在一百二十亿光年远，在宇宙空间照耀了无数万年的恒星，它死后的尸骨残骸，博大宽容的黄土也将它怀容。

不用说，黄土是上帝的属性之一，恰如光、电、热、风、雷……是上帝的诸属性。其实，黄土只是时间的诗意表述。在上帝所有这些属性中，最最主要的属性是时间和空间。

谁吃透了时间和空间的本质，谁也就吃透了上帝的本质。不过，关于物理和哲学上的时间和空间，我能说什么呢？

要是你不问我，我好像还知道什么是时间和空间；你若仔细地追问我到底什么是时间和空间，我反而傻眼了，反而糊涂了……因为这涉及上帝的本质。

反正，上帝决不是我们在教堂里见到的那个十字架或听到的音乐，也不是从彩色玻璃窗射进来的阳光。

我真不知道，以上文字究竟是散文呢还是一篇日记？也许两者都不是。它实在是发自我内心深处的一篇祈祷文，也是我的灼热灵魂在半明半暗暮霭中的一回沉思和一次顿悟。当我缓缓地放下手中的笔，觉得内界尽是一片坚定和光明，一片太和与宁静。

这光明，这宁静，并非得自一时，而是多年以苦难中体验来的结果累计，当江天空阔，黄昏却下潇潇雨的时候；当云飞风起，始觉半世飘然羁旅的秋夜。

1991年8月中旬

寻找原因的快乐和幸福

在这个无奇不有的世界上，没有原因的结果是绝没有的。

有一回，我骑车，突然后轮胎全瘪了。我只好推着去修。修车师傅根据经验，估计是被马路上的铁钉或碎玻璃刺破了。于是他把新充气的内胎浸在盛满水的盆子时，然后一点点移动。当内胎开始吐水泡的时候，修车师傅便断定这里有个小洞，他连忙用半根火柴棍插入小洞眼。——这小洞，正是后轮胎瘪的原因。

不知为什么，这个司空见惯的小小事故或故事，对文学艺术家也许毫无用处，却深深触动了我，并且将它推广、上升为普遍世界的思维。

从这个极普通的事件中，我好像获得了整个世界：因果链的世界。或者说，因果链的世界大门突然在我面前霍地一下打开了……

后来，一件件事故都起到了不断巩固我的因果世界观的作用。

1988 年盛夏，我突然肚子痛，痛了两天两夜，去医院检查，诊断为结肠炎。

为什么得了结肠炎，肚子就会痛哟？之所以痛，必定有个隐蔽的原因在那里作怪。我渴望找出这个原因。

世界是什么？

世界就是无数各种各样的原因引起了各种各样的结果。在这个世界上，没有原因的结果是没有的。

冬天来到，树叶何以会纷纷落下来呢?

文学艺术家是不去寻找落叶原因的。诗人只是悲伤地感叹：

无边落木萧萧下，
不尽长江滚滚来。

但植物生理学家、自然哲学家就要追寻落叶的原因。在他们看来，落叶只不过是树木生命循环圈中的一个环节罢了：生长、准备冬眠、落叶、冬眠、生长……

旧叶脱落，新叶萌生。老的不走，新的上不来。

科学家发现了秋季树叶萧萧瑟瑟落下的原因：秋天，在叶柄的基部产生了酶，开始消化细胞壁，因而削弱了对叶子的附着力；遇上一阵北风，树叶便纷纷落下。叶落后，在断裂处便生长出覆盖层，将茎干密封住，防止水分流失。

在植物生理学家眼里，秋冬之交树木落叶缤纷，是来年春季旺盛生长必不可少的一个环节，哪来“草木摇落而变衰”的悲怆感呢?

我虽然不是植物生理学家，但我能体会他寻找落叶原因的快乐和幸福。这种快乐和幸福与百万富翁去夜总会寻欢作乐是不相同的。

探索、追寻世界的原因永远会使人激动不已。

当水银在摄氏零下269度时，电阻为什么会突然消失呢?

究竟是哪些原因会使人类得癌?

寻找上述事件的原因比寻找自行车后轮胎为什么会瘪气要曲折得多，崇高得多，壮丽得多。

也许，最崇高、最壮丽的事业，莫过于追寻世界“第一个原因”。

有些原因，我们人类是能够加以追寻的。比如光电效应。不久前，朋友送我一个太阳能计算机，用到的就是该效应。因为光线射到金属表面，而使金属表面发射出电子。

有些原因恐怕就是无法追索的，如宇宙起源，时间和空间的起源。

当然还有生命的起源，两性（雄性和雌性）之间的爱的起源，人类道德的起源，上帝的起源。

越是无法去寻找的原因，人类越想去追寻。

有关性爱的起源就是一个例子。

古希腊人早就在追索这个问题：地球上为什么有性爱？

作出科学的回答是不可能的，于是只好用神话来解答：

在原始时代，人是完整的人：每个人长了四条腿，四只手臂，两张脸，两颗心脏……这种完人便是男女合为一体的人，即同时具有雄性和雌性特征的两性体。

由于两性的巨大结合力对上帝至高无上的尊严是个挑战，所以宙斯为了削弱人类的力量，把男女强行分开，分离的这一半总是在茫茫中寻找那另一半。——于是性爱产生了。

性爱就是人类渴望完整，使两个一半合而为一，医治人类所受的那次元创伤，恢复到早先的原始状态，完好状态。

我知道，这样解释男女性爱的原因是根本不可信的，但却很美，很可爱，很浪漫，极富于诗意。

这许多年，每当我在爱的痛苦中挣扎，我就会想起古希腊这个悲壮的神话，想起伟大的象形文字汉字“人”的构成：

左一撇象征男，右一撇象征女。只有左一撇右一撇合在一起，才是一个完整的人。真妙！

当我把古希腊神话同汉字“人”作一中西文化比较，对照的时候，我仿佛也分享到了寻找世界原因的快乐和幸福。于是，在黄昏却下潇潇雨的时分，我写下了这样几行诗：

看哪
在晚秋的云层深处
有两滴雨
一滴洒在戈壁沙滩
另一滴落入太平洋底

来年夏天
它们又化成两片云
在北半球上空相逢
在南半球上空相遇

1991 年 11 月

什么是欧洲精神

关于什么是欧洲精神，人们很可以写本厚厚的专著。比如，你要谈论欧洲精神，你就不可避免地要追溯其根源：古希腊罗马精神。它是近三四百年欧洲精神的母体，欧洲精神是它的继续和发扬光大。

当然，你也可以一口咬定欧洲精神就是近现代机器文明。真是仁者见仁，智者见智。从各个侧面去界说欧洲精神是科学的，合理的，因为它是个多面体，恰如一个人有着非常复杂、甚至是相互矛盾对立的多重性格。

今天我在这篇学术随笔中只想说说其中一个侧面：欧洲精神就是欧洲各国能够及时开展广泛、全面和深入的思想文化交流。就这一点而论，在近三四百年的世界历史上，亚洲、非洲、美洲和澳洲都是望尘莫及的。

就说德国吧。翻开地图，一眼就能看出德国地理位置的优越性：极便于同各国、各民族相互交流。这才是上帝（如果有上帝的话）赐给德意志民族的最大恩惠！

它的西边同荷兰、比利时、卢森堡和法国交界；南边界瑞士、奥地利；东界捷克、斯洛伐克和波兰；北边一部分同丹麦接壤。1988

年秋之前，我仅仅是从书本或地图上想象德国位于欧洲中部。北邻斯堪的那维亚诸国，南靠阿尔卑斯山国家，以及与大西洋沿岸的西欧国家和东欧的大陆国家接壤。后来，当我吹着口哨，双手插在裤兜里，极轻松地、不必出示护照便越过上述大部分边界的时候，我的亲身感受和体验便这样悄悄地告诉我的大脑：

德国在东、西和北面都没有天然的分界线；它自古以来就是一个通道，为欧洲各民族的各种经济、社会、文化、思想和精神力量交汇的地区，当然也成了政治冲突的舞台。

用我的亲身感官知觉体验到了这一点，同从书本或地图上看来的，毕竟有很大的不一样。欧洲精神的这一特点便深深地印在我的脑海里。

当我轻松地越过德荷、德比、德奥或德法边界，我就想：即便是在18世纪的马车时代，莫扎特新写好的一部交响乐，七天之内它的总谱便能在布鲁塞尔或巴黎出现，而法国的库仑定律也能像一次地震在五天之内传到德国的物理学界，激起千层浪，万顷波。

翻开近代科学史，这类例子是不胜枚举的。比如19世纪法国的安培超距电动力学传播到了德国，便成了德国人继续发展电动力学的蓝本和新的起点，这便是19世纪中叶德国的诺伊曼和韦伯等人创立的德国的超距电动力学体系。

最杰出的科学思想及时交流并结下累累硕果的例子，当推英国麦克斯韦光的电磁理论对德国的重大影响，以至于本世纪德国伟大物理学家普朗克在1931年专门发表了一篇题为《麦克斯韦及其对德国理论物理学的意义》的学术讲演，以感激的心情纪念这位英国伟大科学家诞生100周年。这个题目本身已经说明了一切。

在普朗克研究黑体辐射理论的时候，麦克斯韦的光的电磁理论就像一盏明灯指示他进击的方向。同样，麦克斯韦理论也拨响了青年爱因斯坦的心弦："在我的学生时代，最使我着迷的课题便是麦克斯韦理论。"晚年爱因斯坦曾这样回顾往事。的确，该理论一传到德国物理学园地，便同时浇灌了量子论和相对论这两朵近代物理科学之花。然后它们又以强大的反作用力迅速波及了邻近各国，尤其是丹麦、法国、英国和意大利。

这就是科学向前运动的方式。没有及时的思想交流，便没有近代科学。

另一个杰出的例子便是德国的哈恩在1938年发现了重核裂变反应。翌年他报道了这一发现，便立即在法国、意大利和其他欧美主要国家的物理学界激起了强烈反响，从而导致了制造原子弹和和平利用原子能的新时代。善和恶，这两个面都有。

相比之下，中国对外文化思想交流便困难重重。“丝绸之路”仅仅表明了西部边界通往外部世界的千辛万苦。《西游记》的主题其实是以文学形象说明中国对外进行文化思想交流之艰难。不过一旦引进了外部思想观念，它对中华民族的影响之大，之深，之广，则是无法估量的(包括佛教雕塑)。至于中国的北边，则是茫茫的西伯利亚，远离俄罗斯文化中心。东面和南面，是朝鲜、越南和缅甸等国，整个封建时代发达程度都不及中国，当然还有日本，两国间还隔着一个海。

如果有一种叫亚洲精神的东西，那么，它的特点便是闭塞。日本也许是个例外，所以它今天才能在世界上取得如此重要的地位，融东、西文化于一身。

得出这样的结论是很自然的：欧洲畅通无阻的国界，使它在各个领域保持了活跃的相互交流，生机勃勃。借用遗传育种的一个术语来说，偏爱“杂交优势”是欧洲精神的一大特点。

为了加强这个结论，我想还做些欧洲文化思想史的回顾。

好几个世纪，法、德这两大民族的精神总是互补的。法兰西民族送给德意志民族的丰厚礼物是自由和民主的政治哲学观念、它的文学和绘画艺术；作为回报，德意志民族给法兰西民族的礼物则是音乐和哲学。没有封闭自守的德意志民族智慧，就像没有封闭自守的法兰西民族智慧。各自都是在同其他民族智慧相互交流中渐渐形成和壮大起来的。

作为一个综合体，欧洲精神好比是一个交响乐团。每个民族和国家都有各自独特的作用：第一小提琴、第二小提琴、中提琴、大提琴、定音鼓、钢琴、大管、单簧管、长号、圆号和长笛……如果英法是小提琴，德国的作用就好比是钢琴。

在德荷、德比和德法……边界上，我经常看到有块欧共体的徽章牌或一面旗帜，赫然在目地竖立在那里或迎风招展，上面有12颗星，代表12个成员国。在我眼里，这牌或旗正是欧洲精神的现代标志和最高象征。

撇开德法关系来谈欧洲精神是空的，至少是个大残缺。早在1963年1月，阿登纳和戴高乐便签署了德法友好条约。一切向前看。两国人民都发誓彻底结束痛苦的过去，忘却所有影响两国和解的回忆；那延续好几百年的恩恩怨怨。

今天，在德国街头，我极少见到有什么政治口号之类的东西，但有一条我是看到了，且令我不忘：

德国只有作为欧共体的一个成员国才能繁荣昌盛。

如果这一政治觉醒和全体德国人民的共识，早早出现在1914和1939年，那会是什么样的欧洲呢？那会是什么样的世界呢？近现代世界史就要重写。

哦，三天三夜也说不完的欧洲精神！

很奇怪，有东方文明，有地理概念上的亚洲，却没有亚洲精神这样一种东西。我作为上海社会科学院欧亚研究所的一员，思考这些问题是分内的事。

重游柏林的黑格尔墓地

相隔了四年，我再次来到柏林，心情特别激动。因为是旧地重游，这回却换了一个天地，德意志民族和整个世界在一刹那间发生了急剧变革。冷战的世界格局结束了。

那堵举世闻名的“柏林墙”，已经荡然无存。1988年10月底的一天，上海社会科学院代表团一行五人参观过它，其实我们离墙还有一两百米远。西柏林的旅游者也趴在墙头好奇地看我们，看东柏林的显得有些寒酸的街道。

我懂得一墙之隔的森严和不可逾越。这是人类社会政治哲学的分歧造成的。地球上其他动物社会不可能筑起这样的墙。

我深深懂得人类社会变革的重要性。1917年十月革命前后的俄国，1949年10月1日前后的中国；“二战”结束后的两个德国……是多么的不同。

一切都发生在本世纪。在告别20世纪的时候，该有多少话要说！

今天，重建德国统一后的柏林，成了柏林人的热门话题。

我又找到了四年前我曾单独一个人坐过的那家临街咖啡馆。我终于鼓起了勇气问隔壁桌的两个中年妇女：

“重建柏林，东边街道上有不少斯大林时期的建筑，你们赞成拆毁吗？”

“不，历史就是历史，把它作为一本历史教科书保存下来有什么不好？”

“2000 年德国政府将搬到柏林来办公。据我了解，你们德国人对柏林重建的方案是很不一致的，有争议的。主要是审美、心理因素的分歧。比如该如何处理通往勃兰登堡大门的‘菩提树下’大街？是恢复到“二战”前普鲁士时代的宏伟风格旧貌，还是采纳一个现代化的设计？”我说，并递过去我的名片。

“哦，你是中国上海的一位教授！”有个德国女人说。

“你能谈谈如何重建‘菩提树下’大街吗？”另一个德国女人问。

“我双手赞成恢复到战前普鲁士时代的旧貌。因为我喜欢建筑师辛克的艺术风格。我喜欢德国的科学、艺术和哲学伟大传统，只有古色古香的古典建筑场才能让人记起过去的伟大传统。现代化的建筑可以在别条什么大街上，而不要在‘菩提树下’大街。总不能把它建成像纽约的曼哈顿那样吧？”我回答。

离开咖啡馆，我打算步行去造访黑格尔的墓地。四年前我去过，当时因时间紧，只匆匆呆了 30 分钟，这回我要在那里好好流连徜徉。

跨过雅诺维茨桥，附近有座教堂的废墟，那烧焦的窗棂又一次把我的思绪拉回到了第二次大战的末期 1945 年春。战前，柏林有 24.5 万幢建筑，战火中有 5 万幢全部被毁，当时全城没有水，没有电，也没有煤气。食物更是奇缺，瘟疫又在流行。元首自杀了，柏林还有幸存的 250 万居民和剩下的一大片废墟。柏林是空前悲惨的。

我的脚步很慢，完全是散步的节奏。这种节奏很能刺激我的思绪，尤其是当我看着在斯普莱(Spree)河水面上有白鸥矫翼的时候。

我的步子变得有些沉重起来。这是回顾历史造成的。我想起有人娓娓动听地说过这样一段话：“过去三百年欧洲大陆所流的血……没有一次战争能在本质上改变欧洲的苦恼。帝王野心，政治欲望……造成了大量流血，并没有改变各民族的根本性格。到头来法国仍旧是法国，德国仍旧是德国，波兰仍旧是波兰，而意大利仍旧是意大利。”

这话说得真不错。这是对历史的哲学洞见，很有悟性。

亲爱的读者，你知道说这话的人是谁吗？

是战争狂人希特勒！

这是他在1935年5月在国会发表的一次最能迷惑人的“和平”演说。五十八年后，我在德国从一盘录像带看到、听到，这段演说的场面。他口是心非，好话说尽，坏事做绝。

应该承认，希特勒，这个前维也纳街头的流浪汉，毕竟是个强有力的人，不过是个奸雄。他本可以领导德意志民族——这个伟大的、有高度文化科学素质的民族——去建立一个自由、和平和强大的德国，但是他却把德国引向了歧途，引向了大屠杀，引向了仇恨。

在柏林的日子里，歌德有句名言常浮现在我脑海：“一想到德国人民，我常常会黯然神伤；他们作为个人，个个可贵，但作为整体，却又那么可怜……”此话不全对。的确，德国人有种服从纪律的倾向，若被政治野心家利用，那便是个大灾难。战后，联邦德国作为一个整体，从城乡废墟和精神废墟霍地一下站起来，不是受到全世界的敬佩吗？

不错，到1938年，即希特勒上台执政的第五年，这个出身卑微、并没有进过大学的人，已经使一个政治上一片混乱、军事上被解除了武装和在经济上接近崩溃的破碎德国，一跃变成了欧洲大陆最强大的国家。正如他自己所说：“我克服了德国的混乱，重新建立了秩序，并且大大增加了生产……发展了交通，使庞大的公路网得以兴建……我曾做到了使七百万失业工人全体重新得到了工作。”

的确，这是事实。一些八十多岁的活着的德国老人也这样向我陈述往事。但是希特勒很快就把这股建设新德国的强大力量引向了邪恶，引向了征服欧洲其他民族的罪恶战火。

“力”是有方向的：善的方向和恶的方向。贝多芬音乐的实质便是一个“力”字。但它指向善，指向普遍世界的正义、良心和道德。可是纳粹曲解、利用了贝多芬表达的力。

斯大林格勒战役以德军惨败告终。德国电台宣读了公报，之后放送了贝多芬《命运交响乐》第二乐章。

如果贝多芬在九泉之下有知，他会爬出墓穴，挥动拳头，抗议戈培尔对他的作品的歪曲和利用！

希特勒发动战争是因为“日益增长的德国人口要求有更大的生存空间。我的目标是使我国人口的数目和所需要的生存空间有一个合理的比例关系。斗争就必须从这里开始”。

可是我这半年在德国城乡各地发觉一个使我羡慕的事实：这里地广人稀，人口和生存空间的比例关系合理得叫我感到非常舒适，再好不过。

1939 年以前，德国国土面积约 47 万平方公里，人口约 7000 万。今天约 36 万平方公里，人口为 8000 万。

今天德国城乡给我的直观印象尚且是地广人稀，更何况在战前？当然，矿产资源倒是缺乏的，但可以通过外贸来弥补。民主、联邦德国在战后四十多年正是这样做的。通过同其他民族和睦相处的道路不是照样能得到繁荣昌盛吗？纳粹德国靠掠夺别国财物来生活，这样的日子是不踏实的，也是罪恶。1993 年 5 月底的一天，我同房东一块吃晚饭。房东谈到在纳粹时期德国老百姓的食品供应还是不错的。当时为了照顾他的民族自尊心，我没有在他面前揭露以下事实：

德国从苏联抢走了 900 万头牛、1200 万头猪，1300 万只羊。从波兰人手中也抢走了无数农场。

我说过，坏政治是世上最大的恶。强盗只能抢一个人、十个人的财物，坏政治却能抢千百万人的财物，包括人命。

终于走到了黑格尔的墓前。

秋天的柏林，又是墓地，且遇上了白杨多悲风，免不了顿起人间万事一场空的佛教人生哲学思绪。是的，人生无常，死后什么也带不走。

消极之后又是积极。正是这一经一纬编织成了我这一生。

久久站在黑格尔墓前，想起他论述历史上伟大人物的一段话：

“伟大的人们立定了志向来满足他们自己，而不是满足别人……他们的命运并不是快乐的或者幸福的。他们并没有得到安逸的享受；他们的整个人生就是辛劳和困苦；他们的整个本性只是他们的热情。当他们的目的达到以后，他们便凋谢零落了，就像脱去果实的空壳一样。他们或者年纪轻轻就死了，像亚历山大；或者被刺身死，像恺撒；或者流放而死，像拿破仑在圣赫伦娜岛上。”

当然还有希特勒这个恶魔。是的，他的整个本性就是热情和意志，尽管是邪恶的，疯狂的，病态的。

他是个素食主义者，对女色也不贪。自杀前夕，他才同爱娃结婚。临死前，他解释了他为什么迟迟结婚的原因：“在斗争的年代，我曾认为我不能承担婚姻会给我带来的责任，但是现在当我的生命行将结束之际，我决定与我有过多年真诚友谊并自愿在柏林已遭围困之际来到这里与我同生共死的女人结婚。”

希特勒无疑把他心目中的人生使命感（尽管是邪恶的）看得高于一切。他用他的志向来最大限度地满足自己。他一生都是执著的。他拼命用力，但错了大方向。

久久徘徊在黑格尔墓地的四周，我想到苦为人之常。出母胎始先啼。啼者苦也。辛苦、操劳原是人随身所带之物，无法彻底摆脱。德国人、法国人、中国人……都摆脱不了。人生如旅途，苦和烦与我们结伴而行。于是我写下了一首诗：

人生是条航船
让
风留给帆
方向留给舵
船长站的位置
留给我

巴黎拉舍神父公墓

你能想象得出一个没有巴黎的法兰西民族吗？

如果一个民族魂也有个安身立命的住处，那么，法兰西民族魂的住处便是整个巴黎。巴黎的气质和风度，其实是法兰西民族的气质和风度。

巴黎就像拿破仑一样难写，因为无数人写过。再写又不雷同，很难。

巴黎又好写。因为她像迷人的月夜，每个人都有各自的感受，各各殊异的感受颇像同一株树上决没有两片完全相同的叶子。我写我所看到的叶，在风中颤动的枫叶。

巴黎是个灿烂的多面体，任凭你选择一个面去观察，去沉思，去写，去画，去歌唱。你选择什么侧面，你就是什么人，你的本质就是什么。

巴黎是块试金石，能测试出一个人的志趣和追求，以及人生价值的取向。

我首先选择了拉舍神父公墓作为观察和思考巴黎的对象。

我们是开车从德国的科隆，经过荷兰和比利时来到巴黎的。车子后面带足了吃的和喝的，还有三辆折叠式的自行车。我忘不了我是骑着自行车几乎游遍了巴黎全城。也许，除了它的领导世界新潮流的服装、法国大菜和香水，巴黎的一切，都印在我的脑子里，任凭日后岁月的剥蚀，怎么也抹不掉它在我心中底板上留下的显影。

正如我在挥手告别巴黎时匆匆写下的一首短诗《梦巴黎，巴黎梦》：

尽管
只在我的视觉镜头里
匆匆晃过一次
内心深处的胶卷
却被感光成
一连串的图像
叫我永远　　永远
不会遗忘

最不能忘记的便是拉舍神父公墓。

巴黎有好几座闻名于世的墓地，这只是其中最大的一座。

同德国人一样，法国人并不忌讳坟墓。坟场所在地即在居民区内。如果公墓是19号，那么它的隔壁便准是17号和21号住宅，对面则是20号公寓。这同中国人的风俗大不一样。也许在西方人的头脑里鬼魂的观念是极为淡薄的，决不像中国人那样怕鬼，信鬼。

在拉舍神父公墓对面的小卖部，我买了一张公墓游览图。翻开一看，我十分惊讶，原来有许多文化伟人都安葬在这里。(这些文化伟人是我三十多年来从书本上渐渐结识的良师益友。)

指示图设计得很科学。先把五百多位各个领域的杰出人物的姓氏按字母顺序排列出来，然后在其后面注明墓的所在小区。整个墓地由经度G至Q划分成10个大区，再由纬度4至13最后切割成97个小区。五百多位杰出人物的长眠之地便分别坐落在这97个小区内。我看到，巴尔扎克的墓在第48小区；法国伟大浪漫派画家德拉克洛瓦(1798—1863)的坟则在第49小区。是邻居，正如文学同绘画是邻居。

按姓氏字母顺序，我浏览了一下，仅我熟悉的人物就有：

巴比塞(1873—1935),法国作家;比才(1838—1875),法国作曲家;肖邦;孔德(1798—1857),实证主义哲学学派创始人;柯罗(1796—1875),风景画家;居维叶(1769—1832),自然哲学家;大卫(1748—1825),古典主义画派代表人物;多勒(1832—1883),版画艺术家;埃内斯库(1881—1955),罗马尼亚作曲家和小提琴家,长期侨居巴黎,是梅纽因的老师;格里萨克(1778—1850),化学家兼物理学家,对气体分子运动论有过贡献;安格尔(1780—1867),画家;梅隆·庞蒂(1908—1961),存在主义哲学家;莫里哀;蒙日(1746—1818),法国数学家;罗西尼(1792—1868),意大利作曲家;圣西门(1760—1825),空想社会主义者。

够了。这是一个多么强大的人类文化创造者的阵营!

这是一大群精英,英魂。五百多年来,法兰西民族的创造力,巴黎在精神世界的雄伟和伟大,由此可见一斑。与其说这是一座占地43公顷的公墓,还不如说这是一部法国文化思想史的一些非常重要的章节。去掉了这些章节,法国文化思想史便会残缺得不成样子。要是把上述英魂的名单同巴黎其他几处著名墓地的英魂名单串在一起,那便是一整部法国文化思想史。其中还有些外国伟人的名字,因为巴黎一直是世界文化的圣地。世界各地许多人曾来到这里朝圣,后来便在这里长眠不醒。

据说:拉舍神父公墓有大大小小100万座坟,游览图上所标出的姓氏仅仅是其中的鬼雄(包括政治家、元帅和著名将军)。于是我想起李清照的豪言壮语,用在这里非常恰当(其实科学、艺术和哲学都是没有国界的):

"生当作人杰,死亦为鬼雄。"

有100万座坟,我不太敢相信。但指示图就是白纸黑字这么写上的。也许有。因为43公顷地呈梯田状,整个公墓像一幢十几层楼高的公寓,一个坟紧挨着另一个,颇有点像30年代上海的七十二家房客。当然一些著名的墓地则要宽敞得多,一般面积有六七平米。其实死人的世界本就是活人世界的投影,一点也不会放大,一点也不会缩小。因为时间和历史老人是最公正无私的。下面我仅选择其中的几座坟墓来加以描述，并写出“英雄千古，荒草没残碑”在我内心深处勾起的惆怅和触绪。

一 巴尔扎克墓

在这里，我们足足站了一刻钟，我的德国朋友为我拍了张照。一道来参观的还有美国人和瑞士人，都是来这里表示崇高敬意的旅游者。这敬意是自觉自愿，发自内心深处的。墓约两米来高，顶端有他的半身大理石雕像。比起这里的有些墓，巴尔扎克的墓算不上气派，更不显赫。有的墓，简直是座缩小了几倍的大理石宫殿，估计死者生前是个贵族、将军或亿万富翁。然而在这样外表辉煌的墓前却是冷冷清清的；既没有鲜花，也没有来自世界各国崇拜者的脱帽致敬。相反，在有些比较简陋、甚至是寒酸的墓前却放满了鲜花，站了好些致哀的人们。

时间是公正的；历史是公正的；人类后代也是公正的。

我站在巴尔扎克墓前，突然想到两句中国古诗：

“俯仰无愧天地，褒贬自有春秋。”

一个人活在世上能做到这一点可不容易。巴尔扎克做到了。来自世界各国的旅游者专程来到这里瞻仰他的“荒坟一角，衰草寒烟”，不就是明证吗？

当然，各人有各人的人生观。我可不赞同这样的人生价值观：“使我有身后名，不如眼前一杯酒。”或者“眼前一杯酒，谁论身后名？”

一般来说，在墓地呆久了，只要你用心事去凝思寂听，直视千里外，你不是个哲学家也会变成半个哲学家的，尤其是当墓间有风萧萧而异响，云漫漫而奇色的时候，你是免不了有百感凄恻，知离梦之踯躅，意别魂之飞扬的。更何况这里还是巴尔扎克长眠之地！

站在他的墓前，我又想起陶渊明的两句诗：“此人虽已殁，千载有余情。”

看了他的墓，若不去瞻仰他在生的工作室，我认为是一大憾事。于是第二天上午我专程骑自行车去雷诺阿尔街47号巴尔扎克之家参观。工作室（书房）很小，有张不大的长方桌和一把扶手椅。他屡次搬家，总是带着这桌、椅。1833年，他在一封信中说："这张小桌子已跟随我十年了。它目睹了我所有的贫寒，拂去了我所有的眼泪，知道我所有的计划，了解我所有的思想。我写字时，由于胳膊来回移动，我已经把桌子磨破了。”

我完全理解他同书桌的这份血与肉的感情。其实，我同这个世界、人生发生了密切关系，也是通过我的一张很小很小的书桌。是书桌把我同世界、人生联系在一起，否则，我在这个世界上就是个孤儿，失去了依托和庇护。

走出巴尔扎克的写作室，我来到临街的一家咖啡馆。他在《邦斯舅舅》这部小说的一开头便描写过巴黎的伸展至人行道上的咖啡座，说的是1844年有个“坐在椅子里以打量过路人为消遣的家伙”。

我可不是为了打量过路的巴黎人。我是在消化巴尔扎克的那张书桌和他的一生。

说实话，尽管我的外表很平静，其实我的内心却被那桌子深深震撼。

“那么，巴尔扎克一生算得上幸福吗?”我又一次提出这个问题来折磨我自己。

关于莫扎特和贝多芬，我也提出过这个很尖锐的问题。它涉及“什么是幸福”和“人为什么活着”这个人生哲学根本课题。不同的人，不同的回答。历来如此。

追问这个问题，对今天的中国知识分子是有现实意义的。也许能帮助他们（包括我本人）在今天知识和知识分子市场化的巨大冲击下走出迷茫和困惑，认清人生价值的取向，重新找到自身的定位和坐标。要知道，由讲究实惠和物质享乐的大众组成的当今中国市场，决不会有太多的顾客需要法国19世纪巴比松学派的风景画或关于世界的终极原理。

中国的知识分子队伍开始分化了：人文知识分子所面临的只能是甘于清贫(即“君子谋道不谋食”)，技术知识分子则发了，因为他们的知识具有直接的经济效益。

然而，巴尔扎克的成就在世界文化史上的地位对今天那些真正献身于“朝闻道，夕死可矣”的中国人文知识分子毕竟是个鼓舞。

就是伏在那张小书桌上，巴尔扎克不分昼夜地写，真是三更暂眠，五更复起，结果死于心脏病，年仅51岁。

像许多人类文化创造伟人一样，巴尔扎克的唯一财富只有意志和热情。他的本性也是意志和热情。一句话，巴尔扎克和我将要在下面一一写到的“鬼雄”的最大生命特征只是用立定志向的方式来满足他们自己，而民族的千百万大众便追随这些灵魂的领导者。

按老百姓的标准，这些鬼雄在生的时候并没有得到福禄寿的安逸享受。他们的整个人生只是辛劳再辛劳。而他们伏案握笔时的创造快乐却又是吃喝玩乐者无法体验到的。

旅美著名钢琴演奏家孔祥东告诉我，他一生的最大幸福便是在台上整个乐队为他伴奏的时候。

巴尔扎克的人生幸福性质也是属于这类幸福。

二 比才墓

离巴尔扎克墓不远是68小区，比才坟墓便坐落在该区的拐弯处。这给我很深印象，因为这很像活人的世界：某作家住在上海卢湾区，而某作曲家则住在离卢湾区不远的黄浦区。比才墓很矮，不到1米，极简朴，你用“寒酸”二字来形容也可以。

在活人世界有条很重要的告诫：切勿只识衣衫不识人。

同样，在死人世界，也有一条告诫：切勿只识坟墓不识死者生前的生平和工作。

墓地仅仅是外表的东西，恰如衣衫是外表的东西。

你有钱，有权，有势，可以造豪华、气派的墓，但后代并不记得你。他们只是匆匆走过去，一分钟也不肯在你的墓前停留。有的坟墓极不显眼，却吸引了各国旅游者的敬意和驻脚凭吊。也许，世界上的永久墓碑既不是由高贵的大理石，也不是由威严的花岗岩砌成，而是由你生前对社会的贡献和对世界文明所作出的业绩来决定。

有好几束鲜花放在比才墓前，说明最近一两天有崇拜者来过。此外尽是古柏阴森夹道，石路一级高一级。突然，我的德国朋友灵感附身，唱起比才《卡门》的一段旋律，我也附和着他一道唱。之后，我再哼了《阿莱城姑娘》第二组曲里的"田园曲"几个主题。

三十多年来，我一直喜欢它的牧笛的声响。当然还有长笛与英国管模仿牧笛的生动对答(用卡农方式表达)。1969—1975 年，在我放羊的时候，曾买过一管箫，坐在山头，将比才的田园曲主题简简单单地吹奏出来。其时海风吹来，令我有登高致思，神交古人，穿乎遐迩，寻乎忧乐之感。18 年后，我来到巴黎比才墓前，哼唱这甘美的牧歌，是我当年怎么也不会梦见到的一幕！这难以预料的世事枯荣起伏和变化莫测，只有用这十个汉字来一笑人间万事：

古来贤者，进亦乐，退亦乐。

比才只活了 37 岁，是个短命的天才。

站在他的墓前，我自然想起人生苦短或人生如寄这个永恒课题。不错，比才给后代留下了不少优美旋律，但作为他个人，也没有逃出这一根本命运：赤裸裸体地来，光着身子去。生前的一切，都带不走，一件也带不走。于是回到小旅馆，我写下了一首诗：

曾两手空空来

又两手空空去

1－1＝0

是造物主给每个人
出的一道算术题
不管是帝王　　还是
寺庙里的贫僧
做完了

已是你一生

当然，这首诗的调子很消极，悲观，虚无。不过，人生原是一面镜子。你对它哭，它也哭；你对它笑，它也笑。若换个积极的角度来看 1－1＝0，那么，前后两个 1 又是很不相同的。比才、巴尔扎克后面的 1 是何等丰富或富有啊！

人生的全部课题全在于你如何把握、发挥和铸造这后面的 1。

这种人生观才是高昂的慷慨悲壮，才是进取的。

三　柯罗墓

比起法国的文学、绘画和建筑艺术所取得的成就，法国音乐要略为逊色些。法国音乐同意大利、俄国的音乐成就不相上下，但比起德、奥古典音乐，则差一个级别。

法国绘画成就比起德、奥，又要高出两个等级。柯罗的风景画就是一个杰出的例子。1833 年他曾去巴黎郊外枫丹白露面对那里的自然景观写生、作画。他和米勒、杜比尼、库尔贝和卢梭等人都是巴比松画派的成员。站在柯罗的墓前，我自然想起我多年对他的 76 岁艺术生涯的热爱。我还记得他说过的一句话：

"我每天都在祈求神，希望赐给我孩子般的心灵，就是说让我像个孩子那样去观察大自然，并毫无偏见地去表现她。"

这便是中国古人的童心说。又何止是山水(风景)画家要做这祈求?自然科学家或自然哲学家每天也要做这种祈求。用孩子般的好奇心去注视着这个世界人生永远是人类文化创造的第一动力。

柯罗最喜欢画枫丹白露小村,森林中的氛围和意境,尤其是诗意的薄暮,那隔烟远村,斜日寒林点暮鸦,颇有追慕中国老庄和陶渊明,歌颂忘机,寄情山水的况味。尽管柯罗的风景画没有什么慷慨纵横之气,但他以空灵的笔调和野云孤飞的淡泊去表现大自然的性情却是震撼人心的。作为一个中国人,我也喜欢 19 世纪法国画家的林泉之志,烟霞之侣。

还瞻仰了几位艺术家的墓,我的德国和俄国朋友终于提出了要去妇女商店买衣服和香水的建议。我说我不去,还想继续凭吊几位思想家的长眠之地。因为早年我从书中读到过他们的论述。(我一再说,英、法、德这三个文化群落对我一生都有深远影响,当然还有 19 世纪俄罗斯文化。)

四 蒙日墓

"文革"中我放羊六年,偷偷摸摸读了好几本数学史。其中一本是德国杰出数学家克莱因(F. Klein)的名著《十九世纪数学发展讲义》(1926 年,德文版)。这本书是我 1960 年典卖衣服从东安市场收购来的。1971 年冬,在高山的羊圈小木屋,我读的书便有这本厚达 208 页的著作。我记得第二章讲的是 19 世纪法国数学。其中有一节是关于几何上的成就,着重提到了蒙日(Monge)及其学派。

站在他的墓前,我自然会想起他的生平和对几何学的贡献。我说过,20 世纪是伟大的;她之所以伟大是因为她站在三个伟大世纪肩上的缘故,我指的是 17、18 和 19 世纪。

1818年蒙日病故，巴黎综合工科学校和高等师范学校的学生即纷纷慷慨解囊，建立了我面前的这块墓碑。175年过去了，碑石被岁月的风雨严重剥蚀，留下了点点斑驳，令我对人生之短暂有种回顾茫然，且恋恋、且怅怅之感。

蒙日一生的道路不容易。他虽处忧患困穷，而志不屈。他出身贫寒，父亲为小贩和磨刀人。他在这个世界上一无所有，有的只是他的意志和对几何学的执著。他一生的贡献有三（这贡献却是岁月的风雨不能剥蚀掉的）：

（一）由于欧拉、拉格朗日和他的工作，解析几何成了一个独立且充满活力的数学分支。蒙日的论著大量涉及三维解析几何内容。1805年他的巨著《分析法在几何中的应用》问世，这是微分几何学的第一本教科书。传统的看法是，分析是主人，几何是仆人。有时候几何先行一步，只不过像一个仆人走在主人前面，仅仅是为了给主人开路。蒙日的贡献则是把几何学提升到了同分析并起并坐的地位，并同伟大的拉格朗日竞走，协同作战：

拉格朗日纯粹从分析上来推进，蒙日则引进了几何语言，并用它来解释运动。

蒙日有个说明，曾大大帮助过我从几何学角度去理解常微分方程和偏微分方程的实质：如果包含了曲线的问题会引出常微分方程，那么，包含了曲面的问题便会引导出偏微分方程。

这才是“听君一席话，胜读十年书”。今天，我站在他的墓前，记起他的这番充满几何精神的说明，心理便有种感激的思绪。——我是来墓前感恩的。

鲜花是外表的，内心的默念，缅怀这位躯壳虽亡、几何精灵长在的法国数学家，才是更有内涵的凭吊的方式。

分析和几何是数学这枚金币的两个面。大自然喜欢同时用这两种语言来暗示自己的意向：分析语言和几何语言。

蒙日师法大自然，他也学会了说这两种语言。这就像有人为了论述一个课题，既用口语讲演又用书面语言写文章。会同时用两种语言（分析和几何）同大自然对话的数学家才是一个好的数学家。——这便是蒙日对我的启迪。

（二）建立了“画法几何学”。1984年，湖南科技出版社出了个中译本：G.蒙日《蒙日画法几何学》。他把几何的分析方法发展成了一种体系，一种结构语言，或叫泛结构语言，即便在当今的电子计算机时代，这种语言还在广泛、有效地使用。（早在1813年德国的高斯就推崇蒙日这本书，并建议德国科学家务必要纠正过于偏重解析方法、忽视几何直觉的弊病。法兰西和德意志这两个伟大的欧洲民族应和平共处，取长补短，而不是相互开枪开炮。）

也许有的读者会说：自然科学已发展到今天的全球高速信息网络时代，还去回顾蒙日干什么？

我不同意这种看法。我不喜欢没有历史（进化）意识的人。

我想起一个笑语。有人吃烧饼。第一个没有饱；第二个也没有饱；第三个下肚才饱了。此人恍然大悟，后悔地说：

“早知道这样，不该吃第一第二个，只吃第三个。”

这话只有没有历史（进化）意识的人才会说出来。

（三）蒙日还是位教育家，建立了“蒙日学派”。许多伟大的科学家都是他的高足。如泊松、傅立叶和柯西。安培、格里萨克也受过蒙日的画法几何学和微分几何学的启发。

今天中国的偏远山区小村都建立了小水电站，千年古朴的农民家庭也用上了电器。而哪里有电流，那里就有安培。在安培的后面，站着一大批伟大先辈的智慧，其中也有蒙日的思想火花闪烁。

谁能说蒙日同今天的你、我、他的日常生活没有关系呢？

站在他的墓前，我想得最多的正是他的智慧。智慧是不会老化的。

蒙日的智慧是有关曲线和曲面的智慧。——这是他的坟墓造型启发了我，使我悟出了这么一句心得。其实，整个拉舍神父墓，整个巴黎的建筑，都体现了曲线：曲面的优美和智慧。（蒙日的观念总是最后落脚

到建筑艺术）

至于我，我更多地是从自然哲学的角度去激赏蒙日的思想观念：

每一积分曲面都是特征曲线的轨迹，并且仅有一条特征曲线通过这一积分曲面的每一个点；

对每一特征曲线都能有无穷多个积分曲面通过它。而且通过该曲线的无穷多个积分曲面都沿着这条曲线彼此相切。

这一世界的诗意结构便是蒙日在180多年前（即1806年）揭示出来的。从逻辑上看，它很美，且对称。我回忆起我当年放羊，在冬天牧羊人的小木屋读到蒙日这一思想观念的激动心情。在那个年代，同蒙日的思想在一起是一种安慰。因为那是我同世界的诗意结构在一起。后来，我从巴黎返回德国，在荷兰的一个小村庄，我写下了一首《回忆》：

回忆
是上帝赐给我们每个人的
一个小小的魔瓶
只要把口子拧开
冒出一缕青烟
我们便能在
高山上的枫树下
同过去的一幕幕
相见

重温旧梦　　让它再现
不亚于美好的今天和明天

五　格里萨克墓

从高中的物理课本，我便知道这位 19 世纪法国物理学家的英名。后来，我曾多次同他的气体比热测定打交道。最主要的当然是以他的姓氏命名的“格里萨克定律”：

在一定的压强下，气体受到加热（或冷却）时，体积的膨胀（或收缩）的数量同温度的增加（或降低）数值成正比。

当然这是个很典型的经验主义定律的例子。从自然哲学的眼点去看这类定律的逻辑结构具有以下形式：

“一旦 A 发生，B 也就发生。”

或者说，它具有典型的因果关系的结构：

“如果……那么……”

作为一条经验主义定律，格里萨克定律能够很近似的描述所发生的事情，但不能更深入地说明事物的（微观世界）原因。

格里萨克定律在近代气体动力理论的历史上仅仅是“第一个烧饼”。

我懂得尊敬这“第一个烧饼”，所以来他的墓前脱帽致敬。

我喜欢 17、18、19 世纪物理学家身上对大自然有种诗人兼哲人的气质。比如当那个时代的科学家发现用水银可作为温度计的时候（约 1659 年），就满怀激情地欢呼：

“自然界给我们这种矿物肯定是为了让我们制造温度计。”

在这里，大自然被自然诗人兼哲人予以人格化了。我双手赞成这一人格化。很遗憾，在当代科学家身上，这种诗人兼哲人的气质已剩下无几了。这可不是件好事。

中国古人说：“诗之基，其人之胸襟是也。有胸襟，然后能载其性情智慧、聪明才辨以出，随遇发生，随生即盛。”

格里萨克定律正是一首自然哲理之诗。

六　孔德墓

我来到他的墓前凭吊，也是来感恩的。所以我的动机非常单纯：先生滴水之恩，学生必涌泉相报。

早年我便读到他一句格言大训，使我一生受用不尽：

“观念，支配世界；否则世界就是一片混乱。”

这种至理名言也只有哲人说得出来。

独裁者用权力来支配世界；

亿万富翁用金钱来支配世界；

哲学家用观念来支配世界。

权力、金钱、观念是世界上最有力量的三种东西。

电学中的欧姆定律、安培定律和其他一些定律都是强有力的自然哲学观念；它们支配了电的世界，一旦没有了它们，今天的世界便是一片混乱、漆黑。

孔德早年在巴黎学数学、天文学、物理学和哲学。后来他建立了他的实证主义哲学体系。他无疑是19世纪西方世界一位重要的思想家，1857年死于巴黎，仅活了59岁。

七　居维叶墓

他是我学生时代的智慧启蒙者，时间和地点是1958年北京大学生物系图书馆。当时我是文科学生，独自跑到生物系去阅读是“不务正业”。事实上这顶帽子一直扣到我大学毕业。所以我选择中国农业科学院是有根源的。

人在饱暖之后的第一需要不是什么别的，而是追求世界观的满足（别人也许不这么看，但却是我的最高人生哲学原则。即便是在今天中国社会发生急剧变化的困惑时期，我也不背叛我的原则）。居维叶的进化理论便满足了我青年时代对世界观的渴望和追求。那是我吃下去的“第一个烧饼”。我忘不了这个烧饼。

居维叶非常敬畏造物主建造世界的总方针和确定的总格局。他认为生物是造物主创造的（当然，即便是今天的自然科学也无法解释地球上生物多样化的原因）。1832 年居维叶死于巴黎，享年 63 岁。

八 梅隆·庞蒂墓

这是个法国存在主义哲学家。我赞同他的这一见解：

没有人的世界是没有意义的世界。对世界本质的思考，归根结底是对人的思考。

他只活了 53 岁（1908—1961），死得太早，但生命质量还是很高的。他无疑是这么一个法国人：作为一个哲学家而生，作为一个哲学家而死。

凭吊了以上这些坟墓，我更加清楚了我这一生的使命：

朝执笔，夕死可也！

我决不下海。

晚上坐在巴黎共和国广场的一家咖啡馆，我情不自禁地写下了《最初和最后一首诗》：

许多年　　许多年前
当脐带剪断
我呱呱落地
脱离母体
发出第一声哭啼

那便是我的第一首
不成文的诗句

曾模模糊糊记得
我的啼声特别
响亮　　悲伤
那是我预感到
人生路旁多的是
艰险　　暗箭　　恶浪

最后
我终于死了
墓地已是秋光老尽
寒烟衰草
碑上刻着五行字
那是我挥手告别世界的
哀号

人生
并不像我原先所想象的
那样坏
但也不是我期望中的
那般好

这便是我从拉舍神父公墓拾起来的一串发光的东西。

这公墓无疑是法兰西民族魂的一个缩影。

其实这里是个大公园。我就亲眼看到一对情侣居然在墓碑后面久久拥抱、接吻。

爱情和死亡。——人类永恒的主题。

关于它们的含义，又有谁能说得清？

不必说清，爱在继续，死也在依旧。

不是把爱和死的定义、含义彻底说清楚了，我们再去爱，去死。

不，不是这样的。

我们都在人生的旅途上。我们难道在过桥之前，先要检查每个桥墩和螺丝是否安全可靠，然后才放心大胆地通过吗？那将会一事无成。

巴黎拥有成百、上千个伟人墓。这是个奇迹。中国却没有这样的城市。北京只有十三陵，尽是帝王的骸骨，没有文化伟人的长眠之地；河南省巩义市只有北宋皇陵 10 座，加上帝系太子、亲王墓等共计 400 多座，其中有寇准、包拯等大臣墓 7 座。寇准（961—1023）是北宋宰相，写过些脍炙人口的诗词，但算不上是什么文化伟人。杭州只有个岳王墓，构不成一个文化群落，远不如巴黎墓地文化那样集中，壮观，气势磅礴，阵营立体，尽管年代并不很久远。

拉舍神父公墓内的古树郁郁苍苍，遮天蔽日，以及它不收门票，都是我难忘的。据说晚上也要关门。

我真不知道当一轮明月从墓地上空缓缓升起，而远处巴黎的灯红酒绿、纸醉金迷的夜生活又正好刚开始，法国古今大哲学家该怎样去调和这两个世界的矛盾，划清它们的界限呢？死是个谜，生又何尝不是？

作为一座伟大城市，巴黎显然体现了人性的一切，而且是体现得那么充分：创造、奋不顾身地奉献，尽情享乐、伯爵和伯爵夫人的荒淫无耻。前者是崇高的人生使命感，后者是醉生梦死的堕落。

它们好像是两个轮子，好几个世纪整个巴黎就安放在这两个向前滚动的轮子上，日夜运转，永不疲倦……

当我挥手告别巴黎的时候，已是暮色苍茫、华灯初上时分。

我回过头再看了看我身后的、充满了矛盾的伟大巴黎。我想，世界人生本就是个复杂的矛盾体：上与下，去与来，出与入，悲与乐，明与暗，进与退，是与非，虚与实，阴与阳，生与死……

鸟类世界的诗结构

一

在中国古诗词里，乌鸦和晓月是经常出现的两个意象，当然远不止这两个。的确，把大自然界的枯藤、老树、昏鸦并列放在一起，世界的诗结构便会揪心地呈现在我们面前。

揪心，是因为它具有一种普遍世界的忧郁和凄楚的美。像数学中圆锥曲线方程、台劳级数和贝塞尔公式一样，它也是天地间有大美的一个侧面。世界有无穷多个不尽相同的侧面。

昏鸦，是指黄昏、薄暮的乌鸦，这朦胧氛围更增添了忧郁的力度和凄楚的深度。昏同枯、老是协调的。清晨或正午的乌鸦便缺少很深很浓的诗意。

不过单纯的诗人是从不去追问鸦科种类的组成。当然他们更不去探究亚种的分化。其实，鸦科鸟类有许多个种和亚种，如：松鸦、星鸦、红嘴山鸦、大嘴乌鸦、秃鼻乌鸦、黑头噪鸦、白颈鸦、黄嘴山鸦……其实灰喜鹊和喜鹊也属鸦科。当然还有寒鸦。

在德国莱茵河畔深秋田野和山地次生混交林带，我经常观察乌鸦，尤其是在收割完后的麦田，当暴风雨即将来临，有几只或孤零零的单独一只在那里觅食的时候。在我眼里，或按照我的审美情趣，那无疑是一种味道很浓很浓的世界诗结构的披露。

要敏感，时时处处敏感。不要放过这一披露。要学会抓住、捕捉世界诗结构各个侧面的披露。捕捉到的越多，生命的质量也就越高。这便是我所理解的潇洒走一回。

在民间，中国人历来不喜欢乌鸦（我们家乡叫老鸦），这是迷信造成的误解。其实，乌鸦是很有诗意的一种造物，尤其是当它同墓地和晚秋的枫树，或同残雪的荒原和收割完后的空旷麦田组合成一幅幅画面的时候……

在地球上，乌鸦和麻雀恐怕是分布得最广的两种鸟类。奇怪的是在麻雀身上连一点诗意的影子都没有。究其原因，估计是它在觅食时那叽叽喳喳的声音和浮躁（小跳跃）的动作造成的。

相比之下，乌鸦就有一种深沉感。尤其是当夕阳衔山，草做金色，枫吐火光，一只乌鸦从收割完后的空旷田野缓缓悠悠地腾空而起的时候……

其实，世界的大多数场合都有诗意在。清朝的横山先生说得极是："凡物之美者，盈天地间皆是也，然必待人之神明才慧而见。"

世界的诗结构迫切需要人的神明才慧方能发现、揭示和见出。这尤其是数学物理方程的美，银河系的美。

在德国乡村闲居半年，是我一生观察乌鸦和其他鸟类（包括对一些鸟类的叫声做出粗略的声谱分析和生态研究）最集中的时期之一。有一回，我还特地带了一架纳粹德国时期的军用望远镜去观察在针阔叶混交林中营巢的黑色型寒鸦。

我有意去识别鸦科不同的种类。身处大自然界，笼统地把鸦科都叫做乌鸦是不负责任的态度。对别人，我可以原谅；对我自己，我就不原谅。我不愿稀里糊涂地活着。

生命的起源固然值得惊叹，而地球上生物物种的多样性更值得我们去绞尽脑汁。

我看是找不到有关最后答案的。那是造物主的核心机密。对它，自然哲学家只有去深深加以敬畏的份。否则就是不自量力，就是夜郎自大。

二

早年在辽宁省和今天在德国的莱茵河地区，我都看到过白鹳。尤其是秋天集群的白鹳，它同夏天原野上的“勿忘我”和“紫罗兰”，都给了我自然山水诗的满足。

白鹳集群现象发生在秋季，比如日均温在1.5℃左右。它的活动空间以苔草沼泽、江叉纵横的低凹平坦潮湿地为主。因为水域未冻，有丰盛的鱼虾。通常集群地的植被颇为茂盛，草层的高度和盖度均适宜白鹳栖息隐蔽。

所有这一切都发生在落叶潇潇甚至雨雪霏霏的晚秋，所以给了我一种苍劲的印象。当3～5只或10～20只数量不等的零散群在做螺旋状的盘飞，或在下午5点光景做栖落准备夜宿（其时德国的太阳刚好落到了比利时和荷兰那边），草地上的花白奶牛依旧在那里低头觅食，我就会有一种陶醉感。——这是对鸟类世界诗结构的陶醉。

各人有各人的醉法。沉醉比不醉好。不过有许多醉的方式方法。不必强求一律。我醉心于莫扎特、贝多芬和肖邦；醉心于鸟类和生物世界诗的结构；醉心于天地无声之诗，无色之画。

三

有人告诉我，他在西藏看到过来雅鲁藏布江流域越冬的黑颈鹤。西藏人笃信佛教，所以对黑颈鹤不加伤害。

于是我想到佛教的教义。按我的见解，以保护地球生态环境和世界的诗结构为宗旨，我们很有理由去建立一种新的世界性宗教，21 世纪的世界宗教。

四

既然有数学诗，那么，把鸟的叫声做些定量的声谱分析并不破坏鸟类世界的诗意。单纯的诗人是不去做这种分析的，不管是李白、秦观，还是 19 世纪英国湖畔诗人。

鸟的啼叫声常常同繁殖期求偶或个体受到干扰时有关。比如野生红腹角雉的鸣叫声就有好多种。在繁殖期，雄体的呼唤叫声洪亮，传之很远，清振初夏或暮春山地针叶林群落或灌丛群落，在我听来，那才是天地自身劈空结撰而出的一首散文诗，为这个严重欠缺意义的世界，仿佛增添了一丁点什么意义。

雄性红腹角雉在繁殖期的呼唤叫声其频率为 500～3500Hz，持续时间为 0.97 秒；也有 100～2200Hz 的，持续时间更短。这是配对个体间的提示和联络信号。

谁又能否认这鸣叫不是大自然界谱写的一首爱情诗呢？于是有感于低沉的叫声（求偶）或尖细短促的叫声（这是警叫，告诉幼鸟迅速逃离），我在德国山地次生混交林中的一条小道上写下了这样几行：

在晚秋湖畔林中漫步，
纷纷落叶，

留鸟啼叫的各种声谱，
在自然哲学家的耳中，
也是单簧管吹出来的动人音符。

这就是我的潇洒。各有各的潇洒。德国年轻人往往骑着日本名牌摩托，在高速公路上追求每小时200公里的威风神气和潇洒。对于灰惊鸟、灰头麦鸡和白腹锦鸡的啼叫声谱，他们中的绝大多数人是聋子。现代人的物欲横流，使德国人再也出不了一个新的贝多芬，新的勃拉姆斯或新的舒曼。这是本世纪末的时代病。我不希望它蔓延到21世纪。

五

用三个谐波去描述、分析雏鸟尖厉、响亮的叫声，或者用高频、低频和主能量分布，用最大能量峰值、频谱图和声谱图的结构去探究雄鸟或幼鸟的拖长音，当属于探索世界诗结构的范围，就像天文学家用色指数、辐射分布和光度函数去探索宇宙的神秘，也是属于惊叹世界诗结构范围之内的事。

两者均为造物之才，天地之才情。前者为秀，后者为奇，皆能扩文思，雄史笔。

是的，在具有诗人哲学家气质的语言通讯学者听来，鸟类的叫声当是造物主迂肠拗笔之作，恰如银河系的旋涡结构是造物主的部署和安排。

六

鸟类世界的诗结构其实是森林世界诗结构的一个组成部分。

没有鸟类的森林同没有森林的鸟类都是一种大残缺，一种自然界诗结构的残缺。因为鸟类(尤其是小鸟)原是伴随着高等森林植物一块进化而来的。

要知道，地球上有8600多种鸟类，其中小鸟(燕雀目)大约有5400种，而森林鸟类又占其绝大部分。通常根据针叶林、混交林和阔叶林等外部景观我们即可推断栖息在这里的鸟类。这种大自然的和谐性和相关性不是诗结构是什么?

在德国的林中小道漫游，时至黄昏过后，一轮满月从树梢背后缓缓地爬上来，我便想起这几句古诗：

月出鸟栖尽，寂然坐空林；
是时心境闲，淡泊无古今。

诗人仅仅是揭示了林与鸟的表层关系，其实我更醉心于两者的深层和谐关系。只有深层的和谐才能造就深层的寂然和淡泊。

什么样的林型对应着特定的鸟类群落。——这正是我所追求的深层和谐。唐朝诗人是不知道这类高阶和谐的。

研究灌丛、阔叶林、针叶林和针阔混交林中的鸟类群落结构，里面既有自然哲理，也有田园山水诗篇。

不同的树层往往对应不同的鸟类。比如在树干粗枝取食的多半是白背啄木鸟、斑啄木鸟、黑枕绿啄木鸟和三趾啄木鸟。

据我的观察，在地面草丛和灌丛中取食的则有长尾雀、红尾伯劳和金翅雀等。

身处自然界，不能辨别树种，是种羞耻；同样，不认识森林中取食的鸟类，于我也是一种羞耻。

灌丛林型鸟类群落和针阔混交林型鸟类群落是不同的。——当然，这是不同生境造成的，但归根到底是造物主的安排和部署。

七

鸟鸣是天籁。颜延之的“明月照积雪”和王籍的“鸟鸣山更幽”，以及何逊的“夜雨滴空阶”，仅仅是揭示了表层自然界的诗结构。把鸟类分为食动物（包括食昆虫）、食植物、食果实、食芽、食叶、食草和杂食等则是向深层自然界的诗结构迈出了一步。

在我的心目中，一个够格的鸟类学家必须具备两种高贵的气质：自然哲学家和田园诗人。

只有这样，我们从鸟的世界才能见出一个“壮”字。

“江间波浪兼天涌，塞上风云接地阴”就有一种“壮”的意境。探索白鹤越冬分布、越冬栖息条件和迁徙路线也具有一种深层的悲壮，壮而奇峭、壮而高拔的审美情趣。

当我知道在浅水泥滩停栖的白鹤原来吃的是苦草根芽及沙砾的时候，在我的内心深处便会油然生出一种敬畏，一种天地悲壮的情绪。大自然是何等的简朴啊！而我们却在浪费，大吃大喝。

八

诗人是不懂得功利的。真正的鸟类学家也是不懂得的。当他观察到雀鹰在五月中、下旬开始营巢，雌雄均筑巢，形为浅盘状，巢底较厚，巢材主要是落叶松干枝和黑桦，以及鸟巢筑在树冠下部及中部，其实他是在努力揭示雀鹰习性所具有的诗意，诗境。

雀鹰衔绿枝添加巢材这一行为自有一种古淡，一种气象，一种萧散简远。——而这恰恰是田园诗的极致。

我恨猎人，因为他缺德，蓄意破坏宇宙间第一等好诗。

九

诗人是不去爬上树，测量巢材枝干的直径，测量筑巢树的树高和胸径，以及巢距地高为 9 米或 11 米的，而自然哲学家在揭示鸟类世界诗结构的时候，就要作这类定量的观察。测量和数学并不会破坏诗意，因为自然原就有此等定量的关系，有此等层析，此等波澜。自然哲学家只是妙手偶得之。

十

我非常喜欢这些学名：留鸟、漂泊鸟、旅鸟、游荡鸟、夏候鸟和冬候鸟。

因为在本质上我们生存于地球上，也是一只旅鸟或漂泊鸟。在某些个方面我们还不如一只鸟，比如我所拥有的自由度。鸟类是不要出国护照和签证的。比如有上百种候鸟在中国和日本之间作自由地来回往返即其一例。

鸟类的地理分布恒有一种诗的结构，比如栖息地为芦苇丛，丘陵沙地，岸滩草地，林缘，河川谷地沼泽和荒地。

从岸滩草地上，缓缓飞起一群黑颈鹤，世界的诗结构便会蓦然呈现在我面前。它会教给我许许多多的人生哲理和自然哲理。冲淡我心中的一团烦忧、焦灼和郁结。

十一

我喜欢用望远镜观察鸟巢。没有巢的鸟和没有鸟的巢都是一种世界的悲哀和伤残。那是世界没落和荒诞的象征。

在当今的希腊和意大利,以及在世界各地都有一些世界著名建筑。我尤其喜欢观察优美、典雅的住宅。其实各种各样的鸟巢也是一种建筑,一首世界的建筑诗,自然界的建筑诗。比如草丛巢。它是由鸟类将枯草收集在一起营造而成。也有经鸟类挖啄鲜草和泥块根团精心营造而成。有的巢呈碟型,结构厚实紧密,在沼泽湿地和湖泊滩涂上都能见到。

十二

在德国的莱茵河岸边,我观察过游荡在低山带林缘附近的白背啄木鸟。这种鸟每年都要筑新的巢洞。它多半选择在阔叶树的树干或侧枝上筑巢。

雄鸟筑巢时,雌鸟则在距巢不远的地方取食。交配时间当发生在筑巢期。孵卵或育雏由雌雄鸟轮流担任。

设想这时候有支猎枪正对准着这一家子,随着"砰"地一声,白背啄木鸟家破人亡,这实在是一种天大的犯罪行为。

我坚决提倡生态伦理学,提倡敬畏生命。

敬畏生命即是对世界诗结构的一种热爱和崇敬。

十三

白背啄木鸟是益鸟。因为它食天牛幼虫,对控制天牛等蛀干害虫的大发生起了重要作用。不过春天它又喜欢吸吮树木的汁液,造成树木的创伤,受伤处易成为害虫和病菌侵害的突破口,而汁液大量流失也会影响当年树木的生长。看来,白背啄木鸟又是害鸟。

也许这一善一恶合在一起才是大自然的全貌。这正如世上没有一个绝对的好人或坏人。好中有坏,坏中往往也有些好。兴许,在大自然界,根本就没有什么善,也没有什么恶。比如从自然哲学的角度去看,地震是无所谓恶的。

道德、好坏或善恶之分,纯粹是人的立场,是人的移情。即便是整个地球毁灭了,站在宇宙范围看,也无所谓悲哀。

可见自然哲学的功用是教人拥有一个旷达的胸怀。——久久凝视筑巢的白背啄木鸟,我就这样想。啄木鸟是地球上的居民,人也是。人同鸟和平共处,是 20 和 21 世纪交替时期的新哲学原则。哲学原则是高于一切的最高原则,当然也是世界的最高诗结构。

十四

喜鹊为留鸟,是世界性的广布种。自古以来,中国人认为喜鹊是吉祥的象征,但在它的身上却绝少有诗意。究其原因是它的连续叫声太浮躁,其动作也浅薄得可以:时而在林中穿梭飞行。时而翘尾抬头观望。

十五

在德国森林中，为了调查杜鹃、斑鸠和伯劳种群的数量密度，我要用到数理统计（条件分布），如：$F(z)=\frac{2}{\rho^2}\int_0^z yg(y)dy$。

在我的心目中，这个公式才是鸟类世界一首最优美的数学诗，比"鸟鸣山更幽"更能体现造化之功，可谓古今独步。

在幽静的德国莱茵地区森林中发现这样一首不可磨灭的数学诗于我当是一大幸福。因为它充满了天地之元气，浩然正气。比起秋飙夜风、云浓月淡，它所拥有的元气更盛，更为本质，更为内在。

西方近代科学精神之所以能够渗入中国，中国将它本土化，多亏了在中华民族的胸中原就有一团天地之元气，善养吾浩然之气。

十六

1687年牛顿发表《自然哲学的数学原理》一书，是西方近代科学方法和新精神诞生的一年。它有三个特点：

第一，用数学定量的语言去分析物理世界；

第二，从中看出自然哲学（宇宙宗教）的含义；

第三，从中看出宇宙的诗结构。

牛顿方法同样适用于鸟的世界。

在鸟类群落结构里面隐藏着好些天地无色之画。

十七

“飘飘何所似？天地一沙鸥。”

对沙鸥的生态和习性进行了系统的观察之后，我经常会记起杜甫这两句诗。站在一片荒凉的低潮滩上，我会情不自禁地把自己比作是一只旅鸟或漂泊鸟。“飘飘”即漂泊之意。对鸟类、生物世界和物理世界的研究，归根到底要落脚到对人生意义和生存根本状况的沉思默想。

精神魅力

我爱四重结构的大自然界

宁可研究大自然，也不要研究人。

——培根

培根这个纲领是“先得我心”了。自1957年反右，直到今天，我一直是这样想的，这样主张的，从而造成了我对人，对人与人，对政治，对世界政治事务，缺少一种起码的洞察力。三十多年来，我宁可同一棵树交往，也不愿亲近一个人。因为人心太虚伪，太奸诈，且多变。人心不可测同大自然的奥秘不可测有本质的不同。前者令我恐惧，生厌，后者对我具有永久的奇美的吸引力。

在我的心目中，自然界至少具有四重的结构。当我说起“我爱自然界”的时候，我指的是“我爱四重结构的自然界”，或者说我爱“大自然界的四重奏”。

第一重自然界是大家有凡眼都能欣赏到的所谓“奇山异水，天下独绝”者。其实，一株被雷电烧焦的枫树，开在人迹罕至的山崖里的一朵无名小花，荒野中透凉的细密雨丝，小镇上萧萧瑟瑟的落叶声，以及令闻者生哀的秋风鸣鸟等自然风貌景观，都具有一种自然美，那是刻骨铭心的。若从美学角度看，即便是火山、地震和台风这些灾害又何尝不刻骨铭心？

诗人，画家，音乐家的创作灵感源泉正是来自这第一重自然界的多彩多姿。美国画家荷麦（W·Homer，1836—1910）就深深被海的情绪变幻——波涛的喜怒哀乐所激动。许多年，我酷爱荷麦笔下的大海，那“永不停止动荡的摇篮”，其实就是我酷爱第一重自然界的心理必然反映，集中表现。

第二重自然界是诸如植物地理学、生态学、地质学、进化论和微生物学……等学科共同研究的对象。它已开始在表层上呈现出大自然的美与和谐的结构。或者说，大自然表层的美与和谐结构开始从这里渐渐披露出来。因为主要是定性而不是定量的说明，所以仅能揭示大自然表层的美与和谐结构。

生物圈和食物链的揭示便是两个令我动心的例子。我心里明白，我对食物链这一概念的赞赏和狂热，实质上是对第二重自然界的醉心。进化论中所揭示的生物适应环境的大量事实，比如，毛皮与气候的关系，光线与动物颜色的关系，温湿度与昆虫色彩的关系，高山植物和水生植物适应环境的事实等，都是一些恒能给我美感享受的发现，尽管这些发现是属于19世纪西方思想的成就。达尔文主义的生存竞争与自然淘汰是揭示第二重自然界的典型。知道蝌蚪的命运必然会引导深思明辨者得出有关生物世界的这一哲学原理：“生存是侥幸的。”尽管母蛙一生能产卵5～10次，即4000至8000个卵，且大多数都能发育成蝌蚪，但天敌太多（鱼类，爬行类，鸟类等），尤其是当池塘和稻田干涸的时候。

第二重自然界中全部激动人心的事实理应成为艺术家和哲学家创作的源泉，它比第一重要深些。因为第二重自然界的美与和谐结构并不是凡有肉眼者均能见出的。它必须用到内视，用到心眼。19世纪中叶英国地质学家莱伊尔和进化论者达尔文是揭示第二重自然界的美与和谐结构的两位代表人物。当然远不止这两位。我不会忘记《地质学原理》一书的作者莱伊尔称地质学家是“研究自然遗迹的人”。这一说法既是诗又是哲理，给我印象极深。在我的青年时代，它启蒙了我的智慧。——智慧远比知识重要。我尊重知识，对智慧则深表敬仰。地质学所根据的遗物同历史学所利用的遗物有相似处。地质遗迹的证据纵然有残缺，但绝不会有故意掺杂的虚构事实。正因为这层理由，我才避开研究人，只对四重自然界感兴趣。

第三重自然界为精密自然科学研究对象。它已深入到定量的层次，进入到了抽象美的最高级阶段，进入到了绝对的美，更需要用到内视和心眼，用到人类最高智慧。

门捷列夫元素周期表的揭示，其实就是第三重自然界的披露，因为他看到如果各种化学元素的原子按重量来排列，它们的化学属性就会呈现出一种周而复始的秩序。谁能瞥见到这一秩序，他就有福了。普朗克的发现也使我分享到了高层幸福。E＝hv. 自然界的一切辐射都是以量子的能量基本单位的整数倍而进行的。量子即能量的原子。能量的释放或吸收不会以量子的分数值（即若干分之一个量子）进行。这，便是第三重自然界透露出来的惊心动魄的内幕。当然还有麦克斯韦方程、赫兹电磁波的发现和光电效应的发现等。20 世纪理论物理学和实验物理学的伟大成就，都在向第三重自然界的腹地挺进。

最后，第四重自然界则为极少数人所知晓，追求。第四重大自然界即独立于人类感官知觉而存在着的外部实在世界。——这是一个最基本的假设。

对于这个假设，在人类思想史上一直是有很大争议的。有一派思想家认为，如果不相信“外部实在世界”同“第三重世界”（模型世界）之间的关系，不相信“外部实在世界”有某些基本规律性，而且通过人类理性的探索这些规律性是可以被理解的，至少可以被部分地理解，那么，他就不是科学家，人们便不能取得任何科学上的进步。对立派的思想家则认为。假设“第四重世界”（外部实在世界）的存在是无意义的。

涉及第四重世界，有许多激动人心的有关“第一哲学”（Philosophia Prima）的提问，即形而上的提问，如：

自然界的基本定律为什么恒能用简洁、精美的数学方程式表述？

在普朗克 1900 年揭示著名的黑体辐射定律之前，该定律就已经存在吗？(或者 h 在普朗克发现之前就存在于大自然界吗?)

自然定律是自然界给予人类的抑或是人类强加给自然界的？如此等等有关“第一哲学”的问题都是恒能激动我心的。

在我的心目中，上述四重的自然界是有机的统一体，它们各有各的表现和姿态，各有各的价值，各有各的功能，谁也不能排斥谁，谁也不能替代谁，就像钢琴不能代替小提琴，小提琴不能代替大提琴，大提琴不能代替长笛，长笛不能替代人声。

因为在我心中恒容纳着四重结构的自然界，所以我感到康泰，平安，年轻。——比我实际的年龄总是要年轻得多，不是月白风清，江流有声，木叶脱尽那一重。

近年来，上海社会科学院工会老让我去黄山或雁荡山度假，我总是把机会慷慨地让给别的同事。原因之一，是我更重内游，游第二、三、四重自然界，而不是第一重。

在我死后，我愿写下这样一句墓志铭：

把我的肉体归还第一重自然界；把我的灵魂归还其余较深层的三重自然界，归还给上帝，如果有上帝的话，有造物主的话。

我和布鲁赫的《第一小提琴协奏曲》

大狗和小狗都可以叫

严格地说，我没有一丁点资格用这样一个题目来抒胸臆，发议论，因为我既不是音乐指挥，也不是小提琴家。只有像海菲兹、柯岗、奥依斯特拉赫父子和帕尔曼这样的人才有十分充足的资格用《我和布鲁赫的第一小提琴协奏曲》这样一个题目来回顾往事，展望未来，谈谈自己同这部小提琴作品的关系。但是我仍然想在这个题目底下写点纯粹属于自己灵魂状态的东西，想谈谈近五年来这部协奏曲是怎样同我的心路历程交织在一起，或者说我是借这首乐曲来发风露浩然、山河影转、今古照凄凉的慨叹，或歌道者万物之所然、万理之所稽的妙绝。当然，我仅仅是作为千百万个古典音乐爱好者中的一个在这里放肆地抒发，高谈阔论。这些年，俄国大作家契诃夫有段话一直在给我壮胆，鼓气："有大狗，也有小狗；可是小狗不应该因为有大狗的存在而心慌意乱。所有的狗都应当叫，就让它们各自用上帝赐给它的声音叫好了。”

最近几年，我渐渐也学会了不因为有大狗的存在而不敢吭一声，也没有跟在大狗的后面对着它在墙根的影子去小心翼翼地附和着叫。我所理解的幸福和人的尊严是：用上帝赐给我的嗓子诚实地去叫，由着性子叫。

我不能撒谎

若要在万元银行存款和结识一部新的、伟大的音乐作品之间作一次不可两者兼得的痛苦选择，我会放弃前者，毅然选择后者。当然，在作这种选择之前有一个先决条件：温饱之后。因为谁也不能饿着肚子去欣赏音乐。

亲爱的读者，这是我的心里话。我决不能撒谎。我已经到了不撒谎的年龄，尤其是当我谈论生命的意义和价值的时候。好的音乐作品之所以能流传下来，经受住了时间的风和雨的剥蚀，之所以普遍地被人们一致叫好，击节称赞，也是好在它的每一个乐句（尤其是它的主题）是不撒谎的，它是作曲家的内心独白，或者用柴可夫斯基写给梅克夫人信中的说法，那“是灵魂在音乐上的一种自白”。灵魂通过音乐倾泻出来，恰如抒情诗人通过诗句把自己的灵魂状态倾泻出来。

这三十来年，自巴赫到普罗科菲耶夫，第一流的音乐作品教会了我一点：在艺术圣殿里切莫撒谎，欺骗。作曲家、指挥、演奏家和听众，都应本着一个“诚”字。天下事，无论作文做人，只以老实为主。唐诗宋词之妙，皆在一个“诚”字，“真”字。不久前，我听了一部歌剧。它的音乐使我大失所望，以至于我在日记中写道：“从第一个音符到最后一个休止符都糟得令我难受！失败的全部原因很简单：作曲家在撒谎。他没有什么感受，硬是写。两个多小时的音乐，没有一句打动人！全是言不由衷的谎言或者都不是灵魂的自白。不是出自内心的东西，怎能进入千百万听众的内心？撒谎的音乐必定是噪音。我憎恨噪音。当然，出自内心的作品不见得每部成功，但成功的作品无一不是出自内心。”

对音乐艺术世界，我是一个爱憎分明的人。1985 年 7 月 31 日深夜我写下了一段日记便充满了爱，充满了感激的心情：

“刚从上海音乐厅归来。我的思想和感情被布鲁赫的《第一小提琴协奏曲(g 小调)》给镇住了。多优美的慢板乐章啊！我爱好西方古典音乐将近 30 年，原先满以为自己已经熟悉了所有堪称为第一流的作品，决不会有一首上乘乐曲漏网，不为我所知的。其实我错了。今天，布鲁赫好好教训了我一顿。从此以后我再也不敢这样自负了。——那么，布鲁赫是谁呢？”

一个星期过后，我迫不及待地做了两件事：托音乐学院的朋友转录了《g 小调小提琴协奏曲》；顺便在那里的图书馆查阅了布鲁赫的生平及其作品介绍。因为我确信，通过普通文字材料了解作曲家的一点传记，必有助于听众把握他的作品内涵。自然，我更相信，一首不撒谎的乐曲本身就是作曲家一段心路历程的忠实记录和写照，用不着过多的文字说明。

又一个德国犹太音乐家

布鲁赫(Max Bruch)，德国作曲家、指挥家，1831 年 1 月 6 日生于科隆一犹太人家庭(又是一位犹太裔德国音乐家！一部西方近代科学、艺术和哲学史若是没有犹太人的名字，那肯定会残缺得不成样子)。14 岁开始写交响曲。20 岁那年他的第一部歌剧上演。1883—1910 年在布勒斯劳和柏林担任指挥和教职。1910 年以后，他便脱离乐坛，住在离柏林不远的一小镇，直到 1920 年 10 月 2 日去世。

《g小调第一小提琴协奏曲》是他的成名作。这是布鲁赫三首小提琴协奏曲中的头一首。作者19岁便开始构思于科隆，9年后即28岁才正式脱稿于科布伦茨。1866年春初次演出，布鲁赫亲自指挥。后在匈牙利小提琴大师约阿希姆①(1831—1907)的帮助下修改过一次。于是布鲁赫便将这部作品献给了约阿希姆。1868年这位匈牙利小提琴大师在德国不来梅向人们介绍了它。1872年西班牙小提琴大师萨拉萨蒂又在美国演奏此曲，从此便成为世界各国小提琴家最喜爱演奏的曲目之一(布鲁赫的四乐章《苏格兰幻想曲》也是萨拉萨蒂的保留曲目，多年遍演于欧美各地。事实上，在今天的世界乐坛上，布鲁赫也只有两三部作品站住了脚)。或者说，当今世界每一种小提琴演奏学派都要通过布鲁赫的《第一小提琴协奏曲》(作品第26号)来证明自己的独特个性、音乐智慧和对技巧的把握；通过对热情而雄伟乐句的高雅处理，表现出细微的多色彩和流畅的多层次变化，并以此来证明自己的演奏原则和表现人生世界的力度。因为布鲁赫这首曲子像勃拉姆斯和门德尔松的小提琴协奏曲一样，最能体现一个小提琴家的气派和风骨。我所指的是光芒四射、扣人心弦的演奏艺术。但我认为，在西方多部优秀的小提琴协奏曲当中，最伟大的一部还是贝多芬的《D大调》，这既是偏爱，也是公认的事实。

布鲁赫一生还写过多部歌剧、清唱剧和三首交响曲，以及其他许多作品，但绝大多数都没有经受住时间的风和雨的无情剥蚀。事实上，有关这首曲子的创作背景，我们知道得甚少。据说，许多年过后，当一位小提琴演奏家想在他面前演奏它，布鲁赫竟惊叫了起来："再听一遍g小调！我不忍再听……"可以推测，布鲁赫当年写这部作品的时候是非常之动情的。也许在急管哀弦中还隐藏着灵魂一段苦苦的挣扎。那仿佛是一个旧伤口，即便是过了许多年，也不会时过境迁，怕去再碰他。尽管这样，我依旧认为在西方音乐史灿烂的星空中，布鲁赫仅仅是一颗三等

① 勃拉姆斯曾将自己的小提琴协奏曲献给了约阿希姆。这位匈牙利小提琴家曾任柏林高等音乐学校校长，经常同德国伟大的物理学家普朗克在一起举行家庭音乐会，普朗克弹奏钢琴。

亮度的星星。他所发出的艺术光能，同莫扎特和贝多芬自然不可比肩，就是同勃拉姆斯和舒曼或布鲁克纳(1824—1896)放在一起，其亮度也显得暗淡，逊色。

尽管这样，这也不能成为我很晚很晚才知道布鲁赫及其《第一小提琴协奏曲》的充分理由。我深感惭愧。因为这许多年我对这样一首早已跻身于西方小提琴协奏曲珍品之列的乐曲竟一无所知！我所说的珍品是指巴赫的三首(a小调，E大调和d小调)小提琴协奏曲，莫扎特的第三、四、五、六等四首小提琴协奏曲，贝多芬的《D大调》，门德尔松的《e小调》，勃拉姆斯的《D大调》，圣桑的《b小调》，维尼亚夫斯基的《d小调》，德沃夏克的《a小调》，柴可夫斯基的《D大调》，维瓦尔第的四首小提琴协奏曲，帕格尼尼的《第一小提琴协奏曲》和西贝柳斯的《d小调》。柏拉图说过，不知道自己的无知是双倍的无知。值得安慰的是，我是完全依靠自己的听觉、欣赏能力和审美标准认出了它，发现了它，尤其是它那潇洒神飞的慢板乐章。那天晚上，我同大病初愈的友人坐在音乐厅，一开始我就被它的轻微的定音鼓的节奏所吸引。此后便是奔放有力的第一主题在B大调上出现，经过发展又回到g小调。那寥寥长风、空碧悠悠的乐句同乐队交替出现的壮美音响使我频频翻开节目单，纳闷地看着作曲家的名字。“布鲁赫是谁呢?”根据音乐语言的词汇和句法，我判断，作品产生的年代当在贝多芬和马勒之间。不会早于贝多芬，也不会晚于马勒。事实上，我的判断是对的。

新浪漫派的一员

新浪漫派(Neo-romanticism)又叫后期浪漫主义(Post-romanticism)。它的最大特点是感情冲动，热情洋溢。它以古典主义为基础，在题材和技术两方面均有新的发展，其目的当然是为了表述19世纪后半叶欧洲人的波澜壮阔的精神骚动，所谓心随笔运，来往千载。

其代表人物在德国有勃拉姆斯和瓦格纳；奥地利有布鲁克纳和马勒；法国有拉罗（Lalo，1823—1892）；俄国有柴可夫斯基；芬兰有西贝柳斯。布鲁赫正是德国新浪漫派的一员。他的《第一小提琴协奏曲》是德国后期浪漫主义运动的一部代表作。事实上，这场席卷欧洲的运动恰好起源于德国，肇始的时间当在19世纪五六十年代，也就是布鲁赫开始酝酿并最后完成他的《第一小提琴协奏曲》的峥嵘岁月。我觉得布鲁赫同勃拉姆斯一样，也在这部辉煌有力的作品中也反映了那个时代的精神状态，表述了一种新的世界观。新的世界观需要用一种新的音乐语言来陈述。勃拉姆斯仅比布鲁赫年长五岁，他们各自写下的小提琴协奏曲均产生于六、七十年代，均堪称为带有独奏声部的交响曲，成为贝多芬于1809年所开拓的小提琴协奏曲创作发展道路上的两个新的里程碑。就风骨、格调和气派来说，布鲁赫的《g小调》和勃拉姆斯的《D大调》都接近于贝多芬的小提琴协奏曲，具有典型的阳刚之美，富有日耳曼民族对一种世界观的严肃追求精神，有时比交响曲更具有交响性。如果说，门德尔松的《e小调》是非常女性的，那么，布鲁赫的《g小调》、勃拉姆斯的《D大调》和贝多芬的《D大调》便是非常男性的。如果说，柴可夫斯基的《D大调小提琴协奏曲》是典型的俄罗斯味，那么，布鲁赫的《第一小提琴协奏曲》便是典型的德国味，德国气派。

什么是德国味呢？什么是德国气派呢？我想就是追求一种世界观，一种绝对的、最高的精神性的东西。黑格尔就这样自白过，说尽管在德国人的内心和外界发生了各式各样的骚动，但德国人的头脑却仍然可以很安静地戴着睡帽，坐在那里，让他的思维自由自在地在内部进行活动。因此，德国知识分子总是喜欢遵循这样一个公式：时代迫使人进入一个内在的世界，思维的世界。布鲁赫这部作品之所以吸引我，也是因为它一次又一次地把我带进了一个普遍世界的思维，一个光亮的内在世界，尤其是在严寒的冬天，外面刮着风下着冻雨的日子。

在又冷又湿的冬天夜晚

我可以用四个汉字来概括布鲁赫的《第一小提琴协奏曲》的气韵，当然不是什么高古，淡远，也不是幽邃清旷，而是“年少苍劲”。之所以说它“年少”，因为布鲁赫写作这首曲子的时候年仅19至28岁，这是一个人形成世界观的时期；之所以说它“苍劲”，因为它极富于思想感情的力度和厚度。尽管布鲁赫当时还不到30岁，可已经是个见彻人生世界的真谛，成为他所处的那个时代的回音壁的音响哲学家了。

“士不可无豪，文不可无英。”正是这一个“豪”字造就了“年少苍劲”，造就了艺术作品的英气。

“老年苍劲”尚属可贵，“年少苍劲”更为难得。——这，便是我对布鲁赫这部协奏曲的总体感受和评价。也许在我身上始终缺少男子的苍劲，所以才不知不觉、下意识地经常想同《第一小提琴协奏曲》在一起。我说过：“缺什么，爱什么。”(门德尔松的《e小调小提琴协奏曲》就不能说它“苍劲”，它的特点是富有男性的柔情和温存。)如果说，在我身上如今也有了那么一丁点“苍劲感”，那是同这五年来布鲁赫这部作品的熏陶分不开的。

一年四季，我最喜欢一个人在深秋和严冬的夜里听布鲁赫这部作品的录音磁带。尤其是在星期六的晚上，当外面刮着凄风，下着苦雨，天际没有一颗星星和那个半边月斜挂的时候。在这个世界上，恐怕没有其他别的东西比窗外淅淅沥沥的雨声伴和着布鲁赫的提琴声更能在我心中激起平生一腔豪气了。

我说过，我害怕周末黄昏。其实，周末黄昏之后的夜晚我也是怕的。具体要我讲，我也说不上究竟怕什么。说不上的无形东西，反而难对付。小孩怕鬼，怕黯黑，成年人怕自己，怕一种自我意识，怕追问人生茫然不可捉摸的归宿。

遇上这种情形，我便拉上厚厚的窗帘，打开两盏60瓦的电灯，在布鲁赫《第一小提琴协奏曲》豪放的音乐声中开始写作。按我的理解，或对我来说，这便是人生的幸福。因为只有在这种"小气候"中，我的灵魂才是安稳的，康泰的，上进的。

有时候(比如当最后乐章那个雄浑、英豪的第一主题刚被引出来)，我就会放下手中的笔，蓦地站起来，走到窗口，将帘子掀开一个缝，从中眺望一丝丝变尽人间的冷雨，从内外环境的强烈反差和对比中，我心里便会有一种难以言表的满足感，幸运感。

《第一小提琴协奏曲》从头到尾都使我着迷，因为它也刻画了、陈述了我的灵魂状态，从中我仿佛听见了我自己，我的气质，我的思想和情感的炽热回声，当然还有我的人生悲哀和惆怅。尤其是第一乐章由独奏小提琴奏出的第二主题，它是那样的温柔，优美，又是那样的水天空阔，枫林深处，落日江城芳草岸。因为这些哀乐之情事先已隐藏在我心中，听到布鲁赫的这首曲子，便将它激发了出来。这正如我国诗人、文艺理论家嵇康(223—262)在《声无哀乐论》所说："夫哀心藏于内，遇和声而后发。"布鲁赫的《第一小提琴协奏曲》正是嵇康所说的和声，那是得于管弦的至和之声，至和即"太和"，天地之和。

遇上晴朗的夜里，我便步出书房，到户外去走走，感受感受宇宙浩然正气和天地之和。这些年的冬天，我经常会在一株高大的树下收住脚步。我尤其喜欢透过空空如也的枝丫，从一个有限的空框架去窥视无穷的宇宙空间，去眺望天上一弯月，还有枝头最后一片枯叶在北风中不住地颤抖。用我的审美视觉去看，这种自然景象便是"冷峻"，或曰"苍劲"。这或许就是布鲁赫《第一小提琴协奏曲》所造出的最高境界。久久抬眼望着这样一株树，在我的耳际便会回荡着这首曲子的第二(慢板)乐章的三个主题。它们所表达的一种幻想和思念，有时又显得十分痛苦和激动，既是严冬的树木，也是我本人灵魂状态的写照。

我要对《第一小提琴协奏曲》心怀感激之情，因为它经常作为一种哲学和诗的启示。使我重新寻找到了我自己，帮助我胜利地抗击了外来的诱惑，教我通达万变，不为物诱。1987 年年底，我的《普朗克物理哲学世界》最后一章最后几页手稿便是在这首曲子的激昂音响中完成的。在日记中我写道：

“总算把这部五六十万字的书稿写出来了。窗外飘着雨夹雪。可我的内心世界是温暖的，明亮的。因为我同普朗克的物理哲学世界在一起，同布鲁赫的音乐艺术世界在一起。

“我想起了贝多芬的弟弟约翰 1823 年在纽约发了财，买了块土地，并在自己的名片上印上‘约翰·贝多芬，土地的所有者’。然后将一张名片寄给维也纳的哥哥。作曲家一看，立即拿起笔在名片背面写上‘路德维希·贝多芬，智慧的所有者’，并将名片寄回纽约。

“土地和财产并没有对贝多芬形成冲击波。还是那句话，人各有志。如果允许，我将在我的名片上印上‘赵鑫珊，稿纸上一个个空格子的所有者。’是的，这就是我的志向，我的幸福所系。在填满这些方格子的时候，我只想用贝多芬、勃拉姆斯和布鲁赫的三首小提琴协奏曲作为我写作时的背景音乐。在哪里填并不很重要，我也不在乎，最最重要的是能填，在填，由着性子填。”

魂兮归来，魂归正宅！——布鲁赫的《g 小调》对我如是说，特别是在严冬又冷又湿、寒气袭人的夜晚。

伴随我的写作生涯

这是我同布鲁赫《第一小提琴协奏曲》最主要的一层关系。我选择它作为我写作《普朗克物理哲学世界》的背景音乐，自然有好几个理由。其中最主要的理由是：《g 小调第一小提琴协奏曲》是一种“绝对音乐”(Absolute music)，即“纯正音乐”。正因为它没有明确的标题，所以欣赏者可以自由地赋予它以内涵。或者说，借助于它，我可以调动出我生活中的一些独特感受，发挥我的艺术想象，而把自己的想象作为自己心眼观照的对象是最为醉心的一件事。所以说，一部最优秀的“绝对音乐”的作品当是最高超，最富于想象的真善美。

在写作第六章《热力学研究之一——对能量守恒原理的思考和敬畏》以及第七章《热力学研究之二——对熵的思考和敬畏》的时候，布鲁赫这部作品一直在我桌上的录音机里不停地转悠，独奏，合奏，或徐缓，或激昂。

因为布鲁赫写作《第一小提琴协奏曲》的年代，恰好也是热力学第一和第二定律在德国产生、形成和发展的英雄时期。1865 年（翌年布鲁赫《g 小调小提琴协奏曲》初次演出），德国杰出物理学家克劳修斯把热力学两大定律表述如下，并将它们看成是宇宙学的自然哲学基础：

> 宇宙的能量是常量。
> 宇宙的熵趋于最大。

这一自然哲学的推论是何等的气魄，何等的豪放和潇洒啊！这是天地间另一种类型的最高境界的音诗。一个人若是达到了这层认识便必定会爱神，敬畏造物主的总设计和安排。斯宾诺莎说过，人越是认识神的本质，越是爱神，幸福和自由就越有寄托，越不受恶劣外界环境所困扰。在论述克劳修斯、玻尔茨曼和普朗克有关热力学两大定律的深刻见解的时候，我难道还能选择港台的劲歌或现代热门摇滚乐做背景音乐吗？尽管我也喜欢曼托凡尼乐队演奏的抒情轻音乐和成方圆、毛阿敏的一些演唱，但作为写作物理哲学世界的背景（或气氛）音乐，它们的分量毕竟太轻，承受不了自然哲学的重量。恕我直言，千篇一律、嘶哑、狂叫的现代热门摇滚对于和谐、庄严的自然哲学神殿还是一种亵渎和破坏。自然哲学不能容纳摇滚发泄出噪音。我觉得只有贝多芬、勃拉姆斯和布鲁赫的小提琴协奏曲这类乐曲才能与之相匹敌，相映成趣。

用布鲁赫这首乐曲做背景音乐写作《普朗克物理哲学世界》一书是激动人心的。它是我一生中最美妙的时光之一，因为只有在这种时刻我才不觉得自己渺小，受摆弄，受压抑。因为我的内心好像也充满了 19 和 20 世纪交替之际德国后期浪漫主义运动的英气，豪气，潇洒劲。

如果说,谢林和黑格尔的自然哲学是19世纪德国早期浪漫主义自然哲学,那么,李比希、克劳修斯、基尔希荷夫、赫姆霍茨、赫兹、玻尔茨曼和普朗克的自然哲学便是后期浪漫主义自然哲学思潮了。

音乐后期浪漫派同自然哲学后期浪漫派其实都是一个波澜壮阔运动的两个伟大侧面。我不能说这两者有直接的关联,但是间接的、隐蔽的内在联系难道连一丝一毫都不会有吗?我的直觉告诉我,用布鲁赫《第一小提琴协奏曲》做气氛、心理背景音乐,我写《普朗克物理哲学世界》就特别来情绪,带劲,合拍。有朝一日,该书若能出版问世,爱好自然哲学同时又爱好西方古典音乐的读者要是翻开此书的有些章节,从中能感受到布鲁赫协奏曲的优美律动和燃烧的思绪,就算我的一番苦心没有白费,也是我写作的成功。因为自然哲学的极致,必具有古典音乐的神韵。

当我在柏林的时候

1988年11月2日晚10点多钟我有生第一次到达德国的柏林。次日晚间我抽空在宾馆附近的瓦尔大街散步。我踏着满地的菩提树叶,又一次想起上个世纪德国杰出数学家魏尔斯特拉斯、作曲家布鲁赫和本世纪德国物理学家普朗克的业绩。因为他们都在柏林工作过,生活过。为了表示我对这三位人类文化创造者的敬意,我弯下腰,捡了三片落叶。其中一片,我把它看成是布鲁赫《第一小提琴协奏曲》的象征。如今,这三片来自柏林的叶子都作为一种最珍贵的纪念物钉在我的书房墙壁上,供我回味,海阔天空,沉思默想。

无巧不成书。第三天夜里,我打开屋子里的收音机,竟然意外地听到布鲁赫的这部作品,我感动得眼泪汪汪。这是我第一次在德国的土地上听德国的纯正音乐。对于我,若是对德国文化一无所知,柏林、莱比锡和德累斯顿这些城市就失去了一大半的魅力。多亏我结识了布鲁赫这首曲子，柏林这座城市在我眼里才多了一层值得流连忘返的理由。

11 月 14 日晚，哲学家弗罗姆教授来拜访我。后来我送他走到雅诺维茨桥头。依旧是时断时续的濛濛细雨。在分手时，他说了一句话使我久久不能忘怀："我们德国人的气质就像柏林的深秋天气，深沉，忧郁，好思索……"

我们从布鲁赫的《第一小提琴协奏曲》慢板乐章中不是感受到了德国人的这种气质么？

无止境的自我完善

自从我结识并且迷上了布鲁赫这部燃烧着的作品之后，我的生命质量显然比以前提高了一点。因为在我的精神生活里又多了一个对话者，多了一个知音。

然而我同这部伟大作品的关系毕竟是爱好和欣赏的关系。我多么想亲手用小提琴将这首曲子从头到尾拉下来啊！如果上帝真的能让我在笔耕之余用小提琴把布鲁赫这首曲子在乐队的协奏下全部演奏下来，我只要再活十年。

我喜欢把自己的生命上下全部点着，完全地，全方位的立体燃烧。在这种意义上，我喜欢一颗痛痛快快的流星，霍地只闪亮一下，划破夜空，却不喜欢亮度又极小，还久久地赖在苍穹、若隐若现、早已老化了的天体。

在这个世界上，人只有在创造中才能获得最高层次的幸福。创造的人生才是最值得一过的人生。是的，一点也不错，幸福是有层次，有等级之分的。爱好布鲁赫的《第一小提琴协奏曲》只是第三级幸福。会拉它，便是二级幸福。会写下这类作品并且亲自演奏或指挥它，那就是一级幸福了。上帝是苛刻的，他只把一级幸福赐给极少数人。

1980年，我因太迷恋维尼亚夫斯基的《莫斯科回忆》，特意跑去同中央乐团的一位朋友换工：我教她德文，她教我拉点小提琴。三个月后，当我用弓在弦上吱吱嘎嘎奏出《莫斯科回忆》如歌似的主题的时候，我兴奋极了。我尝到了音乐创造的快感和幸福。我悟出了幸福是有等级的；我仅仅是个第三级幸福者。

我知道，自己织毛衣穿的人比买毛衣穿的人肯定要多一层幸福。

真正的最高爱情在本质上也是一种人类文化创造。即便是一个吻。一个真正意义上的吻，也是一次灵感的产物，它需要两颗心灵的共同创造，需要双方全身心的投入和相互合作。爱情的幸福当是创造的幸福。简·爱和罗杰斯特之间的幸福不正是一种独特的文化创造么？他们之间的对话，是那么富有诗意，不是文化创造是什么？

进入50岁圈子里的人，有时候会想到一个死字。在我老死之前，有一个心愿：把我一生最喜欢的几部小说和几首曲子再重温一遍。我确信，布鲁赫《第一小提琴协奏曲》便是我要去刻意重温的一首。当第二乐章那“月出东斗，好风相从”的主题旋律由独奏小提琴奏出的时候，我定然会在踏上归程的路上喃喃地自言自语：

“自我完善”是一个无止境的过程；酷爱音乐艺术世界是“自我完善”的一个重要方面。在我要回去的那个永恒的地方，我还可以继续欣赏布鲁赫这部作品么？那里有教授小提琴演奏的老师吗？从拉空弦、运弓开始教起，然后就每日做音阶、弓法和琶音的练习。

唉，“有谁知，鬓虽残，心未死”！

人生就是等待

等待即期待，即希望，即翘首盼望。

有等待的人生比没有等待的人生要好；且好得多，好得不可同日而语，不可比拟。

只有死人，只有墓穴里的一堆骸骨，才没有等待。

等待原是一团生命燃烧之火。火熄了，生命也就正式告吹。

在我们这个星球上，人要有居住的空间，才能安居乐业。两室一厅，当然重要。但这仅仅是个物理空间。若要让精神或灵魂安顿下来，还要有个心理空间，即精神家园，也就是安置自己灵魂的地方。

物理空间是有形有体的，心理空间则是无形无体的。

有的人，占有很大很大的物理空间，豪华，气派，带花园和游泳池，当然还有车库，但拥有的心理空间却很小很小，既简陋又寒酸，且狭窄，浅薄，怎么也安置不下自己的灵魂，致使自己的灵魂日夜失落、漂泊、茫茫然，不知何处是归宿。其实，构成心理空间的建筑材料既不是什么砖瓦也不是木材或钢筋水泥，而仅仅是一连串的等待，充满希望的等待。

有的人，占有的物理空间很小很小，仅仅是个 8 平方米的、直不起腰的低矮阁楼，但拥有的心理空间（精神家园）却很大很大，既自由又广远、幽远、深远。

前一种人是不幸的（尽管他很有钱），甚至会自杀；后一种人毕竟是幸福的。在他广大的心理空间，有一连串充满希望的等待在那里排成队，这样的生命哪有不幸福的？哪有不值得一过的？

其实，等待也有大小、质量之分。

阶级地位、职业、财产……当然可以将人划分开来；但是不同性质的等待也可以把人区分开。

你等待什么，你就是什么样的人。

当你在等待天气酷热，使你的西瓜或冷饮得以脱手，你就是个小商贩。

当你一次以自己的全部资本做抵押，从银行贷了款，用6000万美元拿下泰国一公路招标项目之后，你在半年之内翘首等待公路脱手，你就是个大商人，有眼有识有胆的海外投资者。

不用解释，小商贩和大商人尽管等待的心理性质相同，但大小不同，所以才有小商贩和大商人之分。

等待是个动态过程，不是静止占有。这点是至关重要的。或者说，等待的要害是要发挥主观能动性，而不是消极地坐在那里等待，等天上掉下馅饼。

比如某寡妇一生的核心等待是等两个孩子长大成人，小学、中学、大学毕业，然后成家立业，再等待做奶奶和外婆……正是这一连串的等待营造了寡妇的一生及其生机勃勃。在她的等待中浇注了她的无数主观能动：帮人洗衣，做保姆……

等待是一个无穷序列，很像自然数1，2，3…这个无穷数列，没有最后一个数，也没有最后一个等待。若有，紧接着下一步便是死，便是瞑目。

我母亲一直有病。她有一次对我说：

“鑫儿，等那天你结了婚，我抱了孙子，我就可以瞑目，去了。”正是这个等待支撑了我母亲的大半辈子。

这些年，因有感于等待，我于1993年11月在德奥交界的阿尔卑斯山山庄别墅写下了几行诗句，算是我的心声：

世上没有永驻的
幸福
只有充满希望的
一个个揪心的
等待
幸福　好像
是顽童手中的一面镜
把阳光反射到墙上的一个既诱人又狡猾的
永远也抓不到手的
投影
幸福　原是
充满希望等待过程本身

的确，一旦你等到了，到手了，你又要跑到另一个新的更加诱人的等待中去重新等待。等待是人的命中注定。它是个形而上结构；形而上结构即造物主的安排和设计，人是无法改变或逃脱的。一连串的等待，正是我们每个人一生的轨迹。它又像个竹篱笆，围筑成了我们的精神家园。

我想起湖边垂钓者。他的等待是等鱼来上钓；这等待是充满希望的，因为他知道湖里有鱼（这个假定是很重要的）。他钓鱼的最高目的好像不是鱼，而是垂钓过程——充满希望过程本身。因为他最后可以把竹篓子里面的几条鱼统统倒回湖中去，然而若把他的钩子弄直，或除去钩子上的诱饵，或者当他一旦知道，湖中根本就没有一条鱼，他在湖边恐怕连一分钟也不愿再坐下去。因为那是没有希望的等待。

在充满希望的等待过程中的人心，是绝少有皱纹的。这样的人心必定是条有帆、有风、有舵的人生航船。我愿自己是这样一条船，我知道我在等待什么……

偏见和失误

历年来的诺贝尔奖得主一览表就放在我面前。第一个得物理学奖的人是伦琴，时 1901 年。得奖理由是因为他首先发现了 X 射线。即使是用今天的眼光去看，这也是一项了不起的成就。

不久前的一天，我的朋友骨折。我陪他去医院。医生说要拍 X 光。顿时我便想起伦琴的不朽业绩。

人类对大自然奥秘的探索是为了最后揭示宇宙的绝对真理。一般说来，一年一度的诺贝尔奖所奖励的成就正好是一级级通向绝对真理的阶梯，或是一个个中途驿站。

玻尔的伟大成就是一个重要的阶梯，而且是个大驿站。所以他成了 1922 年物理学奖金的得主。没有他的理论，人类就无法掌握原子世界的秘密。原子世界就只能是一片混乱。

英国的谢灵顿荣获了 1932 年诺贝尔生理学及医学奖也是理所当然的。他所发现的神经生理学的一些规律正是我们人类通向最后揭示人脑奥秘的一个阶梯，一个驿站。

但对历年的诺贝尔奖也不可迷信。因为该得的人没有得，不该得的人却得了的错位现象也时有发生。这就是偏见和失误。

比如，瑞士的达列(G. Dalén)获 1912 年的物理学奖就是属于不该得的人却得了。达列是位煤气工程师。他得诺贝尔奖是因为发明了可以点燃航标和浮标气体蓄电池联合使用的调节装置。在整个人类文明史上，这项发明怎么看也算不上是重大突破。而同达列竞争的翁纳斯(H. K. Onnes)却遭到了瑞典皇家科学院的否决。从今天的眼光看，这位荷兰物理学家是应该成为1912年奖金得主的。因为他发现了低温状态下的超导现象。幸好，有关当局马上就纠正了这一偏见和失误，把1913年的物理学奖授予了他。

1908年李普曼荣获物理学奖金也是属于不该得的人却得了的例子。今天，人们早已把他彻底忘了。他之所以得奖，是因为他的干涉定律，发明了颜色的复制。如果他能得奖，那么该得奖的就可以有成百、成千个物理学家。更可笑的是，同年普朗克也被提名为候选人，却落选了！反对他的人说，他的量子假说仅仅是假说，很难想象它是合理的。最后瑞典科学院以四十六票通过李普曼当选，否决了只获得十三票的普朗克！

科学史表明，这是一次多么大的偏见和失误！真是有眼不识泰山，或有眼无珠。此后，几乎每年都有人提名普朗克。十年间，普朗克累积提名次数为七十五次，最后终于在1918年得奖。

爱因斯坦首次被提名为候选人是1910年，但许多人对他的理论都抱怀疑态度。直到1921年他才获奖，理由是他所发现的光电效应定律使量子论得到了新生。

最不公平的事件要算法国伟大科学家彭加勒共获五十一次提名，最后还是没有得奖。大家知道，这位科学思想家在数学、天文学、物理学和科学哲学等领域均做出了重大贡献。这个全才没有得奖是不是个悲剧呢？是不是要为他写下这样两句悲怆的诗呢：

“江声不尽英雄恨，天地无私草木秋。”

不。在彭加勒看来，欣赏科学的壮丽和美妙才是第一位的，其他的一切都是次要的。我赞成有位生物化学家、诺贝尔奖金获得者的回顾：“我不会因为得不到它而死不瞑目。你把自己的幸福交到某个委员会手里，而它却可能是变化无常的。”说得多好啊！

有一定客观标准的自然科学评奖尚且有这么些偏见和误差，一年一度的诺贝尔文学奖就更不用说了。诺贝尔文学奖评委会的最后抉择究竟是怎样得出的，至今仍是个谜。但瑞典文学院十八名德高望重学者的意见则是至关重要的。——每星期三，他们都相聚在“金色和平饭店”。在咖啡的滴滴香浓和雪茄的缭绕烟雾中，他们在激烈辩论一个延续了九十三年的举世瞩目的话题：谁该得今年的诺贝尔文学奖？

偏见和失误是难免的。1989 年西班牙的卡半洛·何塞·塞拉摘取桂冠，好些国家的作家表示不理解，瑞典文学院十八名成员中也有三名提出辞职。

该得的没有得，不该得的反而得了。托尔斯泰、马克·吐温、托马斯·哈代和高尔基便是属于该得的没有得的作家。

在诺贝尔文学奖的评选过程中，语种优势是个重要因素。尼日利亚黑人作家消莫卡获奖同他直接用英语写作很有些关系。日本的川端康成获奖后说过这样的话：“我之所以能获奖，主要要归功于日本文坛，再就是要归功于我的作品的翻译者。”

我国新文学时期(1979—1989)就有些作品是世界第一流的。很遗憾，如此震撼人心的小说居然没有得奖，我看就是失误和偏见。汉语的障碍是其中一个原因。因为能将汉语优秀文学作品“信达雅”地转换成便于国际文学交流的翻译家几乎没有。

翻译及其质量对夺魁起重大作用。瑞典文学院聘用了一批研究人员，对提名作家的全部作品进行全面研究。若是用文学院成员们不懂得的语言写成的作品则要经过翻译。——这正是出误差的根源之一。物理、化学、生理和医学奖就不存在翻译问题。

总之，我对获奖者决不迷信，我习惯用自己的头脑去评判，恰如我用自己的头脑去评判博士生导师或所谓国家级专家。当之无愧者，有之；滥竽充数者，也大有人在。

最具权威性的评定只能来自广大读者，而不是某个评奖委员会。

提高生命的质量

也许我在中国农业科学院工作过 17 年，所以我经常喜欢借用农业科学一些概念和术语来描述、刻画人生，探索人生的处境和意义。这是不奇怪的，因为人毕竟只是大自然的一个组成部分。大自然是个很大很大的圆圈，人仅仅是其中一个很小很小的小圆圈。大圆圈包括小圆圈，包容小圆圈。

大家知道，提高粮食生产有两条途径：扩大种植面积和提高单位面积产量(即提高单产)。

这两条途径也是人生哲学的课题。我们想方设法延长自己的寿命，通过体育锻炼、吃补药和疗养等手段都是为了使自己能活到 90 岁，100 岁。这无疑是“扩大种植面积”的做法。自古以来，绝大多数人都是这样扩充量，在量字上狠下功夫的。但这毕竟有限。

很遗憾，许多人却严重忽视了“提高单位面积产量”这条同样重要的途径。我指的是注重提高质，把每天 24 小时过得非常充实，有丰富的内容，达到高质量。——这也是延长寿命的办法，或许是更好的一种办法。

好些年，我观察到这样一种日常生活现象：有人坚持每天一早起来跑步、打太极拳或做气功。身体练得很棒，可谓满面红光。但业余是怎样度过的呢？整天价日打扑克或搓麻将；再就是沉醉于港台武打录像或武侠小说。最差劲的一种状态恐怕要数整天处在无聊和懒散的状态。比如围观一起交通事故的现场；或是看人吵架，站脚助威，恨不得双方大打出手，头破血流而后快。要是别人打不起来，他就觉得扫兴，十分遗憾，不过瘾。——很难说这样的 24 小时是高质量的。这样的生命即使能活到百岁，又有什么值得留恋和羡慕的呢？

至少我不羡慕。

有人做过统计，假如人的寿命是 72 岁，那么其中工作占 14 年，睡觉 20 年，吃饭 6 年，等人 3 年……如此等等。

就说等人、等车、候机和候船吧。提高生命质量当从这些零碎的地方和场合开始，因为在我们一生中，等人和等车的事时有发生。遇上这种情况（比如火车和飞机因大雾而误点），有人会觉得很无聊，很烦闷，极不耐烦。整整一个小时过得很糟，完完全全是低质量的。可有的人却正好利用这段时间看报、读书。有一回，我乘轮船摆渡回浦东。我看到有个秃头中年人站在船头迎风飘扬着的旗帜下看一本漫画画刊。他完全沉醉在漫画艺术世界中。有的作品甚至还逗他发笑，乐得合不拢嘴。他那孩子般的纯真笑，也感染了我。我也情不自禁地把头伸过去，暗暗偷着同他共享漫画艺术的幽默，把轮渡的无聊转化成欢乐，以此提高生命的质量。

摆渡前后虽然只有半小时，但对有些人是一片空白，甚至是烦闷；可对那位秃头中年人却是享受人间清福的一段美妙时光。

古今中外不乏洞察人生真谛的哲人。但几乎没有一个曾教导过我们务必要提高等人、候车、候机或候船的质量。

爱因斯坦等人的质量或许最高。有一回他在桥头等友人。友人迟到了半小时，对他说了一连串抱歉的话。爱因斯坦却反过来向友人道谢，说他在桥头度过了几十分钟最美妙的时光，因为他设计了一个理想（思想）实验，把广义相对论又向前推进了一步。

爱因斯坦用绝妙的思想实验度过了一段本来是很焦急、很无聊的等人时光。其质量比起在船头上看漫画的那个人无疑还要高出一级。因爱因斯坦打发、消磨等人的时间用的是创造性精神劳动这一杰出的办法。最高的幸福只能来自创造性的劳动。

我是渐渐才懂得追求单位时间生命高质量的。这一追求当是无止境的。

最近我借到一本英文版的《艾瓦佐夫斯基海洋风景油画册》。我被这位 19 世纪俄国最杰出的海洋风景画家的生命高质量感动得辗转反侧,久久不能入睡。他一生竟创作了大约六千幅画。

1900 年 4 月 19 日,他正在作画之际,猝然倒在画布前,就这样去了。在我看来,这才是高质量的死。

但愿将来造物主也赐给我无痛苦的死去。

无痛苦的死当是高质量生命的一个重要组成部分,因为它是一部小说的结尾。结尾如何永远是重要的。

生命像篇小说,不在很长,而在很好。结尾不好总是件憾事。

莱比锡和德国音乐

1991年初夏，我帮忙接待德国汉堡大学经济系代表团师生一行25人。有一回，我看到有个德国学生在饭店外汇兑换台前抽出几张100新马克，上面印有19世纪德国杰出女钢琴家克拉拉的头像，这使我颇为激动。

两个德国的统一是件很复杂的“系统工程”。这不仅仅是政治、经济的统一，而且也是精神、文化和心理上的统一。把克拉拉的头像印在东西德统一后新发行的纸币上，正是为了完成精神、文化和心理上的统一所采取的步骤之一。因为克拉拉是属于整个德意志民族的，正如巴赫、贝多芬、舒曼、门德尔松和瓦格纳是属于整个德意志民族的。他们是每个德国人的骄傲。

德国音乐伟大传统是德意志民族魂的重要组成部分，它理应成为统一德国的黄金纽带，成为一座金桥，银桥。

赫然印在马克上的克拉拉头像表明，对于德意志民族，纯正的古典音乐是多么重要！同时，它也勾起了我对莱比锡的一段美好回忆，因为莱比锡是克拉拉的故乡。

1988年深秋，我访问了原东德的莱比锡城。虽然只有几天的逗留，但对我进一步感受和理解德国音乐却有很大帮助。因为有许多德国伟大的音乐家都在莱比锡生活过，工作过。这里的一切：街道、菩提树、建筑场、天空、云彩、落日和晚霞……仿佛都具有德国古典和浪漫派音乐的律动和韵味。

每天晚上，这里都有两三场音乐会。“不懂巴赫的人，绝不能当莱比锡市长！”——直至今天，该市市民流传的这句话语还时时在我耳边回荡。

我喜欢这句流传甚广的话语。

听说，莱比锡的市民要是一个月不见自己的市长到音乐厅来欣赏音乐，市民认为这就是一种很不正常的现象，并对此深表不满。

我有幸参观了托马斯大教堂。与其说我是去朝拜这里的上帝，不如说是去朝拜这里的巴赫音乐，去朝拜这里的宁静、庄严和肃穆。——是的，宁静、庄严和肃穆并不是供游览，而是供朝圣的。在我们一生中，最深刻的体验和刻骨铭心的经历往往并不是最热闹、最喧腾的时光，而是最庄严和最肃穆的时刻。

教堂门前有一座巴赫纪念碑，建造年代是 1908 年。(听说离这里不远处是门德尔松纪念碑，但因时间有限，不能去向这位浪漫派大师致敬。)莱比锡还有一个美名，这就是“巴赫之城莱比锡”，因为自 1723 至 1750 年巴赫正是在这座托马斯教堂担任了 27 年的合唱队主事兼管风琴师。当我蹑手蹑脚走进去的时候，我既感到一种宁静，一种力量，又仿佛听到了他用四个独唱声部、两个合唱队、两架管风琴和两个乐队来表达 30 年代战争之后受尽折磨的德国人民祈求灵魂安宁的心态(其实，音乐的本质就是表述人的心态)。1957 年冬天反右运动后，巴赫的音乐曾给过我一颗破碎、滴血的心多少慰藉啊！

没有由内心苦难构造的心耳，巴赫的曲子是沉闷的，单调的，枯燥的；有丁由内心深重苦难构成的心耳，他的音乐便是一个透明、清凉和甘美的世界。

托马斯教堂始建于 1500 年。它还以古老童声合唱团闻名于全世界。如今，该团的领导是托马斯主事罗齐教授。估计德国统一后他也不会失业，仍旧会保有这个神圣席位。

30年前，我曾从唱片欣赏过托马斯合唱团的圣咏，那如银铃般的甜美歌声，纯净、庄严、太和，句句打入人的内心，是我忘不了的。《荀子·乐论》说得极是：“夫声乐之入人也深，其他人也速。”

在莱比锡逗留期间，我还听了一次管风琴作品音乐会。好像只有演奏18世纪古老的管风琴，在那深沉、厚重的共鸣声中，莱比锡才能表明自己的威严和古朴，表明自己的深厚文化根源，表明德国普遍的世界思维在著名的菩提树阴底下悄悄地进行，使自然宇宙同精神宇宙相互渗透，既阔远又幽远。

一日下午，我终于得着闲暇，独自一人在我的住所附近走走，看看，感受感受舒曼和他的妻子克拉拉曾经感受过的一些事物。我知道，1843年门德尔松创办了莱比锡音乐学院，舒曼受聘为该院教授，但由于他那白日做梦的浪漫禀赋太浓，不到一年他就辞去了教席。

在莱比锡，舒曼也爱不分昼日或刮风下雨随心散步。因为他爱大自然，爱这里的清静。（今天，莱比锡的人口也不过56万。）1831年，舒曼在莱比锡的日记本上写下了这样一首诗：

> 让我跟踪你的足迹，
> 甘美、神圣的大自然界；
> 你牵着我的心，
> 像个孩子拉着一根襻带。

应该承认，舒曼的诗、散文和音乐评论都写得够水平。这首小诗则充满着德国泛神论的情感和思绪。其实，一切够格的德国科学家、艺术家和哲学家对待大自然都有一种深深的依恋感、亲切感和敬畏感。在大自然慈母面前，他们永远觉得自己是个孩子。

这次我来到德国，来到美丽的莱比锡，看到了这里的高大菩提树，看到了德国的落日、晚霞、山冈、羊群、森林和星星，才完全明白了门德尔松的音乐为什么如此柔美，舒曼为什么用“甜美、神圣的”这两个形容词叠加在“大自然”的前头。

是的，舒曼喜欢散步。1832年，他在莱比锡日记本上就写下了这样一些话语："漫无目的地溜达。""昨天我们作了一次孤独的散步，内心是一片晴朗、湛蓝的天。"也许我在莱比锡散步的路，正是156年前舒曼或是舒曼同他的未婚妻克拉拉缓缓悠悠走过的道，其时作曲家的乐思和文思正在泉涌，周围的菩提树正纷纷摇落、飘坠……

莱比锡到处都是亭亭如盖的菩提树。在我看来，听来，每片飘落的秋叶仿佛都是19世纪德国浪漫派运动洒下的金色音符。1827年，舒曼在日记本上写道："诗歌就是向日葵，它的盛衰完全取决于大自然的阳光，诗人的歌不过是自然界花朵语言的回声罢了。"（其实，舒曼和门德尔松的好些曲子都是这种回声。）

舒曼的整本莱比锡日记几乎都是这类白天做梦的梦话，而这正是德国浪漫派的最大特质。

莱比锡同德国音乐还有一层密切的关系：莱比锡印刷、出版的总谱，曾以它的精美和准确性闻名于世。看到它的封面，那淡黄的颜色，那德文字体，在我心里永远都会油然升起一股敬仰的心情，尽管我不是音乐指挥，从未把莱比锡印刷的总谱从头到尾地翻过一遍。

其实，我在北大读书的那几年，我还是经常翻阅莱比锡出版的乐谱的。美国老教授温德(R. Winter)先生有一个习惯：一边欣赏莫扎特的交响曲，一边对照着总谱看。后来，我也染上了这个习惯。老温特是个七八十岁的人，手上拿着总谱，从头到尾，不免劳累，后来谱子就转到了我的手中，我替他翻动。对于我，这也是一种绝好的视谱练习，尽管经常跟不上唱片里的海菲茨或克莱斯勒的演奏。

三十多年过去了。今天，我还记得北大朗润园老温德的那间客厅，外面下着雪，屋子里响着莫扎特的交响曲，喇叭箱里传出的托斯卡尼尼的咳嗽声（那是灌唱片的时候一并录下来的），还有我轻轻翻动莱比锡总谱的声响。

在莱比锡街头漫步的时候，我真想发现当年印乐谱的厂子，然后就站在工厂的门前，毕恭毕敬地脱帽致敬……

德国人和诗歌

这是一个善于产生诗人、作家和思想家的民族。

——1993 年 6 月 4 日于科隆莱茵河畔

对于我，考察德国文学就是返乡记。因为我在大学里的六年专业正是德国文学，从歌德、海涅到托马斯·曼和布莱希特。

有人说，我后来转向哲学和自然科学是对德国文学的背叛。这是误解。我始终没有放弃过对德国文学的赞美、激赏和敬意。我转向哲学探求的道路有一个重要副产品，这便是获得了一个制高点，去鸟瞰德国文学。

在我所处的极左政治年代(1966—1976)，光有德国文学来支撑自己的精神是远远不够的。阳光底下的现实世界越是灼热、严酷和狭小，就越迫使我去追求月光底下世界的清凉、柔和和广大。

哲学便是这样一个幽深、广阔的月光底下的世界。它不仅包容了自然科学，也包容了文学。哲学是个最大的圆圈，自然科学是个中等大小的圆圈，德国文学则是个更小的圆圈。当然它们的功能又是独立的，谁也不能替代谁。

德国人越是在物质匮乏的年代，就越要渴求文学艺术的安慰。比如 1945 年秋，柏林占领军当局竟收到 400 份要求演出戏剧的申请。1946年2月，有大约二百家大大小小的剧院在演戏。——试问，在世界上，有哪个城市有这样的戏剧盛况？有这么多的发烧友？不要忘记，柏林人的当时物质生活是多么寒碜！连温饱都成问题。当然是以轻松的剧目为主，但世界经典剧目的比重也不小。

文学艺术无疑是不朽的事业。战后，联邦德国文学叫"废墟文学"，这使我联想起"文革"结束后不久在中国大陆崛起的所谓"伤痕文学"。两者崛起的社会政治大背景、心理背景，确有某种相似处。

从历史上讲，德意志民族是一个力图回到自己的内心世界去寻求内在价值和精神财富的民族。——包括诗歌、小说、戏剧、哲学体系、数学方程、物理概念和旋律的丰富宝藏。

一旦当他们的物质生活十分富裕了，那些具有内在价值的永恒东西，那月光底下的世界，那曾经在困厄的岁月给他们以光和热的科学、艺术和哲学，依旧叫他们醉心，着迷。其实，人在地球上的一辈子不是生存，而是生命。人时时处处都在追寻生命天平的和谐平衡。物质生活那头加重了，对精神生活这一头的渴求便会变得更加热烈，以求达到高阶的平衡。今天德国人对文学艺术的热爱便足以说明这一点。

自我到了德国，尽管绝少读有字之书，但大小各种报纸每天还是要浏览一下的。我惊讶地发现：不管什么报，文学比重总是很大，比中国报纸比重大，尤其是诗歌。比如《世界报》(在德国，这是一张大报)，每天都要发表传统的诗作，有一天早上，我就读到奥地利早期印象派诗人特拉克(G. Trake，1887—1914)的《太阳》。当然也有当今诗人的新作。古今中外，诗歌的功能一直没有变，只要人性不变，即便是在后工业社会，在全球高速信息网络的21世纪。正如德国的卡琳·基乌斯有首《致诗人》所唱道的：

在你们诞生的时刻
世界已经入睡
你们只是用白日梦
把世界重新唤醒

这便是诗人的作用：唤醒昏昏沉沉已经睡着了的世界。“白日梦”正是我所说的“月光底下的浪漫世界”。人们的心理需要近乎于童话般的“白日梦”，即便他是刚毅的男子汉，也渴望温柔之乡。在灼热的阳光底下呆久了，谁不向往一轮明月从树林子后面悄悄地爬上来？

为了答基乌斯的《致诗人》，我也附和了一首《露珠是什么》：

在诗人眼里
是星星告别大地洒落的泪
在科学家眼里
是水蒸汽遇冷时的结晶体

哲学家站出来调解
说它既是晶体　　也是泪滴

世界
原是理智和情感的合而为一

在德国，到处都是诗。在教堂门前张贴的作古教友讣告，或在大小报纸上老百姓登出的讣告，都回荡着亲属言志咏怀和生离死别的诗句。有的是选自德国著名诗人的作品，也有出自亲属本人或死者生前之手，读来皆令我有“人生苦短”的感叹。

哲学诗人荷尔德林(1770—1843)的诗句被当今德国人引用得最多。这使我想起我国文学史上宋朝柳永的声誉：

“凡有井水饮处即能歌柳词。”

今天，有思想感情的德国人大多喜欢借用荷尔德林的诗句来浇解自己胸中之块垒，这是有其深刻根源的。因为这位极敏感的德国诗人早就教导德国人要“诗意化地栖息在这块大地上”。当然，荷尔德林并不是为了他人，并不是为了开导自己的同胞他才写诗，而是为了自身的暂时解脱，为了发愤闷于诗歌。最后结果反而获得了广泛共鸣。

从德国田野的一次散步归来，我一走进书房，便欣然命笔，写了一首《诗歌的主语》，算是献给荷尔德林诗魂的一点心意：

永远是我

不是我们

更不是你们　　和

他们

永远是我内心的

惆怅

迷惘　　和

世界的忧伤

德国地方性的小报每期都刊登讣告(常常是一整版)。6月9日,我读到其中一首诗,估计是死者在卧床不起时写的,也算是遗言吧:

莫为我悲伤

生命曾有过欢乐

死亡于我

不过是种解脱

读来有点低徊掩抑、慷慨悲歌的况味,人们经常抱怨说:"上帝啊,老天爷啊,你的公正在哪里?"

其实,死亡便是最大、最高和最后的公正。总统、亿万富翁也罢,贫民、难民也罢,都有一死。在生积累的财富,死的时刻一样也带不走,包括带花园的别墅、奔驰轿车,哪怕是一块瑞士巧克力。

德国大多数作家要靠稿费收入来维持生活不是那么容易的。德国有个文学基金会,主要职能是资助作家,使他们在创作时得到物质方面的必要保障。1986年约有两千六百份申请书,得到批准的,仅百分之十。由此可见竞争之烈。

比较起来,中国作家的境况或许要好些。我可是一个"知足常乐"的人。

能有份温饱,又能写作,写世界,写地球,写人生的惆怅、苦恼和欢乐,我便心满意足,不再有其他任何非分的要求。否则,我就是多吃多占这个社会。

对绘画艺术的几点哲学思考

（一）只有两种人才认真思考绘画的本质：哲学家和够格的画家。当画家自己在思考绘画本质的时候，他就成了一位进行哲学思考的画家。

古近代中国和外国提出的一些重大的有关绘画艺术的哲学问题，基本上也就是我们今天要思考的问题。——那么，这不是重复了吗？

不。人活在这个世界上有些基本问题恐怕永远会一再纠缠住我们不放。比如有关数学真理究竟是发明还是发现之争；绘画同大自然的关系；人为什么活着？

尽管我们的先辈对人生的意义有过许多精辟的论述，但活在今日的你和我还有他，仍旧要亲自追问"人干吗活着"这个最古老的问题。

出于同样的道理，尽管我们的先辈对绘画艺术的本质有过许多富有哲理的论述，但我们仍然要再追问一次。不亲自追问一次，好像就不是人，坐立不安，不明不白地活着。

我们的祖辈和父辈赞叹过落日的壮丽，但决不能代替我们的亲口赞叹。何况每个时代的赞叹都会带着时代精神的内涵和特征。

对绘画的思考当然也不例外。因为画布上壮丽的落日是升华了的大自然，是自然界落日壮丽的升华。

（二）绘画艺术的要害全在“升华”二字。升华是无限的。

明末清初的董其昌有言：“以蹊径之怪奇论，则画不如山水；以笔墨之精妙论，则山水决不如画。”大自然之所以不如画，全在绘画艺术中的大自然是升华了的大自然。

升华的秘诀在于画家的灵感、幻想和想象力，当然还有巨大的激情。

自然科学的本质其实也是升华了的大自然。盛夏，一道闪光，一声霹雳，宛如天神听到了信号，撕开天幕，把天河之水倾注到人间的情景尽管也激动人心，但更为激动人心的却是电磁波在自由空间所传递的能量公式：

$$S=\frac{1}{\mu_0}E\times B$$

就是说，用坡印廷矢量 S 可以定量地从一个侧面描述“一道闪光”，描述电场矢量与磁场矢量的瞬时值。在我看来，这个数学物理公式便是升华了的大自然。

以光电一闪之怪奇论，这个公式不如大自然；以物理学家笔墨之简洁和概括力而论，则大自然又不如这个公式。所以在我的审美心胸，这个公式和倪瓒的《江岸望山图》是等价的。从绘画理论看，这个公式的造意是多么简洁，富有韵律啊！

（三）我懂得尊重现代摄影作品，对有些作品我还加以啧啧赞叹。但在本质上，摄影作品并不是升华了的大自然，至少不全是，或者说，它不是（或不全是）“胸中之山”，“胸中之水”。

绘画作品之所以不能被摄影作品替代，因为绘画作品主要是想象力的产物，是遗貌取神的结晶，是理想之作。多亏了这个不能替代，否则日本造的相机在世界各地横冲直撞，郭熙、黄公望和法国巴比松学派……的绘画作品便会变得一钱不值。

（四）在我交往的朋友中，也有几个够档次的画家。其中有一位送了我一幅中国山水。但是我不喜欢。因为他画得太满，太拥挤，不但没有给我的想象力留下一丁点自由的空间，反而给我一种压迫感。我的审美哲学是：画中山水要古朴素静，要空旷而不是凌乱繁琐。中国山水画的精神，贵在表现幽谷静穆的高寒意境，以及秋山明净的简洁和浑厚苍茫之气。

我之所以崇尚这条审美原则，是因为我长年生活在现代大城市的缘故。心中一团压抑和闷气，只有借一幅气韵潇洒、颇有古意的山水画才能得以缓解和遣散。

（五）我本人不是画家。所以只好借他人之酒杯，浇自己胸中之块垒。这便是我同画的全部关系。

（六）对绘画艺术创作的冲动和要求，原是与人性同在的。洞穴岩壁画便足以说明这一点。这是原始人在饱暖之后的所作所为。

在“饱暖思淫欲”这句话的后面，还要加上“思绘画，思舞蹈，思音乐，思戏剧”。这才全面些。

艺术是永恒的，因为它是人性的投影。艺术使人性趋向完美，恰如女人生孩子，给婴儿哺乳，使女性趋向完美，尽心尽性。

（七）对艺术的厌倦，其实是对人性的厌倦。那是很不幸的。只要你还在留恋、热爱艺术，你就可以得救；你就有理由活下去。

（八）倘若我是画家，我就会在画中山，心在水，安顿自己的灵魂。很遗憾，我画不成。于是我的灵魂只好漂泊。

幸好我把数学物理公式也看成是另一种形式语言的山水画。

（九）孔子的哲学对中国绘画艺术影响甚微。中国绘画艺术精神主要是由老庄哲学铸造的。在中国画院的大门，应挂着这样一块牌子：

“不是老庄哲学的信徒，请勿入内！”

（十）在绘画艺术中，最富有隐逸性格的，莫过于自然山水画。它的意境，足以使人胸次高明深远，洗尽尘滓，独与天地精神往来。正是这一“往来”，使我成了山水画的热爱者。

（十一）大家都在用眼睛看田野、天空、灌木丛和山谷牧场。普通人所见，恐怕不及画家的十分之一。当然更为重要的是画家见到的层次、变化和种种微妙的关系。

（十二）对木刻，我有一种偏爱。至今我也说不太清楚我为什么这样热爱木刻艺术？说不太清是正常的。如果都能说清楚，那木刻便是多余的。

也许，是木刻造出的黑白强烈对比和疏散简远的意境使我特别着迷；再就是它那简洁的线条和空间布局。反正，整个世界，从人到小动物和溪边花朵，再到天上的繁星，一经木刻艺术处理，就高洁了，升华了，以至于能震撼人心。

英国约瑟林·克劳的《春》便是这样一幅质朴的木刻作品。我之所以特别喜欢它，恐怕有两个原因：第一，我本人放过六年羊，当春回大地，山坡上开满了野花，小羊羔会用鼻子去闻闻花朵，这种情景，我经常见到，且多次触动过我，缭我心绪；第二，克劳的这幅木刻正好描述了我所熟悉的这种情景。他冠以《春》这个标题是很妙绝的。春意在小羊鼻子底下盎然，特别诗化，升华。这是我久久不能忘怀的一首田园诗，也是我心目中的世界诗结构。其实，有许多种类型的诗人。木刻诗人则是很独特的。

对艺术世界的沉思

一

仅仅触及肉耳的并不是第一流的音乐；只有触及心耳的音乐是永恒的绝对音乐。

二

一切事物的运行，当它们达到最高境界时，都会具有音乐的和谐、神韵和律动。比如热、力学两大定律上升为自然哲学智慧的时候，便是音乐；

宇宙的能量恒定不变；

多角的熵趋向最大值。

许多年前，当我第一次知道这两条定律可以作以上表述，内心是非常激动的。我尤其敬佩德国物理学家克劳修斯将它们推广到整个宇宙的胸襟、胆识和想象力。

从以上推论中，我好像听到了整个宇宙运行时所发出的和谐音乐。

再比如，电磁理论告诉我们，空间某一区域存在一变化电场，它必将在周围空间产生变化的磁场。

谁又能否认上述定律具有宇宙天体音乐的神韵、和谐和律动呢？对于我们的心灵、精神和智慧，这类至上音乐的作用该有多大啊！因为只有这类音乐才具有绝对的美，具有宇宙的意义。

三

许多许多年，有一种现象一直使我纳闷，使我百思而不得其解，并令我惊愕不已。

荒凉的海滩，有条被遗弃了多年的破渔船歪歪斜斜地静静地躺在那里；一只跛脚的老狗正从破船身旁经过，几株不知学名的稀稀落落的野草在风中不住地摇曳……

这景象既单调又凄凉，可是一旦被画家安排在画布上，那各吐大荒，越从家外的意境便会具有一种难以言表的艺术魅力。——这是为什么？

就说美国荷索（W・Homer，1836—1910）的海洋风景画吧。我第一次接触到他的作品是 1975 年，那时我刚从辽西海边回到北京，结束了我长达六年的牧羊生涯。有一天，我看一本画册，当我看到美国缅因州海岸一带荒凉的景色在画廊上被荷索的粗犷语言说出来，表现出来的时候，我大为吃惊，并令我思绪纷然；

荒凉的海滩，何以会有这样的美呢？这是一种冷峻，雄浑和狙犷的美，当然也是一种荒凉之美。

放羊六年，我也经常面对辽西荒凉的海滩，我怎么就没有能像荷索那样发现一个令人激动的艺术美的世界呢？

其实，我也是看到了荒凉之美的，只不过是没有能力把它上升到绘画艺术世界中来罢了。

科学，艺术和哲学世界的美都要高于现实世界的美。

这种现象是很奇特的，多年令我百思不解的，正是这“高于”。

是的，现实世界中一切破败的东西（比如枯藤，老树，昏鸦，以及白草黄沙，月照孤村三两家）一旦上升到了艺术世界中来，成了普遍世界的艺术，就会呈现出一种激动人心的美。——而这是为什么？什么缘故？

关于洋车和拉洋车的人所过的卖苦力的生活有什么美感可言呢？但是老舍把它编织成故事，成为小说，后又经他人改编成电影就独自成了一个很迷人，叫人心醉的艺术世界。——这又是什么缘故呢？

我在北京生活将近三十年，破败的小胡同——什么劈才胡同啦，还有香串胡同啦——我常打那儿经过，可从来也没有发现什么叫我流连忘返的美，可是一到《城南旧事》电影镜头里，一些原先挺寒碜，最不起眼，土里巴叽的小胡同顿时便会具有一种揪心捣肺的魅力——这是为什么？

相对于阳光底下的现实世界，月光底下的世界是艺术世界；

相对于眼前的现实世界，回忆是艺术世界。

我初到上海的时候，夜里常来苏州河畔，一个人沿着它的堤岸散步。我很惊讶地发现；白天这里的一切很杂乱、破败、被严重污染的河水发出一股怪臭，可是在月光底下，经过月光这个过滤器的净化，一切的一切好像又都蒙上了一层诗意，一层浪漫的美感。我尤其喜欢看一条水泥船静悄悄地停泊在一个角落里，有时还会从那里传出婴儿的一阵哭声和母亲哄孩子安睡的声音，然后一切又将归于安静，这时一弯凄清的月正挂在桥头，海关大楼的钟在敲响……

不知为什么，遇上这种景观，我就会蓦然越过艺术世界的领域，跑到哲学的领土，去渺渺于怀，慨叹天淡云闲，万事浮埃，千载悠悠。

这就是我热爱月光底下世界的理由。因为月光底下的世界在本质上是艺术世界。

其实，回忆中的世界在本质上也是艺术世界。

小时候，我常去农村外婆家。舅舅带我去赶集市。有条叫财宝的母狗尾随我们。不过财宝总是在前头领路。经过荒坟一角，它就在墓碑上撒儿滴尿，然后又跑在前头。其时，山连天，水连天，风摇细浪，落雁沙寒，但在当时我从这些景物中怎么也觉察不出乡野之美，只是四十年后的今天，从我的记忆深井中冒出来一个个泡沫的时候，在红叶黄叶处处秋和云来风起之际，它的美才完全显示了出来，披露了出来，尤其是那被风雨剥蚀的墓碑，上面刻着大清同治或光绪年月的字样，对于我，仿佛就是一个个神秘的故事；一篇篇小说。

我记得那些碑正对着一条弯弯曲曲的小河，河边有水车，水中，还有三五成群的鹅。

当然墓碑也有新刻的"中华民国三十五年"的字样。不过当时我就模模糊糊地知道，墓碑的年代越久远，被风和雨剥蚀得越严重，它就越接近艺术世界，越具有艺术的价值、因而也越珍贵。

其实，男女在恋爱的时候，情书在本质上也是艺术作品，艺术世界，尽管情书写得很拙劣、很笨。

在这个世界上大概没有不喜欢接到情书的恋人，因为情书是艺术，由它构造出来的温柔、体贴、柔情或激情，常常会高于现实的温柔、体贴、柔情或激情。

有一回，一个正在热恋中的女子是这样说起她的男朋友的；

"他写给我们的信比他本人更使我着迷。"

我听了当场一怔，我意识到，情书之所以具有这么大的魅力原是因为它作为艺术世界才高于现实世界的。

四

一切艺术的最高成就，都在表现不能言说但又不得不说的东西；说出点有关形而上的东西，我指的是形而上的痛苦、惆怅、压抑、孤独、忧郁、无聊、追求、悲哀和欢乐……

自然科学、哲学、社会学、心理学和精神病学……表述不清的某种东西，让艺术表述了，这才是艺术的最高成就。与其说语言的极限就是世界的极限，还不如说艺术的极限才是世界的极限，因为自然科学归根到底也是一种艺术，是人同大自然对话的高超艺术；人提问，大自然回答。

五

为什么牛、羊、马车、磨房、风车、烛光……能入诗，上画布，而载重汽车，水电站，核电站……就不能？

为什么诗人绝少歌颂核电站？

风景画家为什么不在画布上表现核电站？

有一点是肯定的：艺术世界不喜欢现代技术。

风景画家喜欢画山谷里的牧人和五月的羊群，而拒绝为现代化的奶牛场作画；喜欢把草原上的牛车表现在画布上，而拒绝画波音747飞机；喜欢画白草黄沙，月照孤村三两家，而逃避或厌恶为纽约曼哈顿摩天大楼作画——这究竟是什么缘故？

六

单单模拟雷声、风声、鸟鸣和战马嘶叫声……的音乐，比口技高明不了多少。

七

不久前的一天，我所在的居住区全部停电、断水，突然，我强烈意识到了水、电对于现代人的重要性。

只有失去了的东西，我们才能懂得它存在的全部价值。

我想：如果有一天，音乐、电影、电视、戏剧、小说、诗歌和绘画……统统没有了，并且永远也不会再有，那现代人的生活会是什么样子呢？

绝大多数人会感到人生的烦闷、枯燥、无聊，真正的艺术家会自杀。至于我，估计会站在自杀的边缘，因为我还不是一个艺术家。我会想到死，但还没有死的勇气。

八

有一千个画家，其中九百九十九个是为升任美术学院教授或院长而作画，只有一个是出于生死的必要性才拿起画笔。

对前者，我尊重；对后者，我敬仰。

艺术家的档次和分水岭归根到底不是技巧，而是人生哲学的高低，是他的胸怀，是他所追求的目标大小和高低。

九

时代精神是有声音的。

音乐就是时代精神所发出来的一种声音。莫扎特音乐无疑是18世纪欧洲那个时代精神的音响——今天的世纪仍然需要莫扎特音乐来安慰、鼓舞。

20世纪90年代是电子计算机和航天时代。摇滚乐的美国午餐音乐难道就是这样一个伟大时代精神所发出来的声音吗？——这两者是多么不协调、不相称啊！

很遗憾，艺术世界和科学技术的进展是不同步的。电子计算机和航天时代的音乐艺术反而不如18、19世纪。

不是发达的经济，而主要是人性和人的灵魂，决定了艺术世界的质量。

早在1956年，摇滚乐奠基人之一查克·贝瑞就唱道："超越贝多芬，把这一消息告诉柴可夫斯基。"

我觉得他太狂了，狂得不知天高地厚。

诚然，今天的波音飞机速度可以超过19世纪的马车；今天的电灯照明亮度也可以超过19世纪的烛光；但是，今天的音乐，并不一定能超越19世纪的音乐，恰如今天的诗歌并不一定就能超越李白和杜甫的吟唱。更多的情形倒是相反；经济越发达，艺术就越滑坡，甚至堕落。

画家的画和画后面的人生哲学

我喜欢大画家的画，连同隐藏在画后面的画家人生哲学。没有画家对人生世界独特的感受和理解，哪来他的绘画世界？他的绘画作品之所以令我们骨惊神悚，感到奇峭悲壮，那是因为画家对人生世界的独特感受、理解和行动令我们觉得有险峻，有奇峭，有愤气的缘故。平淡、庸俗的人生哲学是既浅薄又贫瘠的土壤，从中是绝不可能生出八大山人、唐寅和高更的深刻作品的。

没有绘画作品，画家的人生哲学是空洞的，不结果实的，没有附丽的；没有后者，前者是盲目的，失去了主题，失去了灵魂，失去了厚重和方向，作者仅仅是个画匠。看画展，欣赏一幅画，研究绘画史，应当同时研究画家的人生哲学。一部绘画史其实是一系列画家的心灵对人生世界的“悲借泪以出”的历史，壮烈得很。

1980年秋，我在北京图书馆看外文新书展览。随手翻到凡·高的一本传记，里面有句他的自白，从此使我时断时续地想了好几年，有时它会在夏日酷热的夜晚无缘无故地冒出来，有时又会在风雨交加的日子蓦然回荡在我的耳畔：“I paint as means to make life bearable…Really we can speak only through our paintings.”（我画画是为了使得人生可以忍受下去……的确，我们只能通过我们的画说出点什么。）

这句英文从单词到语法都很简单。高中一年级的学生恐怕都能看懂。但真正理解凡·高为什么会说这句话，以及这句话对艺术创作的重要性，就不那么容易了。因为它涉及从事艺术创作的心里动机，以及在艺术作品及其后面的艺术家的人生哲学之间存在着某种深刻的关系。

应该承认，一切大画家，按其天性、禀赋和气质，都是极敏感的诗人，都是很深沉的哲学家。常人只感到了一分的忧郁、烦闷和压抑，他却感到了十分，并把它们上升为普遍世界的忧郁、烦闷和压抑，上升为根本性的、本体论上的和存在于生命先验结构中的那些固有元素。最最重要的是说出点什么。画家是通过他们的画说出点普遍世界的忧郁、烦恼和压抑，当然还有孤独和惆怅，以及大自然景观的美和悲壮；诗人和散文作家则是通过文字说出的；自然科学家是通过概念和公式说出自然界的深层和谐结构。人类文化创造者们容易感受到常人不太觉得的孤独和压抑，好像触处都是牢笼高高的围墙，生命总是不能自由地舒展，使人无法再忍受下去。

正是在这个生死存亡的紧要关头，大画家终于拿起了画笔。他们画画，仅仅是为了使得人生可以忍受下去，说出点什么。他们作画的过程，就像犯人在牢房的墙壁上凿破一个洞的过程：兴奋，渴望，全力以赴，不顾一切。等到作品一完成，他们仿佛就像来到了一个自由、光明的世界，蓝天底下好像有雁阵在向南悠悠缓缓地飘移。但这种解脱感仅仅只有半天的时间，过后，画家又重新“被捕入狱”，于是又要振作起精神，再次在牢房的墙壁上凿洞，如此反复不已。

为了美术学院教授头衔，为了名利而作画的人，恐怕成不了八大山人和凡·高。伟大的画家都是把画画看成是在牢房的墙壁上凿破一个洞，企图越狱逃跑的“犯人”。这创作动力该有多大啊！这才是生与死的必要性。

大画家作画，往往是为了通过他们的画去说出、阐明他们对人生的感受，通过流于笔端墨下的清旷萧疏和空灵淡远的气韵，把如梦、如幻、如泡和如影的某些人生感受变成为一种审美的活动。

我之所以喜欢明朝徐渭画竹，因为我喜欢在他的雪竹和风竹后面有一种超脱的人生哲学同在。徐渭的一生经过了许多大磨难，尤其是发狂，杀妻，下狱，但是他没有萎靡不振，他把“独立书斋啸晚风”的傲然不可羁勒的精神，把他一腔纵横不可一世的愤气，统统构成了刚健、写意的线条，造出了一个苍劲、波澜的世界：大风与大水相遭遇，大风掀动大水而生波澜，此乃天地间第一等好诗、好画。

我喜欢19世纪英国海洋风景画家透纳（Turner，1775—1851）的作品及其人生哲学。不知何故，他没有爱情生活，终身独居。他生性孤僻，但不孤独，因为他爱恋大自然，以自然景观为伴，冒着生命危险去观察海上生风暴的壮观，看浩瀚的大海和更加辽阔的天空在飓风的鼓动下进行一场殊死的搏斗。

我知道透纳其人其画还是很晚很晚的事。1975年我在中国农业科学院图书馆当书库管理员。一天，我随便翻开一本英国农业杂志，看到里面有幅很精美的海洋风景油画《加拉斯码头》，署名是Turner，我当时并不知道这个姓氏，便在整理书库的时候，顺手搬了梯子，爬上书架的顶层，把《大英百科全书》拿下来。从此，我便对透纳的海洋风景画和他的人生哲学（对人生世界所抱的独特态度）着了迷。不过，马上就有一种惆怅和遗憾向我猛袭。我意识到，要是1969年我在辽西海边放羊的时候就知道透纳，他的画和人生哲学也许就会鼓励我生出勇气拿起画笔，当然不是想成什么画家，仅仅是使我能多掌握一门工具，一种手段，一种语言，喊出我心中的压抑、苦闷和烦忧，使人生可以忍受下去。

其实，那六年的孤寂牧羊生涯，我是仔细观察过海上生风暴的，我尤其喜欢冬天斜射到海面上的落日暮光，是那么柔和、静穆，叫我凛然兴起，肃然生敬。在大自然界，光大概是最伟大的现象了，它既伟大又普遍。对光的量子性质和波粒二象性的实验和沉思，可以产生像牛顿、普朗克、爱因斯坦和德布洛意这样一些伟大的物理学家；对光的美的无穷变幻的惊叹，则可造就出像洛兰（1600—1682）、透纳和马奈这样的大画家。

要是我那些年，能把我站在高高的崖岸上所观察到的浪涛狂怒和从厚厚的云层中射出的闪电表现在画布上，那会有多幸福啊！透纳就是这样理解人生，理解幸福的。1851 年 76 岁的透纳卧床不起。他坐在窗前的轮椅上，望着阳光下面的田野，如同望着他终生所爱的一位姑娘。像往常一样，他拿过一张纸，想记录一点什么拨动他心弦的东西。过后不久，他就这样闭上了眼睛，回到了永恒。

哦，俄罗斯的忧郁

我之喜欢柴可夫斯基的作品，是因为它使我感受到了俄罗斯大地的积雪开始溶化、解冻，春天渐渐来临时泥土的芬芳馥郁气息。

——题记

周玉明女士曾任《文汇月刊》音乐专栏编辑八年，我的许多文章如《我与少女的祈祷》《我和布鲁赫〈第一提琴协奏曲〉》《我和〈夏天最后一朵玫瑰〉》，都是经她之手发表的，那里面无疑也凝聚着她的见识、审美情趣和劳作。为此，我要感谢她的合作。在我的写作生涯中，我为《文汇月刊》音乐专栏撰稿的八年，是我一生最值得怀念的时期之一。

不用说，这些年，音乐艺术成了我和周女士的共同语言之一，也是维系着我们友情的一条洁净绸带、金丝带、银丝带。

9 月 23 日是个星期天，周女士特意送我 10 元一张的音乐会票子。尽管我写作极忙，还是抽空赴会。理由不外有四条：

1990 年炎热的夏天终于过去了。为了庆祝我战胜高温酷暑，我也应该好好休息一个晚上。听场西方古典音乐会恐怕是最好、质量最高的休息；

节目内容有三，对我都具有吸引力。威尔第的歌剧《命运之力》序曲；柴可夫斯基的《D大调小提琴协奏曲》；肖斯塔科维奇的《D小调第五交响曲》。

指挥陈秋盛先生是台湾人，1979年出任台北市立交响乐团首席指挥。这是我第一次欣赏台湾音乐家对西方古典音乐的诠释。

音乐会在新落成的上海商城剧场隆重演出。我对新剧院建筑艺术的好奇心并不亚于对音乐会本身的好奇心。

我和周女士是骑自行车去的。

上海商城剧场同波特曼大酒店都是上海商城的组成部分。我们刚走进去，马上就被该建筑的宏伟空间所征服，尤其是那十几根巨型的圆柱。

我有生以来从未见过如此雄伟的建筑空间，以及里面弥漫着那么多正宗的肃静、庄严、静穆和崇高的感觉。——所有这一切，都是人造的，造得多了不起啊！

建筑师是谁？为什么不在某个地方把建筑师的姓名刻出来，标出来呢？一幅画，一首诗，作者都有署名，为什么建筑师不在自己的作品上署上自己的姓名？故宫的总建筑师是谁？今天又有几个人能说出来？对此，我是愤愤不平的，为中国建筑师的地位。

剧场在楼上，要乘两回自动电梯。我的意识流从未停顿过。我自然想起黑格尔那句名言，说建筑是凝固的音乐。

是的，是音乐。如果说，一座别致的花园洋房是首小夜曲或浪漫小品，那么，上海商城建筑群便是亨德尔的《弥亚》或贝多芬的《D大调庄严弥撒》。事实上，该建筑群确大教堂的气魄和风骨。我们完全可以用宗教音乐的语言刻画商城建筑艺术。因为两者都具有宏伟的构思。

因我们迟到，威尔第的作品只听到最后一个小节。对威尔第的作品，我一向是心怀仰慕之情的，尤其是对他的歌剧《西西里晚祷》序曲。那里的帝王气派和悲壮色彩，即便是在莫扎特的音乐中也不多见。我尤其热爱威尔第的定音鼓，它给我的感觉是风萧萧而异响，云漫漫而奇色。

那是西西里人在风嗥雨啸中敲响了黄昏厚重的钟声……

陈秋盛先生祖籍广东梅县，又矮又胖，长得像舒伯特。今晚上海交响乐团便由他指挥。在柴氏《D大调小提琴协奏曲》中，由美籍小提琴家姜大琪(1959年生于朝鲜)担任独奏。

尽管我很熟悉这部协奏曲，但当第一乐章的引子由乐队奏出时，我依旧激动不已。由此我顿悟出一条文艺作品的审美原理——我管它叫“重复性原理”。

对某一自然科学理论，实验能够重复是至关重要的。热力学和电学理论之所以是科学，那是因为它们的断言能经受住无数实验重现性的检验。若得不到重现性的支持，科学理论就会崩溃，就会失效。比如，不论在地球上的何时何地，多普勒效应都是能够重现的，重复的。

对光来说，不论光源与观察者的相对速率如何，所测得的光的速率都相同。或者说，所测得的光的频率和波长虽然不同，但总以这样的方式改变着：两者的乘积即光的速率保持恒定。

与此相仿佛，世界第一流的文学艺术作品在千百万人的心中所激起的共鸣也具有这种重现性。若是在去年春天产生过共鸣，到了今年冬天便变得无动于衷，那作品的永久性地位和价值就会动摇，告吹，轰隆一声倒塌。

柴氏这首协奏曲在我身上就充分体现了重复性原理。这就是我常说的具有恒听恒新的永久性魅力。

我很欣赏陈秋盛和姜大琪两位艺术家用传统的方式处理这首曲子，尤其是第一乐章，速度不很快，而是舒坦的律动，甚至是安详的气氛。即便是在发展部的那些32分音符，也是按时值强奏的。

当独奏小提琴奏出如歌似的主题，竟是那么抑郁、温柔和伤感，于是，我便情不自禁地侧过头去，在周玉明的左耳边压低声音激动地说：

“典型的俄罗斯忧郁！”

“忧郁里面有种很深沉的甜美！”周女士立即补充了一句。

多重要的补充啊！

听到这句补充，我不由暗暗赞叹了周玉明一番："毕竟是《文汇月刊》音乐、舞蹈、戏剧三个专栏的编辑呀！"

就这一点而论，我们也是知音。

是的，柴氏这部协奏曲从头到尾都在表述19世纪俄罗斯知识界的忧郁，而忧郁中又不失深沉的甜美。乐曲的魅力全在于忧郁与甜美的互相交错，纠缠。1877年12月5日(三个月后，柴氏在瑞士完成了这首小提琴协奏曲)。作曲家在写给梅克夫人的一封信中，说了这样一段话：

"生命的动人就在于苦与乐、光与暗的迅速变换，就在于善与恶的冲突……"

按我的理解，这正是生命的二重唱结构。音乐律动原是生命律动的回声。忧郁中夹着深沉的甜美这二重唱结构仅仅是生命律动回声的一个侧面。我又想起汉乐府歌曲《秋风辞》的歌词。武帝刘彻(前156—前87)巡视河东郡，泛楼船于汾河，与群臣饮宴，因有感于人生短暂，特作歌以抒怀。歌词最后两句是："欢乐极兮哀情多，少壮几时兮奈老何？"

武帝的诗句，道出了生命动人的两极(二重唱)结构：

欢乐中夹有哀情；哀情中也透露出一丝忧郁的美。

幕间休息，我们来到休息大厅。

我从未见过如此之高、如此之大的休息厅。刚从俄罗斯的忧郁心境中走到这样雄丽的广大空间，感觉中很不协调。也许，只有贝多芬的《第九交响曲》才能同它相映生辉，互为对应。

休息过后是肖斯塔科维奇的《第五交响曲》。这是我第一次听这部作品。很遗憾，我不怎么喜欢它。但也无敌意。因为我不知道它究竟在说些什么。曲子作于1937年，无标题。肖斯塔科维奇自称这部交响曲是"一个苏维埃作曲家对批评的答复"。(多么浓厚的谈话色彩啊！)

这无疑是斯大林时期的作品。据作曲家自己说，这曲子旨在描写"人类思想在新理想的影响下接受再教育"。

听起来，好像是我在"文革"时期写的一份检查，记得该是交给了工宣队。1948年联共(布)中央委员会重新对他批判时，肖斯塔科维奇承认自己的“艺术观改造”不彻底，并保证今后要向“民间艺术”靠拢。（我也有过类似的保证。）

我是在莫扎特、贝多芬和柴可夫斯基的音乐语言中成长起来的，我怎么也不习惯肖斯塔科维奇的思想改造检讨书式的交响曲！也许他在作曲的时候顾虑重重，太感压抑，不便情真语挚，害怕抓小辫子，打棍子，只好用晦涩的语言来表达他那灵魂的扭曲。

“我抓不住肖斯塔科维奇这部作品的主题，他究竟想说什么？”散场后我对周玉明这样抱怨地说。

“也许太深，我们一下子听不懂。”

“不，深不到哪里去的。因为苏联就没有出一个深刻的、独创性的思想家。没有出大哲学家的时代，作曲家也深不了。”

毕竟是秋风秋意的上海。尽管还没有到梧桐飘零时，夜间骑在自行车上，却有一股凉气袭人感。念及周玉明父亲的绝症和住院，俄罗斯的忧郁，连同中国古代诗人的秋风别，寒水悲，都成了我们的深愁永恨，绝望之痛。

这也许就是人类的根本无助感吧！

当代世界作曲家为什么没有一个能站出来用这“无助感”作为主题，写出一部永恒的交响曲呢？

1990 年 9 月 24 日

对欧洲古典建筑艺术的零星思考

在这个世界上，我自认为对三样东西较敏感，而且很影响我的情绪和心境，甚至可以决定我是想活还是想死。这三样东西就是：音乐、建筑和自然山水景观。

音乐是流动的建筑，建筑是凝固的音乐，自然山水景观则是造物主设计的建筑或谱写的音乐。

在欧洲半年，我就足足考察了半年的建筑，且随时随地，从不放过。这是我的一大收获，够我终生受用，琢磨，消化。

当我在德国的田野、奥地利的高山牧场、荷兰的草地和法国巴黎街头散步的时候（是的，我总是在散步，仰观俯察，悠哉游哉，因为我这次造访德国和欧洲的目的，就是到处走走，看看，感受感受，同德国各阶层的人士神聊），我惊讶地发觉一个重要事实：

从视觉印象上把欧洲同中国区分开来的东西，原来不是天上的浮云和飞鸟，也不是地上的地质地貌、河流、山地、牧场、森林、池塘、湖泊、土壤、农田和植被，更不是什么气候、湿度、重力加速度和大气压，而是建筑风格和人种。

是无懈可击、一丝不苟的希腊风格的建筑，精美的荷兰砖建筑传统，甚至是民宅窗户的造型（陡然向墙外突出的突窗）和色彩，都

用一种独特的建筑语言(The Language of Architecture)告诉我:

这里便是正宗的欧洲了!

许多年,我一直为欧洲古典建筑语言的典雅和优美而激动不已。从一些细部装饰,我仿佛听到了小提琴的滑音和换把位时表现出来的细微层次变化。

我经常沿着莱茵河和多瑙河走很长一段路。两岸都是碧绿的草坪。河水在静静地流,间或有一艘观光游船驶过,激起浪花,拍打岸边。如果我不抬眼去眺望两岸的青山以及山坡上中世纪的古城堡和带尖顶的大教堂,我并不觉得我已经来到了欧洲,来到了德国。有时候,我也走在收割完后的田间土路上,走在一块郁苍凄迷的荒原上?那余晖残景,骤雨初歇,我还以为我是回到了北京西山、顺义或辽宁兴城的韩家沟一带。但是当我一转身看见乡村教堂的尖顶,听到教堂的钟声,进而我又路过那里,看到上百名蓝眼睛、高鼻子的日耳曼人做完礼拜走出来的时候,我便会轻轻"哦"一声:

这回我的确是来到了德国,来到了歌德和贝多芬的故乡!

我设想过,如果一旦把德国城乡建筑一律拆除,换上中国河南郑州、开封或河北保定、石家庄的建筑,那么,德国味和德国精神(包括异国情调)还能剩下多少?即便居民的人种依旧是日耳曼人,那也无济于事,且很怪。由此可见建筑风格的重要。

在很大程度上,一个城市的魅力是它的建筑风格的魅力。

当然,最吸引我的欧洲建筑风格当推中世纪文艺复兴风格的余音(15—17 世纪);巴洛克和罗可可建筑艺术(17—18 世纪);以及浪漫古典主义(18—19 世纪)。我知道,正如自然科学和工程技术的主旋律一样,19 世纪音乐和建筑艺术的主旋律也是在欧洲奠定的。这才是我流连忘返、一唱三叹的重点对象。它同中国古代建筑的差异,正如西餐同中餐、西洋乐同中国民乐、德、法语同汉语的巨大差异,着实令我惊讶,令我不得不去析奇赏异,阐其精微,明其美学原理。

从书本上,我早就知道一些杰出的德国建筑师的名字,像诺伊曼

(B. Neumann，1687—1753)，齐默曼(Zimmermann，1685—1766)，亚沙姆(Asam，1686—1739)，施劳恩(J. C. Schlaun，1695—1773)，当然还有辛克尔(K. F. Schinkel，1781—1841)和比林(H. Billing，1867—1946)。

人们只知道巴赫、莫扎特、歌德、海涅和舒曼……的名字，而全然不知道上述建筑诗人的英名，真是欠公正！

我手头上有本659页的德文版的旅游指南，后面便附有古今欧洲三百多位建筑师的名字，并附有他们的代表作品(彩照)，可谓图文并茂，令我感动，赞口不绝。在我看来，这才是对建筑师的公允。

对欧洲建筑，我并不陌生。因为上海到处都有欧洲古典建筑场。不过那只是些复印件，只是“仿”，而正宗的原件，原作，都在欧洲。

比如上海远郊的佘山新天主教堂，它建于1935年，为罗马过渡时代式，由葡萄牙神父叶肇昌设计，大堂长55.81米，宽24.68米，可容纳3000余人。西面正祭坛用镶金嵌碧的大理石雕成。我尤其赞叹那由小柱子拼合而成的大柱子，当然也崇拜教堂的拱顶。

不过，同德国科隆、法国巴黎和亚琛以及比利时布鲁塞尔和安特卫普等地的大教堂相比，佘山教堂便微不足道了。的确，仿造怎能同原件争高低呢？假钞怎能同真钞相比呢？

说实话，我特别热爱注重竖向效果的高耸入云的塔。由德国建筑师恩辛格(Uerich Ensinger)设计的乌耳姆市敏斯特(Minster)大教堂便拥有一个杰出的高高的塔尖，给我极深印象。因为我爬上过塔楼，俯视过离它不远的多瑙河和爱因斯坦的诞生地。

翌日一早，天气阴，且多云，大教堂的塔尖便隐没在云里雾里，给人以神秘感。相比之下，中国的古建筑却不注重竖向效果，欠缺直指蓝天浮云的勇气，故少崇高性；因为只有同天空的无限联系在一起的事物，才会在人心中激起一种崇高感。

大教堂崇高、神圣和庄严的建筑风格只是为了达到一个目的：让千百万信徒形成一个有关上帝威严和全知全能的概念。上帝至高无上的威严是通过教堂建筑的高度、厚重和内部空间的幽深来体现的，当然还要通过管风琴、唱诗班和半明半暗的烛光……来营造一种诗意化的氛围。

在不宏伟、不崇高和不威严的建筑物里，上帝是不愿受委屈，在那里落户，拿“绿卡”的。连短暂的逗留也不愿。如果我是上帝，我也不愿。

这纯粹是个心理学问题。

我忘不了德国南部巴伐利亚州那些古建筑明珠。有好些都是诺伊曼的杰作，比如班堡(Bamberg)大教堂。还有许多大教堂都是他的宗教哲理诗作。其建筑美学价值同宗教哲学价值是平行的，不相上下的，互补的。

诺伊曼是位善于计算的德国巴洛克建筑大师。他既是位工程师，也是位著名的数学家，当然还是位空间造型美学家和宗教心理学家。我喜欢多才多艺的天才。

我崇拜诺伊曼(他活了 66 岁，死后三年，即 1756 年，莫扎特才出世。从莫扎特的作品中，我经常能若隐若现看见诺伊曼的建筑影响)，我尤其崇拜他笔下的壁柱、檐和窗框的边，当然还有他的旋涡形的穹隆，曲线形的两翼和主体。

他的作品，无疑是一部砖石结构的协奏曲，唯有莫扎特钢琴协奏曲的壮丽和辉煌才能同它比肩，争个高低。

当然我也敬佩两三百年前德国石匠巧夺天工的手艺。正是他们的双手营造了德国著名的星形穹隆。后来，这复杂的穹隆工艺便由德国石匠带到了西班牙。

一个人坐在大教堂里，我有的是时间去仔细观察，沉思默想。

先前，我最崇拜的有三样东西：数学、理论物理和欧洲古典音乐，我认为这是人类性灵最伟大的创造。

到了欧洲，看到大教堂，我便想在上述二样东西的后面再加上一样：世界级的建筑，尤其是欧洲古典建筑，包括新古典主义风格。

德国的费尔琴海利根(Vierzehnheiligen)教堂是巴洛克教堂建筑风格最复杂的杰作。我忘不了它内部的光影效果。

是的，巴洛克的效果！

莫扎特的钢琴协奏曲和交响曲便具有一种典型的巴洛克效果（巴洛克的音响场同建筑场是对应的）。对德国南部教堂建筑风格的考察大大有助于我把握莫扎特音乐的美，绝对美。

我也崇拜巴洛克的最后阶段罗可可，即便是它的楼梯扶手和窗户，以及曲面拱廊，包括椭圆形原理，枝叶式和海洋式（贝壳、波浪、珊瑚、海藻、浪花和泡沫，当然还有涡卷）。我喜欢罗可可风格的灵感来自大自然。大自然永远是建筑装饰艺术的老师。人从几十万年前所栖息的山洞，进化到欧洲建筑文明，中间该洒下了多少人类的心血和智慧！

欧洲古典建筑那些巨人像柱更为激动人心：其壁柱为一伟干丰躯的健美大力士，够整个重量担在他的肩膀上。这构思是多么奇特！

圣徒殉难的主题画和雕塑（如骑着鳄鱼、鸵鸟和骆驼的少女们）置身于大教堂建筑场内，营造出了“此曲只应天上有，人间能得几回闻”的天国印象。是的，我喜欢彩绘穹隆顶和雕刻的檐板。

在法国，我注意到罗可可建筑风格的柔和、优雅。我尤其热爱法式窗，就像我喜欢吃法式面包。

18 世纪中叶出任法国宫廷首席建筑师的加布里（Gabriel），其对称和沉静的风格，也使我不禁脱帽致敬。在巴黎逗留期间，我有意地寻找他的坟墓，但始终没有如愿，只好怏怏不乐回到小客栈。

欧洲建筑正面柱列，不管在什么时候都会博得我的肃然起敬。其实上海外滩的许多建筑都具有这种沉雄、对称和肃穆的柱列风格。

中国古建筑也有柱列，但造型不同于欧洲的柱列。这恰如骡不同于马，尽管两者形体很接近。马的体格有种英武气，骡身上便没有。这是很遗憾的。

欧洲建筑长长的柱廊和巨大的带凹圆槽的柱身，恒能在我内心深处激起一种古希腊式的“高贵的单纯和静穆的伟大”情感。

近年来，上海新建了不少娱乐总汇，楼宇正面也仿造了古希腊带凹圆槽柱身的陶立克柱式，只是造型和比例失调，有点不伦不类，发出的是一团刺耳的噪音。这是些很拙劣的复印件。

巴黎的蓬皮杜中心(1972—1977)被认为是法国现代建筑杰作,我对它却不屑一顾。我住的旅店离它很近,只需步行20分钟。我认认真真、从上到下,从大厅到窗户,考察过它两次,我的结论是:标新立异,故弄玄虚。我尤其讨厌那些从上到下缠绕建筑物的很粗的如同S型管道的东西。它给我的视觉印象像是一座炼油厂或化工厂。我的听觉又告诉我:整个中心不过是团噪音。它的不伦不类破坏了巴黎原有的和谐、沉静和典雅,活像个现代派的泼妇,直接闯进了巴黎贵妇的后花园来无理取闹,大喊大叫。——我就是这样看蓬皮杜中心建筑风格的。即便是它的两位设计者(意大利的皮亚诺和英国的罗杰斯)站在我面前,我也会坦率地说:

"阁下,这是你们的败笔!"

在欧洲的日子,我时常在琢磨以下这些基本概念:

巴洛克和罗可可(Baroque and Rococo);

欧洲古典建筑的语言。是的,建筑也是种语言,有基本词汇和语法。

如果有那么一天,一颗小行星同地球相撞,地球突然毁灭,而在这之前三分钟我便会无限惋惜这几样美好的东西:

莫扎特音乐、世界级古典建筑、自然山水风景、数学和理论物理,当然还有五月原野上的紫罗兰和丰若有肌、柔若无骨的女人。

1993年深秋

听“小个子的伟人”莫扎特的歌剧

因为莫扎特长得矮小，而从他的脑袋瓜里却流淌出那么多的伟大旋律，所以人们称他为“小个子的伟人”。

十月金秋。德国莱茵河畔的科隆城。离大教堂不远的地方有个歌剧院。这是我有生以来第一次在音乐厅欣赏莫扎特的歌剧；在德国也是第一次。过去我听莫扎特的作品，都是听唱片和录音带。

全场近八九百人都是外国人。当然他们看我也是老外。也许我还是在座的唯一一个中国人，但却是莫扎特的铁杆崇拜者，崇拜了三十六个春去秋来。

近年来，我正在写本 35 万字的《莫扎特之魂》，不过写写停停，时断时续。搜集有关莫扎特的资料，感受他当年在德国和欧洲其他国家旅行巡回演出的境况，是我这次访问德国的一个附带目的。当然这个目的完全是我个人悄悄进行的。因为德国艾伯特基金会怎么也不会资助我去考察莫扎特。

《女人心》(作品第 588 号)是他临终前一年即 1790 年完成的一部歌剧。从头到尾都是极优美、动听的旋律。仅这一部作品，莫扎特便可以不朽，我就愿意在他墓前下跪。

我们这些普通人可以削尖脑袋钻进音乐学院去深造，可以去拜师，学钢琴，作曲，拼死拼活地努力，勤奋，最终定能成为音乐学院教授，但要成为一个莫扎特——没门！光努力，刻苦，还不足以成为一个莫扎特或李白。

天才永远是上帝赐给的。

听莫扎特音乐，总让我想起欧洲古老的建筑，尤其是巴洛克风格的建筑。我同时喜欢两者，都是出于同一个理由。

六月，我在比利时安特卫普大教堂听莫扎特宗教音乐，那境界，那音响场和建筑场之间的共振，是我忘不了的。这是我有生以来第一次在大教堂听莫扎特的宗教音乐。我无法用语言来刻画我当时的灵魂状态。

根据我对各地海报的统计，今天的欧洲教堂（包括乡村教堂），演奏得最多的曲目还是巴赫、莫扎特和亨德尔。

费尔巴哈说："崇奉宗教的庙宇，实际上是崇奉建筑艺术的庙宇。"说得很精辟。如果在教堂的建筑艺术场中再加进莫扎特的音乐艺术场，那会是怎样一种震撼人心的效果啊！

如果在浙江的普陀山或安徽的九华山寺庙里演奏莫扎特的宗教音乐，那会是什么心理效果呢？会牛头不对马嘴吗？

回到家里，回到我的面向比利时和荷兰的德国书房，我写下了《莫扎特之魂》一书的八则题记：

1

在自然界，只有小溪潺潺、树叶因风至而沙沙和小鸟清唱枝头这类声响。

这响声并不是音乐。

音乐是人类独自创造出来的语言和文明，为的是表达、描述人类的灵魂状态：感觉、心绪、激情和思索，有时柔婉哀怨；有时沉雄悲壮。

我十分惊讶：为什么不同的旋律、和声与节奏同音的高低、时间的长短、音量的大小作种种排列组合，结合在一起，便能成为刻画人类灵魂普遍状态的一种形式语言呢？

有朝一日，人类要是乘宇宙飞船去同外星人交流思想感情，请务必带上莫扎特的几张激光唱片：《第 22 钢琴协奏曲》(K. 482)，《A 大调单簧管协奏曲》(K. 622)和《第 41 交响曲》(K. 551)。若是外星人能同这些曲子共鸣，他就一定能同人类进行思想感情的交流。

2

20 世纪即将结束。谁也不知道主宰 21 世纪的将是什么精神或主义。上帝死了，天使也失踪了，人类好像失去了坐标和依托。幸好，莫扎特和贝多芬还活着。至少，我们可以继续依托他们的音乐，活在茫茫然失其所在的 21 世纪，面对一大堆跨世纪的难题，如人口爆炸、难民潮、战争和全球环境污染。

3

多年的感觉、内视和内心反复的体验告诉我们，莫扎特的音乐是一座座流动的既宏伟又精美的建筑或雕刻。主要是巴洛克式的建筑风格；当然也有古希腊的建筑柱式：以雅典神庙为依据的多立克型、伊奥尼亚型和科林斯型的绝妙柱式。好像还有文艺复兴时期的建筑风格。夜晚，走过上海外滩，那里的建筑群便会帮助我这个中国人把握莫扎特音乐的气象和风骨。

我写这本书，就是力图用汉字把我感觉中的这些流动建筑一一描绘出来。这很难。也许这是狂妄，至少是费力不讨好。试试看吧。我动笔仅仅是为了表达对莫扎特的崇拜。而崇拜是谈不上狂妄或失败的。去征服才有胜败。

4

有心理学家做了实验，将初生婴儿相互隔离，分成几组：一组听不到任何声音；二组用节拍器仿声；三组播放母亲心跳的录音。结果表明，第一组啼哭不休；第三组仅用了其他任何一组所用时间的一半便睡着了。

看来，婴兄在出世前他的心脏就被母亲的心脏起搏、激活着。母与子之间的心跳和谐共振，既是生理交感，也是情感的交流。成年后；人脱离了母亲怀抱，陷进社会和外界环境的种种挤压，在自己的潜意识层，总是眷恋、回忆母亲心跳的律动。

我推想，莫扎特音乐（比如他的单簧管五重奏和圆号五重奏）之所以能征服我们，是不是类似于我们对渴望复得母亲心跳起搏的一种代偿性满足呢？

我渴望莫扎特音乐，原是希望我的心跳同莫扎特心跳之间的和谐共振。

现代人受外界环境的重重挤压真是太大太多了，比十八、十九世纪要大得多，严重得多。

5

当代西方重要哲学家维特根斯坦有句名言：“对于那些不能言说的

东西，我们必须沉默。”

我承认，人生在世，的确有许许多多无法用普通日常语言说出的东西，但是人性又不甘心沉默。莫扎特弹琴作曲，便是企图打破沉默的行为。他的音乐之所以打动我们，是因为他说出了我们无法言说的一些东西，某些情绪，某些心灵的状态。他的音乐，代替我们打破了沉默，所以我们才感激他，崇拜他，青年一代崇拜摇滚歌星不也是出于这个理由吗？《莫扎特之魂》的写作，也是我不甘心沉默的顽强表现。

莫扎特本人深知自己的长处在于用整个乐队来打破这沉默。他说：“我不会写诗，我不是诗人……我也不是画家。我不能用手势来表达我的思想感情：我不是舞蹈家。但我可以用声音来表达这些：我是一个音乐家。”

其实我们每个人都必须问自己：你能用什么语言陈述这个世界人生？农民用日出而作，日落而息；用播种、耕作和收获来陈述，也是一种陈述，而且还是最基本、最重要的陈述。先农民，后莫扎特。——这便是世界的逻辑。饱暖之后，才需要莫扎特音乐的述说。

6

对莫扎特的曲子，人们有一致的评价，因为感受是一致的。但具体到某个乐章，人们的感受和解释有时候会各各殊异，不尽相同。这差异是可以理解的。比如，对他的同一个乐章，西方有的评论家的感觉是“安详而坦率”，有人说是“烦恼的美感”，还有人说是“缺乏悲怆与动情之处”。

本书所表达的，仅仅是我的感受和理解。这是三十多年渐渐养成的。在我的后面，有这些背景作支撑：文化教养和素质；内外阅历。尽管我没有进过音乐学院。进了，反而会被专业所异化，写不出来。即使写了，又太专业化。用显微镜去分析、剖析万里长城每块砖头，你怎能见出长城作为整体的雄浑和气势？

我看莫扎特是鸟瞰莫扎特。——这便是我撰写《莫扎特之魂》的眼点。各有各的眼点。显微镜和空中摄像都需要；它们是互补的，不必相互排斥。联合起来看，才是一个真正的、完整的莫扎特。不过，人贵有自知之明。我从来就没有认为我是莫扎特音乐的解释者。我一再声明，我在这本书中所做的一切，仅仅是出于对莫扎特音乐的崇拜，就像农业文明时代的人崇拜雷鸣闪电，崇拜雨后复斜阳天空中出现耶稣光。——是的，莫扎特的交响曲、协奏曲和大型宗教音乐作品常给我这样的感觉。不过，在耶稣光的背后又有忧郁。正是将很幽深的忧郁渗进到了无比的亮丽和辉煌，才充分显示出了莫扎特那不同凡响的伟大。

7

音乐作品的高度，完全取决于它刻画人类灵魂普遍状态的本领。刻画得越广阔，越深刻，越细微，或越有波澜起伏状，曲子就越成功。——这便是我衡量莫扎特作品价值的唯一标准。

当代摇滚乐的魅力所在，它的煽情力量，不也是这样吗？今天莫扎特音乐不能恰当地描述世界大多数青年人的灵魂状态，这是谁的错呢？是莫扎特过了时；还是当代青年变得浅薄？也许，是当代工业文明破碎、捣乱了人的灵魂，使他们远离莫扎特音乐。这是时代的悲哀。的确，莫扎特还在那里，是当代年轻人背离了他的音乐。

8

谈论或研究贝多芬、莫扎特有两种不同的眼点：微观的和宏观的。

微观是基础，但宏观也不是可有可无的清谈、虚谈。当然，微观的比重应占百分之九十五。

什么是微观的眼点呢？

比如有的伟大钢琴家所坐凳子的高低都有讲究。弹巴赫时，座位调高一点；弹贝多芬，座位放低一点。弹肖邦练习曲也要坐高一点，因为需要弹出较多的像珍珠似的轻巧跳音。有的钢琴家强调在演奏莫扎特曲子的时候要清晰，几乎不用踏瓣弹奏，因为莫扎特时代还没有类似今天的延音踏瓣这样的机件。旋律线要保持干净、清楚。

伟大的小提琴演奏家朱克曼在解释贝多芬的奏鸣曲时，细心地为不同的主题和乐句寻找不同的音色，各有各的揉音，用不同的揉音获得不同的、所需要的音乐。在演奏安宁、平静、温柔的声音时，只用手腕的动作；有些效果就只使用手指。

不过以上所有这些令我们啧啧赞叹的微观处理方式方法，归根到底都是为了表达莫扎特、贝多芬的内心世界和普遍世界的自我或灵魂状态。

但他们的灵魂状态并不是孤立的现象。于是又要补充一个宏观眼点：从 18 世纪的欧洲精神、欧洲古典建筑、他同大自然的关系、他心目中的上帝、他同女人的关系……来谈论、研究莫扎特的音乐。

要扬长避短。于是我选择了文化哲学的宏观眼点来谈论莫扎特，算是对微观的一点小小的补充和旁白。若是说错了，最后让莫扎特音乐本身来纠正。

对 20 世纪莫扎特音乐的那些伟大解释者们的艺术创造（指挥和演奏），我深表敬意。听他们演奏，就像孩提时候夏夜坐在槐树底下听王叔叔讲动人心魄的故事……没有这些演奏家，莫扎特音乐怎么能活到今天？

关于瓦格纳的音乐

五年前，即 1988 年秋，我造访过中欧这两个历史文化名城：莱比锡和德累斯顿。

这次是旧地重游，也是在铿然一叶的秋天。但我的目的决不是作为一个天涯倦客来这里捕捉冷落的秋景，以委婉曲折的笔调，抒写低徊掩抑的凄楚。不，这不是我。

我旧地重游是要再次感受德国科学、艺术和哲学伟大传统的浩博和深邃，考察形成它那如霆如电、如长风之出谷、如崇山峻崖磅礴气势的根源：人文历史的和自然景观的。

瓦格纳的歌剧就有这气势，这胜人的气魄。

他生于莱比锡。同德累斯顿，他也有着千丝万缕的联系。他的一生是波澜壮阔的一生。有种崇高的人生使命感日夜在他心中澎湃、燃烧；这样他才去百折不挠地从事歌剧创作。

是的，在他的内心深处有种推卸不掉的“艺术使命”（德文叫 die Kunstmission）。

注意，是使命，不是任务。

使命有种神圣的庄严性。使命不是外在的，而是发自内在的，它的重要性凌驾于个人生命之上。生与死的区别仅仅是看自己是不是在执行这崇高使命的道上，在这条道上推进，迈进。

我从瓦格纳的音乐中，就时时感受到了他的崇高人生使命感：雄浑，深沉，博大。他无疑像他的前辈贝多芬，也是个愤激者，是个天地之才。也许正因为这一点才令希特勒终生对他肃然起敬。

“瓦格纳的每一部作品都给我带来了莫大的愉快！”1942年1月底，当德军第一次在俄国遭到惨败后，希特勒在东普鲁士“狼穴”地下防空洞同他手下的将领和党内助手(其中有希姆莱)谈话的时候曾经这样赞叹。

从早年时代起，希特勒就崇拜瓦格纳的作品。在他的歌剧里头有种英雄史诗般的日耳曼世界观，很合希特勒的口味。

希特勒赞叹瓦格纳的《特里斯坦和伊索尔德》是杰作，当然还有《尼伯龙根指环》和《尼伯龙根之歌》。

很难说，纳粹运动必然同这些歌剧有着直接的逻辑关系。但从这些音乐作品中的确透露出了庄严、肃穆和悲壮的心理氛围。

不过这同纳粹主张消灭犹太人、斯拉夫人，以及征服比利时、荷兰、法国……并没有逻辑上的必然性联系。

音乐是种最抽象的语言，对它的感受、解释和理解，免不了有种主观性和任意性。

关于瓦格纳，希特勒是这样说的：

“当我第一次站在理查德·瓦格纳的墓前，我对他不禁肃然起敬，因为他不许在墓碑上刻写‘枢密顾问、音乐指导理查德·冯·瓦格纳男爵阁下之墓’。我尊敬他……”

瓦格纳是个天才的作曲家，是个雄伟气魄的音响诗人兼哲人。死后他不需要什么行政长官的头衔。这志向，也挺对希特勒的劲。早年，即1924年2月，他因啤酒馆政变失败在法庭受审判时曾陈述了他的志向：

“我认为谋得一个部长官职并不是什么值得努力去争取的目标。我认为以部长身份载入史册并不是值得一个伟人去努力争取的事业……我的目标从一开始就比做部长要高出一千倍。”

接着，他便举了我在上面引用的关于他对瓦格纳如何敬仰那段话。

是的，早在青少年时代，当希特勒在维也纳街头流浪，他总设法偶尔买张站票，寒酸地站在维也纳歌剧院的后排，出神地聆听瓦格纳的音乐。

据说希特勒讲过，要了解纳粹主义，必须先了解瓦格纳。

即便他真的这样说过，我们也不能推论，瓦格纳音乐就是纳粹音乐。也许，早年希特勒从瓦格纳音乐中感受、体验到了一种气势磅礴的悲壮氛围，这有助于他形成他的“世界观”（原文是 Weltanschauung，希特勒很喜欢用这个术语），但瓦格纳的歌剧旋律和音响决不会、也不可能直接引导希特勒去建立他的第三帝国，企图用铁和血去征服欧洲，称霸世界，奴役其他民族。

像贝多芬音乐一样，瓦格纳音乐的本质也是一个“力”字。但力是有方向的：善的方向和恶的方向。希特勒把它引向了恶，而且是欧洲历史上空前的大恶，世界灾难的恶。

在德国，有许多个夜晚我都在听瓦格纳音乐。当时我的思绪被他的音乐中的力所深深激励，并暗暗发誓：

学会作为一个哲学家而生，也作为一个哲学家而死。——这就是我的人生使命感。

贝多芬音乐对我的激励比瓦格纳音乐的功能还要猛烈、直接。在瓦格纳十七岁的时候，他在莱比锡就写了封信给音乐出版社：“很久以来，我就深入研究过贝多芬的最后一部交响乐……”（这是瓦格纳留下来的最早一封信，时 1830 年 10 月 6 日）

这回我有幸在莱比锡一家旧书店买到了一本《瓦格纳书信集：1830—1883》（民主德国 1986 年出版）。其中第一封信是我在莱比锡一家咖啡馆读完的。不用说，瓦格纳的哲理交响诗有种贝多芬的风骨和气概。他自己也宣称，他的音乐剧不是格鲁克、莫扎特和威伯的继续，而是深受贝多芬第九交响乐的影响。天道地道人道协合为一体，温深沉雄，庄严而劲直。

这种哲理交响诗充满了正宗的德意志精神，难怪会博得一大批思想家的共鸣。年轻的尼采就是一个。他说，他很纳闷，何以瓦格纳音乐会给他最纯粹的幸福。从瓦格纳的音乐，尼采看到了一个新的英雄时代将要诞生。同样，瓦格纳在尼采身上也找到了一个志同道合的哲学家。他们时有书信往来，问长问短。比如瓦格纳劝他结婚，说家室的炉火是件好东西。在信中他甚至劝他娶个富婆，关照他要吃肉，勤洗澡。

同叔本华和费尔巴哈，瓦格纳也有书信往来。他偏爱叔本华哲学。其实，瓦格纳本人也是个哲学家。他不仅用管弦乐队的辉煌威力，而且用德语文字来表述他的世界观。他的论著有关于历史的，音乐美学的，政治的，哲学的，宗教的，共集结成十卷出版。

他的论文《未来的音乐》得到费尔巴哈的好评，这使瓦格纳非常兴奋。

他活了七十岁，一生坎坷。婚姻和经济问题，还有坐牢的威胁，在国外流亡十多年之久，饱尝了生的种种烦忧，但是所有这些挫折和干扰并没有使他伤感颓废，产生浮生若梦的念头。他始终以雄浑博大的胸襟，追求一种世界观。他用这世界观首先满足自己，然后新天下耳目。

漫步在德累斯顿和莱比锡的街头，看风物向秋潇洒，我想得最多的便是瓦格纳的一生和创作。对待他的音乐，我们能因为希特勒推崇过它而禁演吗？那是“文革”十年的逻辑：凡是敌人拥护的，我们就坚决反对。

从 18 世纪到第二次大战前，这两个城市留下过多少文化巨人的足迹啊！

今天，莱比锡和德累斯顿正在重建，正在出现强劲的繁荣时期。这里有点像上海，变成了一个庞大的建筑工地。(包括住宅新建和机场改建)站在一幢正在修缮的住宅面前，我提出了一个尖锐的课题：

德国的科学、艺术和哲学伟大传统也能复兴吗？也能再度繁荣吗？

晚上，我久久不能入睡。重游莱比锡和德累斯顿，我最大的收获是回到了瓦格纳的故乡，感受到了他那熊熊燃烧的生命之火。分清生存和生命是至关重要的。于是我爬起来，在莱比锡静悄悄的秋夜，一边听飒然而至的晚风，一边写下了几行诗句：

生存和生命

狗尾草
在晓风残月的
荒原上
不住地摇曳
仅仅是　　生存

在德国秋夜的
星空底下
我有意识地
在告别二十世纪
追问
人生的意义　　和
世界的目的
则是　　生命

生存是环境的奴仆
生命是驾驭环境的主人

生存是偶然
生命是必然

一万个偶然
也抵不上一个猛烈觉醒的

必然

告白世界

>>> 赵鑫珊 精 神 之 魂>>> 精 神 之 魂>>> 精 神 之 魂

上帝为我开了一扇天窗

——我心目中的散文随笔

散文随笔原是从我的心灵航程中间截取出来的一段段永恒的瞬间。那是世界和人生感荡我的心志而发泄幽情的产物。

——题记

我的写作动机也委实单纯，单纯得就像摇篮里的婴儿时时需要躲藏在母亲的怀抱，寻求庇护，寻求温暖，寻求爱。

多年隐隐作痛的经历告诉我，即便是我的躯体住在五星级宾馆总统套间，要是我的灵魂安顿不下来，处在一种漂泊不定的浮躁状态，生命于我，仍旧是痛苦的，无着落的，或不幸的，荒漠的。一小时的漂泊不定，一小时的痛苦和无着落；十分钟的漂泊不定，十分钟的不幸和荒漠。

坦率地说，我拿起笔来写散文，全然是为了安顿我自己的灵魂，为自己的灵魂找到一个“窝”，一个栖身之地。

每个呱呱落地的婴儿都是一个模样：紧闭着双眼，挥动紧握着的两个小小的拳头，哭哭啼啼，硬是不愿在自己毫无准备的情况下被抛到这个陌生的、多灾多难的世界上来受苦受罪，受折磨。

待他们长大成人，张开了眼睛，伸出了双手，停止了哭声，便各自呈现出各各殊异的面貌。

1988年我从外国报纸上读到过这样一则触目惊心的消息：一名17岁的芬兰少年雅伦控告他的父母，说未经他同意便把他带到这个世上来，故要求赔偿100万美元的损失。雅伦的律师说，生命充满了艰辛，雅伦的父母无权在没有得到雅伦的同意之前，就强行把他带到世上来饱尝人间的痛苦。据民意测验调查，百分之九十一的年轻人支持雅伦的立场。

至于我，尽管不支持雅伦的无理取闹，但是我理解他的哭。说实话，只要我一想到这条近乎于寓言的消息，我的内心就会被震撼，就会因感叹而半天说不出话来。

自我出生到现在，半个世纪过去了。可我的内心有时还在暗中哭泣。哭生的种种困顿。我写下的一些散文(当然不是全部)往往便是我的哭声，那是无声哭泣的记录和我的叹息。年轻的时候，我读到过汉朝诗人秦嘉的"浮云起高山，悲风激深谷"的句子，就为一种高古、沉郁而苍凉的境界伤心地哭过。为天文学的壮观，我也哭泣过，今天有时候还会暗暗哭，尤其是在晴朗的夜里，当我用肉眼对从太阳系以外的宇宙空间飞来的非周期性的偶发流星作目视观测的时候；或者，当我听说大约在4400万年前，一个火星般大小的星体与地球相撞，从而形成了今天的月球这一大胆假设的时候。我究竟是叹人生苦短和茫然而哭，抑或是因为宇宙时空结构的壮丽和宏伟激动得幸福而哭，连我自己也说不上。但有一点是明白的：天文学造就了我们能够理解宇宙神秘和谐结构的灵魂。这样的灵魂应该是幸福的灵魂，因为它与世界本体息息相通。

不错，我的双手现在也是伸着的，向上张开的，但是我无意向这个世界索取过多的物质享受，即便是一条多余的裤子，一碗多余的鸡蛋汤。有了自行车，我决不会再伸手去要一辆雅玛哈摩托；手中有了橘子，我的眼睛就决不会再去盯着天津鸭梨或烟台苹果。

我只想尽心尽意尽性去体验、理解这个世界，即便是无聊、绝望、苦闷和孤独，我也要体验个彻底，体验个够。就算人生好比朝露，处世若大梦吧，我也要专心一致地去细细观照这粒朝露，品味这个荒诞的大梦。我承认，一旦用审美的心胸和眼光去咀嚼，连“白杨多悲风，萧萧愁煞人”的情景也会呈现出一种奇异的苍凉美。正因为我理解到了人生的根本悲剧性，我才不去颓废，不去得过且过，而是豁出命来向科学、艺术和哲学求最后的皈依和攀附。

于是，我要追问时间的箭头为什么只指向一个方向？为什么被打碎了的玻璃杯子不会自动地从地板上集中到一起，再完整无缺地跳回到桌上？

只有这类明其道，不计其功的追问才能使我和神明相通。和神明相通的人为得道者。得道者，穷而不慑，达而不荣，入火不焦。入水不濡。——这当然是我的理想境界。我写散文正是要追求心灵世界的辽阔深邃。

最后一个问题是：上帝说，“要有光”，于是就有了光。那么，又由谁站出来说，“要有上帝”，于是就有了上帝呢？

只有找到了这个形而上的最后答案，我的叹息声和哭声才会戛然而止，我才会满脸堆着笑，踏上归程。

不能作任何期望，我会找出这个问题的答案。但是我可以退一步，把上帝的杰作人连同作为人赖以生存的基础大自然当作我的散文创作的唯一的、最高的对象。在这一创作过程中，我才有可能将人生的悲剧演得有声有色，感天地，泣鬼神。因为我既是编剧和导演，又是主要角色。即便是粉身碎骨，也要碎得热烈奔放，洒脱。

我喜欢散文随笔的写作，原是因为这种文学形式极放松，极自在，天和地也极广阔。我用不着去采访他人，跑图书馆查资料，便可以将天上的星星和地下的蚯蚓一一包容，涵盖，尽得登山临下，悠然深远的情趣。

在我眼里，散文随笔并不排斥“波渺渺，柳依依，孤村芳草远，斜目杏花飞”的情调，也不排斥“二十余年成一梦，此身虽在堪惊”的人生感叹，但我主要还是把它作为我们民族、人类和我们世纪的思维大脑来使用。或者说，我心目中的散文随笔永远要以天道、地道和人道为自己陈述的三大主题。

在写作散文随笔的时候，我心中恒有一个无形的笛卡儿直角坐标：横坐标是宇宙、世界所发生的事件，纵坐标是我的内心对事件的感受和把握。于是我的每篇散文随笔便是由坐标 X 和 Y 所规定的点 M，即 M(X,Y)。

是的，我是通过点 M 同世界发生紧密关系的。每做出一个 M 点，我的灵魂就获得了一次暂时的解脱。只要将 M_1，M_2，M_3…连结起来，便是我的生命轨迹。

这些年，正是这些个 M 点用恬淡培养了我的性情，用静漠安顿了我的精神，它已成了我的生命自救的途径之一。我离不开它。我想起白居易的一句自白："始知真隐者，不必在山林。"

我喜欢栖息在散文这个"深林人不知，明月来相照"的幽静去处。那"瑟瑟谷中风，山气日夕佳，唯有沙洲雁，秋来渡河飞"的自然景观，是怎样揪我的心啊！

我喜欢我的心被这样日夜地揪着。喜欢从自己笔下的散文去观照自己的灵魂状态。我写散文有时候仅仅是为了我自己，是为了追问人生的意义，探明前面的路，获得一声对某些生死攸关问题的满意回答。我想起美国著名实验物理学家和科学哲学家布里奇曼(1882—1961)写作《现代物理学的逻辑》一书的动机和目的。本世纪二三十年代，物理学经历了暴风骤雨般的变革和发展，旧物理学的基本原理已经土崩瓦解。在那个充满信仰危机和困惑的变革时期，有些杰出的物理学家自杀了。但绝大多数物理学家并没有丧失继续前进和探索的勇气。布里奇曼正是举着火把，在黝黑中坚持探索"科学的任务是什么"这样一位斗士。于是1927 年，他开始写《现代物理学的逻辑》。他说，他写这本书的目的主要是为他自己写，为了减轻自己的苦恼而写。因为那时候物理学中存在的一些带根本性的问题使他的内心陷入了极大的苦闷。他想通过写书来澄清问题，为科学重新找到生存的理由，也为自己找到活下去的理由。我理解布里奇曼的世界大苦闷，尤其欣赏他用写书的方法来"浇愁解闷"。其实每个时代都有自己的苦闷。每个人的"解忧"办法也各各殊异。至于我，面对世界大苦闷，只有拿起一支写散文的笔来代杜康，"慨当以慷，忧思难忘”。

至于别的，我决无他求。“人到无求品自高。”所谓无求，便是佛学“要万缘放下”的告诫。在散文随笔这块园地，我只求除去烦恼，心得清净。

根据我多年对幸福和痛苦的反复体验，在这个世界上，唯有一种职业最适合我，这种职业便是写作。即便是真的有位部长或公司总裁想同我易位，我也会婉言拒绝。道理很简单：只有在写作的时候，我才能步入意不散乱，念不昏沉的境界，完全拥有我自己，自由自在，成为宇宙公民。是的，在古今中外所有的哲学箴言中，我最喜欢明朝泰州学派创始人王艮(1483—1541)的一句：“万物一体，宇宙在我。”这是何等的气魄，何等的心胸；又是何等的自信！我的希望和努力目标，便是通过我的散文随笔去抒发这气魄、心胸、自信和精神，经之以天，纬之以地，尽人之性，亦尽物之性。——这，便是我所理解的生命的纯正快乐，“天乐”。

我这个人，对我自己这一生，现在就可以做出三点定论(不必等到盖棺)：第一，不可能做官，有权有势；第二，不可能发财；第三，如果我有70岁的寿命，我可能写出至少35本书。

上帝还是公正的。他在某处封闭了一扇门，必为你在另一处开一扇窗。我想，我写散文随笔便是上帝为我开启的一扇天窗，因为我既当不了官也发不了财。按中国人的说法，这就叫“天无绝人之路”。

写书是我的命中注定。我为我终于意识到了我后半辈子的这一人生使命而无比欣慰，虽然晚了十年。

我经常觉得自己是一列晚点的列车，所以老在日夜兼程赶路。也许赶路过程本身比最后到达目的地对我更具有魅力。因为目的地到了，我也就老了，快死了。

死后无所谓悲哀。悲哀仅仅是死前的清晰意识。于是，我又记起了婴儿呱呱落地时的情景。当时我哭，是因为我不知道为什么要来人间走一遭。等我知道了生的使命，却又不得不踏上空茫茫的归程了。

1992年岁末年终

我存在的唯一过硬证据和最大理由

我存在的唯一过硬证据和最充足理由只能是我在思考，我在写作。

1938年，即我呱呱落地那年，刚好80岁高龄的普朗克（M. Planck）用这样一句话来总结他自己不平凡的一生：“我从我的科学研究工作中总是得到了许多的快乐。”

我自然理解这位杰出的德国物理哲学家自白的伦理学含义，尽管我不是一位物理学家，也从未在物理学研究的前沿阵地上举枪、射击过，但最近一年半，我从写作《普朗克物理哲学世界》这本书的过程中着实也得到了许多当年普朗克所得到的快乐，或叫“天乐”，“大乐”。这叫“快乐传递性公理”。

像小说世界一样，物理哲学世界也有主人公，也有主人公的命运，也有离奇曲折、教人一唱三叹的情节，情节的发展往往是多线索的、极富戏剧性的。

写小说或读小说的人常有一种永远也不想从小说世界中走出来的愿望。是的，不管是小说世界还是物理哲学世界，我都不愿从那里面走出来。在本质上，物理哲学世界也是一个艺术世界，一个人造的、独立自足的世界。或者说，那是一个世界的诗结构。

艺术高于现实。艺术比现实更迷人。——用平常的眼光去看滴了几滴红墨水的一盆清水，永远是单调的，干巴巴的，枯燥乏味的；若用分子运动论的心眼去观照，我们便能看到扩散现象一幅最壮丽的画面。按我的理解，那便是世界的诗结构。发生在气体、液体和固体内的扩散现象原是世界自身的内在运动。伫立在它后面的，便是造物主，便是上帝。上帝即大自然自身的内在运动。

艺术（诗歌、绘画和音乐）不是自然的摹本。但物理哲学世界的最高使命倒是努力想成为大自然的摹本。

这些年，我之所以提起笔来写作，原是因为我别的都不会干。唯有写作这一行业才使我称心如意，有家园感。

人们醒来的时候，无一例外都生活在同一个严峻的柴米油盐的现实世界，然在梦中每个人的世界却是各各殊异的。写作于我便是白日梦，醒着做梦。《普朗克物理哲学世界》的写作给了我一连串梦中的伟大安慰和刻骨铭心的鼓舞。在本质上，理论物理学和哲学的交叉地段正是一片白日梦境。不过当它回到现实中来的时候，又具有远大的、摧毁一切的能量——物质力量。

在写作过程中，我一再感受、体会到：坏政治（比如希特勒纳粹政权）是暂时的，好政治像数学物理方程一样，是永恒的。唯有追求永恒的东西才能给人以永久的鼓舞和慰藉。

不久前，英国一家报纸举办了有奖征答活动，题目是《在这个世界上谁最快乐？》四个最佳答案是：作品刚完成，自己吹着口哨欣赏自己作品的艺术家；正在用沙子筑城堡的儿童；为婴儿洗澡的母亲；千辛万苦开刀后，终于救了病危患者一命的外科医生。

此时此刻，当我写完这部60万字书稿的时候，心情就像上述那位艺术家。况且我的口哨也吹得很好。

我虽然没有像明末清初大文艺批评家金圣叹在《西厢记》的批语中一一列举出他觉得人生最快乐的三十三种时刻，但写作（尤其是最后修改和润色书稿，以及看小样）的过程于我无论如何算是人生最快乐的时刻之一。

许多年，像许多人一样，我也在追问人活着为什么以及什么是人生的意义这个老大难问题。这尤其是在周末的黄昏，当外面下着雨夹雪，我透过三楼的玻璃窗，凝视万家灯火的时候。

兴许，根本就不存在一种叫“人生意义”的东西。你若去问一头山羊，一株梧桐树或一个葡萄球菌关于生命的意义，它们又能告诉你什么呢？依旧是上山吃草，依旧是进行光合作用或分解葡萄糖、乳糖和麦芽糖等一串生命活动。

在上帝面前，在生和死的面前，人同山羊、梧桐或葡萄球菌是绝对平等的。对于我，写作就是类似于“上山吃草”这类生命所需要的动作。

通过本书的写作，我又一次获得了“天高地厚”的感觉；我的哲学冥想生涯通过热力学三大定律和普朗克黑体辐射公式这类普遍有效的自然规律的庄严洗礼，已经找到了源头，获得了“公理”，有了一个可信赖的逻辑基础，一个坚实的出发点。

我的灵魂仿佛久久伫立在由花岗岩层构成的地基上，居高临下，直面变幻不定和多艰的人生，俯视太平洋汹涌的波涛。对于像我这样一个以哲学思考和写作为生的人来说，这种“站在坚实地基上”的自我感觉当是至关重要的。否则，灵魂就有失重感，失落感，或叫失去精神家园变得无家可归感。对于这样一个“失魂落魄”者，即便是他（她）的躯壳住在华盛顿的白宫，或在巴黎郊外一幢最豪华精巧的别墅里，他（她）也是一个最不幸的流浪汉，异乡客。

我把“站在坚实地基上”的感觉获得，看成是我写作本书的最美好的经历之一。在我看来，这是最有踏实感、平安感的一次晚祷。——我仿佛听到了厚重的钟声在我的内心深处和谐地振荡，鸣响……

记得德国著名物理学家 M·玻恩说过这样一段颇动我心的话语：“以后的四年是我一生中最可纪念的时期，这倒并不是因为第一次世界大战正带着所有的悲哀、激动、掠夺和侮辱在激烈地进行着，而是因为我在普朗克和爱因斯坦的身边。”

我自然理解青年时期玻恩的这种寻求精神支柱的心情。《普朗克物理哲学世界》的写作于我，也使我仿佛生活在普朗克身边。尽管这不是世界大战时期，但现代人的内心混沌、痛苦、沮丧和惶惶然失其所在感也是够深重的了。对于我，这写作仿佛是坐落在孤寂海岸边的一幢冬暖夏凉、远离现代大城市喧嚣的“小木屋”，它恰如莫扎特音乐，也有一种超越地球上的炎热，干旱、酸雨、水灾和种种癌症对人折磨的神奇力量。直到今天，我才真正懂得陶渊明的诗句：“结庐在人境，而无车马喧。问君何能尔，心远地自偏。”

太阳底下的世界于我常常显得陌生，敌对，令人烦躁不安。我觉得只有月光才是属于我们，友善的，柔情的，亲切的，来自故乡槐树底下的。写作《普朗克物理哲学世界》于我，正是一个洒满了银色月光的柔和世界，它教我一片清心，宁静，走向澄明之境。

我永远也不会忘记，1988 年 11 月 2 号晚上 10 点多钟我作为上海社会科学院访问民主德国代表团的一名成员第一次到达柏林时的激动心情。因为我终于来到了普朗克作为柏林大学理论物理学教授生活和工作过将近 40 年的地方。88 年前，也是在一个阴湿而寒冷的柏林天气，普朗克的量子假说诞生了。随后不久便是早期量子论胜利进军的时期。紧接着是量子力学的创立。本世纪现代物理学的黄金时代就发生在柏林；希特勒邪恶的德国首都也坐落在柏林。邪恶用它的暴力摧毁了德国的科学和文化伟大传统。

当夜已经很深，我拉开窗帘，久久看着柏林的夜空和另一个世界西柏林的灯火，想起普朗克的量子论，想起两次世界大战，想起普朗克内心所经历的巨大痛苦，想起纳粹上台，爱因斯坦、薛定谔和玻恩相继被迫离开柏林，柏林理论物理学的伟大创造时期从此一去不复返，我的心便不觉黯然，久久不能平静下来。

我在柏林总共呆了八九天，毕竟从一个心理侧面（比如柏林的建筑场）有助于我理解普朗克物理哲学世界，就像我独自在莱比锡舒曼大街漫步时的那段感受和经历有助于我理解舒曼的音响艺术世界。

这些年，我尽心尽力只做了一件事：安置好我自己的灵魂，让我的灵魂有所皈依，有所寄托。没有地方安置新买来的日立牌电视机仅仅是一种不方便，一种遗憾；倘若没有地方安置下自己的灵魂，那于我就是大大的痛苦、凄凉和不幸。

这本书落笔较快，尤其是在深更半夜静听窗外淅淅沥沥下着绵绵秋雨的时候。有好几次我放下了笔，直想哭。人在极度悲哀和极度欢乐的时候，常想大哭一场。而我，则是站在欢乐和悲哀之间，出于欢乐和悲哀的奇特混合才想哭的。想起天地人神这四重结构的秘密就够我好好哭一场。在整个写作过程中，我的灵魂好像在同歌德、贝多芬和普朗克心目中的Gott-Natur（上帝—大自然）作亲切的交谈。这时刻，我是深感幸福的。因为歌德有诗云：

在人的一生中还有什么东西比上帝——大自然向他宣示更能使他幸福的呢？

使我深感幸福的另一个原因，是因为我在写作的时候心是清静，魂是康泰的。人在这种心境中，颇有宇宙万物旁通无穷，往古来今浑成一片的感觉：纵吾之目，天地不满于吾观；倾吾之耳，天地不出于吾听；冥吾之心，天地不逃于吾思。

这，便是我几年前在一篇散文中所透露的心情："人是靠思想感情和信仰囊括宇宙的，于是当我身处办公室，心总是显得这般大，窗外的宇宙反而是那么小。"是的，心净观明，烛照天地万物之情，得一切智。追溯普朗克当年是怎样构造他的物理哲学世界的，其快乐并不亚于他当时的创造。

此外，还有一个使我深感幸福的理由：我的手稿有人愿意编辑、出版、排字、印刷；书出来了估计还会有人愿意读。——这对于像我这样一个既不会耕地又不会开机器的人来说，就意味着交上了好运。每念及编辑先生和印刷工人的辛勤劳动，我总是心怀感激之情。——这，便是我常说的懂得"天高地厚"的社会含义。对于当今每个中国人，是否有社会意识是至关重要的。

今后20年，倘若我不死，我的命就是思考、写作、出书，同读者交流思想感情。或者说，我之所以深感幸福，那是因为我终于实现了我青年时代的夙愿：做一个自由撰稿人。

我之所以活着，那是因为我在写。就像一位画家之所以活在这个世界上，唯一过硬的证明是他在画。

几十年内外两界的经历告诉我：人，原是被痛苦、压抑和烦忧重重围困住的一支深入敌后的孤军。对于我，写作便是我所选择的一个突围口。每个人都必须按照自己的具体情况选择一个适合自己的突围口，即便是吃喝玩乐，或赌博或借酒浇愁，它在本质上也是一种突围方式。——尽管是廉价的方式。应该承认，的确有高级突围和低级突围之分。

我想起控制论创始人、美国杰出数学家维纳(N. Wiener, 1894—1964)在他的一本题名为《人有人的用处》(*Human Use of Human Beings*)一书中写下了这样一段自白："老实说，艺术家、文学家和科学家之所以从事创作，当是受到这样一种不可抗拒的冲动所驱使：即使他们的工作得不到报酬，他们也愿付出代价去获得这项工作的机会。"

近年来，我就深深体验过这种"不可抗拒的冲动"对我的日夜驱迫。《贝多芬之魂——德国古典"文化群落"中的贝多芬音乐》和《普朗克物理哲学世界》这两部书稿便是受到这一驱迫力的结果。我曾在夜深人静时这样扪心自问过：如果不给任何报酬(包括稿费)，我是否还会照样有动力写出这两本书？我的内心有一个很坚定、很深沉的声音作了一句回答：照干不误！因为我觉得我在写作过程本身所得到的快乐于我便是最高的报酬。著作出版后，倘若能引起读书界的讨论(或批评，或共鸣)，这在我看来则是给我的写作予以第二次最高的奖赏。

坦率地说，驱使我写作的第一动力是对一种包罗万象世界观的寻求，即追求一种世界观的满足，陈述世界的诗结构和诗的世界结构的满足。其次才是同广大读者发生共鸣和出于名利的考虑。

《普朗克物理哲学世界》这本书的许多个章节的构思常常是在梧桐

树下，在拥挤的公共汽车上，在医院候诊室，或站在黑夜与黎明的交叉点上悄悄完成的。这本书写得很快的原因有三个：首先是因为普朗克的许多论著都是我的老朋友，老相识。早在北大做学生的时候，我就偷偷地在物理大楼图书馆结结巴巴地通读了它们。另外，“乐而不疲”，始终用一种审美和诗化的眼光去观照物理学和哲学，也是顺手的一个重要原因。最后，正如英国作家劳伦斯所揭示的：“男人工作得最好、最成功的时候，是某个女人在他血管里点燃了一小团火焰的时候。”是的，一团蓝色的火焰，一束蓝色的热辐射，一个蓝色的电磁场。因为爱情最深处必呈蓝色和紫色。蓝色和紫色为短波电磁波，温度越高，短波成分也越多。

在写作过程中，我度过了许多个我自认为是精神富有、灵魂康泰的夜晚，尤其是当录音机里放出 M. 布鲁赫《g 小调第一小提琴协奏曲》的时候。

在这个苦多乐少和充满困厄的灾变世界，大概只有三样东西恒能使我滚滚热泪浇胸：科学、艺术和哲学创造；同冬冬相亲相爱，相依为命；还有天朗气清、惠风和畅的大自然壮美景观。我好像是专门为了这三样醉人的东西才到这个世界上来匆匆走这一遭似的。因为这三者都具有世界的诗结构和诗的世界结构。真正的爱情，必定是具有诗的世界结构的。我的理想正是追求具有这种结构的情爱，性爱。

多年伏案握笔的写作生涯使我深感生命秋收季节的欢快和安慰。它总是用一种无声的语言悄悄地在我耳边述说：写作原来是一种“甜美的苦役”。我特别喜欢这种“苦役”，恰如我特喜欢从《夏天最后一朵玫瑰》这首爱尔兰民歌和肖邦的夜曲中隐隐流露出来的“忧伤的甜美”。

我怎能忘记，1986 年冬天，当窗外刮着西北风，斜飘着小雨雪，我笔下普朗克常数的哲学意义同莫扎特《D 大调第二十六钢琴协奏曲》所具有的绝对美在夜深人静“山雀鸟巢”办公室的自由时间和自由空间坐标系中相撞击、相融合、相共振的亮丽情景。只有自然哲学的最高智慧才配得上莫扎特音乐的绝对美。

体认世界的诗结构和诗的世界结构的幸福是最高的幸福。我想起古希腊数学家兼哲学家毕达哥拉斯因发现了一条定理竟是那样的快活，以至于举行盛宴，把附近所有的穷人和富人都邀请来美餐一顿。

我写作本书的过程便时时分享到了毕达哥拉斯式的幸福，再一次发现了自然科学的优美和壮美以及它的伦理伟力和价值。它们深深地吸引我，恰如莫扎特圆号协奏曲和钢琴协奏曲令我陶醉、迷恋。

也许，我到老到死都会为自然规律这种普遍有效性和神秘的永恒性而激动不已，常常暗自掉下幸福的心泪。我想，就性质而言，这心泪的流淌也是一种爱，一种宇宙宗教感情，当然也是对生命的一种感恩和敬畏。在某种意义上它还是一个白日梦幻者对童心世界的向往。的确，许多年，在我心里恒有一个以童话为中心的世界：月亮为什么只有一个，而星星却有那么许多？热力学第一和第二定律是谁制定出来的？制定者就是造物主吗？在本质上，提出这类问题的人是一个孩子。我希望我在这种意义上是一个永远也长不大、永远任性、对天地人神老爱打破砂锅问到底的孩子。

在这个莫名其妙、难以说清楚的荒诞世界，确实有一些神圣、崇高和令人肃然起敬的东西。一个人的生命日日夜夜同这些东西联系在一起，纠缠在一起，纵使他有许多个患难，厄运和不幸，他也是幸福的，满足的。——宇宙设计中的和谐秩序、严密的结构和优美的组织性，便是我所说的令人敬畏的几件东西。

我发觉我在精神上还没有衰老。心理结构年轻的重要标志是：像30年前一样，我对普朗克常数的绝对美、初冬北京的秋梦湖畔、紫罗兰在五月的微风中摇曳，以及对数学家所发明的那些奇美结构，依旧会惊叹，内心充满了一种新鲜感。数学家经常在物理学家之前很久很久就发明了一些伟大的数学空筐结构，后来物理学家发觉这些结构竟可以容纳下无限广大和幽深的物质世界！于是，在这类惊讶和赞美的心态中，在风摆白桦树叶的一片琤琤声中，我一面设法排遣“宇宙一何悠，人生少至百”的根本惆怅和慨叹，一面还自言自语咏怀于澄和天气：

晚秋黄昏

一只归飞的山雀

所选择的

总是一个幸福的方向

林中静悄悄的草窝

上面高高地悬挂着

像一个残留半边括号的新月

夜半醒来，我才像个哲学家

从像到是，还有一段距离。衡量一个人是不是哲学家，主要看他的精神状态，看他直面世界人生所抱的态度。

大白天，于光天化日之下，我自己横看竖看我自己，怎么也不像个哲学家。因为我无以淡泊，无以宁静，无以致远。

究其原因，恐怕并不是由于我身居闹市，时闻车马喧，使我不能全心贯注、清思于哲学思考，而是因为我自己也卷入了这个世界人生的种种烦忧，同它有着种种怎么也扯不断的切身利害关系。用句戏剧的术语来说，在世界人生这个大舞台上，我自己也是一个演员，只不过是五十亿中外演员中的一个。或者用句佛教哲学的术语来说，我还没有做到万缘放下，至诚至切地单提一声佛号。

太阳底下的一切事物，无论巨细，都是无常不驻的。生是无常，老病死也是无常。若能看破这无常之苦，才能万缘放下，得到自在。

大白天，于太阳照耀处，我怎么也得不到这种哲学家的“自在”，老子管这“自在”为“致虚极，守静笃”。庄子主张静则明，明则虚，虚则无为。无为则无不为。

世界上所发生的事情真是太多，多得我茫然，无所适从。

时间会终结吗？每一条物理定律都需要用时间、空间概念来陈述，没有例外。这是为什么？正是这个没有例外，使我不安，也使我独与天地精神相往来，进入天人合一的境界。我们的生存不也是时空坐标上的一个点么？是一个点，微不足道的点。最近有人用大型计算机算出了具有 2936 万位小数的圆周率 π 值，其长度达 60 公里，相当于 50 本 500 页的长篇小说的篇幅。这种无理性难道就是大自然的深层结构吗？当然还有两个德国的统一，海湾危机，苏联的解体，我有好几个熟人突然死去，又有好几个熟人相继去了欧美，我的白发增加了许多……

我迫切要找个清静幽深的地方把所发生的这一切，把在无常之中逝去的这一切，好好理理，理出个头绪，重新确定人生的意义究竟何在，进入“随缘不变，不变随缘”的超脱境界。

出于这个目的，我会咬咬牙，花上十元外汇券，独自去一家很高雅的咖啡厅坐上两三个小时，特意找一个幽静的角落，海阔天空，沉思默想，使心与气合，思与神会，盘算我的后半生。

我喜欢整个咖啡厅只有三五个顾客，没有烟雾腾腾，外面下着大雨或雨夹雪，里面淡淡的灯光，一位专职弹钢琴的女士在那里弹奏一曲柴可夫斯基的 g 小调《六月船歌》，那悠长、飘忽的甜美旋律像俄罗斯一首民歌，带着一缕淡淡的忧伤情调。这时候，我就会记起《六月》这首原诗的诗文：

我们来到岸边，
水波涌来亲吻我们的脚。
那神秘忧郁的星辰，
在我们头上闪烁。

当柴可夫斯基的小船最后消失在烟波浩渺、千里水天一色处，我可怜的心便会沉浸在一片既甜美又伤感的意境中。这时候，我的精神状态就好像是半个艺术家加上半个哲学家。一个来月的彷徨、迷茫和积郁，便会为之一扫，烟消云散。当我走出宾馆咖啡厅，回首灯火辉煌的高层建筑，我就会暗暗喊出一句：

生命短暂，艺术、哲学和科学永存！

坦白地说，偶尔花费十元外汇券去咖啡厅坐上几个小时可不是出于虚荣心，而仅仅是冲着那里有人专为顾客弹奏世界著名钢琴曲，就像当年的农民咬咬牙进城花上两块银元去听梅兰芳的戏。坐在高雅的咖啡厅，一边沉思天地人神这四重结构，一边听人弹钢琴，同呆头呆脑坐在音乐厅欣赏，其效果总是截然不同的。

我睡眠一向很好。但也有失眠的夜晚，尤其是在夏夜，当没有一丝风，酷热久久固守在屋子里不肯散去的时候。

遇上这种情况。我经常爱走出屋子，走到星空底下，去同星座默默地对话，将大白天从尘世接受来的种种信息和触绪纷然细细反刍一番。

是的，只有走到星空底下，我才会同世界、人生，还有同我自己，拉开一段哲学和美学的距离，深感自己既是演员又是观众，还兼评判。

以一个观众和评判的身份，从一个小小的天窗，或从屋子的门缝里，冷静地、不动声色地观照宇宙间所发生的一幕幕富于戏剧性的事件，从河外星系的累积辐射，到电子自旋现象；从两个德国的统一，到苏联的解体，这于我，就叫幸福，或曰享清福。这很像我小时候花上一角钱观赏拉洋片：一幅幅画，从我眼前一闪而过，我坐着往里头瞧，完全是个绝对幸福的观众。

为什么我们人长大了就不能把自我的一生演变，包括孤独，无助，苦闷，绝望，呕吐和压抑，也当着一串洋片“往里头瞧”呢？

当我知道大小麦哲伦云的质量约为 65 亿个太阳质量的时候，一股强烈的求知欲便在我心中油然而生。要是我今年 18 岁，我准会专攻数学和天体物理，写出一本《时间、空间和物质》的专著。

今天，我多么想动手撰写《精神病患者的世界观》、《自然过程中的因果性与机遇——我对自然的哲学思考》、《绿色哲学——地球母亲的曙光》、《站在 20 和 21 世纪的交叉点上——一个跨世纪人对全球性问题的哲学思考》这几本书啊！我不知道先写哪本好。选择使我痛苦。

在构思这些著作的时候，我好像是宇宙时空大舞台下面的一名观众，为台上一幕幕的戏而激动地鼓掌，有时也会兴奋得落泪。

在夜深静极时，始觉我心中能照明一切，尽烛天地万物之情，得大自在。唯有在这时候我才好像进入了庄子所说的境界：

“圣人之心静乎，天地之鉴也，万物之镜也。”

于是我渐渐明白了一个大道理：哲学家活在这个世界上必须既是演员又是观众，还兼公正的评判。

做宇宙公民，就是当宇宙一名观众，做宇宙一名公正的评判员：“原天地之美而达万物之理。”

初秋海滨的夜空，云彩瞬息万变。遇上编号台风登岸前夕或过后，东南风劲吹，乱云飞渡无常，排列组合成各种几何图案，蔚为壮观。

久久仰视，气感风云，经天纬地，肃穆飘然，这时候，也只有在这个时候，我才不再为前日粮店少找给我三斤粮票而耿耿于怀，才顿觉胸中利害如洗，内心波澜惊绝，我才像个哲学家。从像到是，恐怕还有一段距离，我正在努力缩短这段距离。

爱挑剔的读者请莫怪我在笔下经常重复出现对西方古典音乐的一往情深和对天文学的敬畏之心。老实说，我这一辈子恐怕是离不开这两样东西了，就像树叶的颤动离不开阵阵的风，磁效应离不开电流，热现象离不开电磁辐射。

西方古典音乐教我懂得对绝对和谐的感慨万千，造就我像半个艺术家。天文学，那河外星系的亮度函数，那星协的起源和膨胀原因，才给予我作为一个哲学家的全部应有的胸怀：

天高地迥，觉宇宙之无穷。

我毕竟是幸福的，这尤其是在深夜一两点钟，我一个人在清风与明月同夜之际，在空荡荡的西营路街道和川扬河边散步的时候；尤其是当一阵凉风从几十里远的海边吹来，树叶不住地在那里颤动。我把这颤动看成是大自然的一种脉动，一种语言，一种神奇的密码。解这密码，揭示它的本质，同揭示光的本质，电的本质，恐怕都同造物主有关。

我之所以看起来像个哲学家，那是因为只有在夜半醒来的时候，我才骨清神正，才同我的世界真正在一起，就像柳树的枝叶同根真正在一起，蚯蚓同潮湿的泥土真正在一起，指挥同乐队真正在一起。

进入“知天命”人生阶段的标志，进入“晚秋”的信号，不是什么“悲哉秋之为气也”的感伤，而是不论我走到哪里，我总是牵心挂肠我拥有的世界。

我并不觉得自己渺小、卑微，不论我走到哪里。

我不是孤单单一个人。
我拥有我的世界与我同在，
就像物体与它的影子同在。
我实在是我的世界的投影。
没有我的世界，哪来我？
我的存在又有什么意义？

音乐与人生

——我和古琴曲《平沙落雁》

这是有关我的灵魂状态的一则小故事。它没有离奇、曲折的情节，只有揪心动肺的情态。时间是1977年和1978年冬春之交，地点在北京故宫深深庭院。

当时，我正在为调动工作疲于奔命；要告别工作了多年的中国农业科学院调往中国社会科学院，内心既惆怅又激动。因为从今以后我要站在哲学的尊前公开说话，并且决心献身于哲学的智慧。我意识到，这是最后一次自我发现，也是我生命中的最后一个必然。

一个下雪天，我突然萌生独自一人去故宫深院走走的念头。别人游故宫，总爱选择风和日丽的天气，我则喜欢挑一个斜风细雨或纷纷扬扬的落雪天。我的理由其实很简单：雨雪天的气氛，同故宫的建筑场、历史哲学更为协调，更为和谐。

故宫里面游人极稀少。与其说我是在参观珍宝馆和贵妃的起居室，还不如说我更喜欢在小小的极幽静的庭院内徘徊、踯躅和沉思默想。突然，从安装在屋檐下的播音机里放出了古琴曲《平沙落雁》，音量很小，仿佛是随着寒冷的北风，掠过西伯利亚的贝加尔湖、蒙古大草原和长城两千多年的历史山谷，轻轻飘落到皇宫深院里来的。

在这之前，我在音乐厅曾不止一次地听过这首曲子，但都不如这一次感触深。究其原因，不外是我的心境和周围古老建筑场的衬托。其实，人的心境也是一种场。当音响构成的场、人的心境场和周围的建筑场这三者发生共振的时候，旋律和律动才能打进人的内心，才能荡人心魄，顿起波澜。

传说《平沙落雁》的作者是唐朝诗人陈子昂。也有人考证是宋代毛敏中和明代的朱权。我则倾向于是陈子昂。这是我的感觉透露给我的。我觉得这首古琴曲只能出自陈子昂的手笔。因为他既能写下“前不见古人，后不见来者；念天地之悠悠，独怆然而涕下”的诗句，当然也就能谱出《平沙落雁》。两者都是千古绝唱，是同一境界的两种表述，就像水和水蒸气的化学分子相同，形态各异。《平沙落雁》好比是水蒸气，因为音乐是最抽象的艺术，它既无形，也无象，缥缈得很。

设想陈子昂在晚秋的一天，看见远处山映斜阳天接水，一群向南飞去的大雁缓缓悠悠地落到沙洲上来歇脚，因触景生情，顿起幽思，便渐渐化成了乐思。整个曲子的基调好像是由两个对立和矛盾着的主题构成的：动与静，有涯的生命与无限的天地，短暂与永恒，善与恶，光与暗，爱与恨，有意义与无意义……

雪仍在下，静悄悄地落在古瓦上，落在古树上，落在贵妃、皇后和太监曾经走过的古道上。《平沙落雁》的古旋律还在周遭回荡着。那么，当年在宫墙内发号施令、享尽人间荣华富贵的皇室成员如今都到哪里去了呢？没有留下他们的足迹。这里只有皇宫建筑师、木匠和瓦匠的作品；只有音乐家创造的旋律；只有大自然的四时代序、冬去春来或叶绿叶黄在依旧运行。唯一遗憾的是，我已有多年没有看到人字形的雁阵从我头顶上空飞过了，那可不是大自然的疏忽或过错，而是人破坏生态环境的恶果。我想起一句古人言：人有悖天理之时，天却无绝人之路。

我要感谢故宫，是它的建筑场帮助我听懂了《平沙落雁》。在故宫，只能播放中国的古筝、古琴曲作为气氛和背景音乐，若播放摇滚或美国午餐音乐，就准会砸锅，因为气不通，场不对。

也多亏了我当时的心境，否则这首曲子就无从入手刻画我的波澜起伏的灵魂状态：追求变化，又渴望永恒；想冲决有限，又害怕无限；觉得世界有意义，又没有意义……是的，人生不能没有音乐，恰如人生不能没有恋情。

墓地文化艺术

今年4月落成的上海著名钢琴教育家范继森、范大雷父子墓地那独特的三角钢琴造型，在当代中国墓地文化艺术创作史上当占有一席不可小视的地位。因为它结束了一个压抑的时代，为一个新时期拉开了序幕，翻开了新篇章。

中国墓地文化艺术有悠久历史。它达到过的高度是世界奇迹性的，令人啧啧赞叹。陕西秦俑一、二、三号坑和北京明十三陵便是明证。中国平民百姓的墓地也不乏其艺术价值。少年时代，我在江西农村外婆家见到过清朝咸丰、道光年间的坟墓，那坟堆、碑石的立体几何造型和构筑的氛围，既体现了中国哲学对死的含义的理解——生寄也，死归也，又体现了中国古诗对淡泊、简远和清旷美学境界的追求，尤其是当秋风乍起，白杨萧萧，一只黑头噪鸦掠空而过的时候。

很遗憾，自1949年以后，尤其是"文革"十年，中国再也没有墓地文化艺术创作了。两千多年的传统中断了。这是我们民族遭劫难的后果。墓地文化艺术创作也要有个前提：活着的人有鲜明个性，并允许表现个性。但在极左时期，表现个性是犯忌的，危险的。当年八亿人穿划一的蓝制服，看八个样板戏，你要求死后有体现个性墓地又怎么可能？这期间，中国文明史上出现了一个史无前例的墓地文化艺术空缺或断层是不奇怪的。在南昌远郊的西山，我就见过六七十年代一个规模很大的平民坟场，着实叫我扫兴。因为我原想在那里找到中国墓地传统的宁静、肃杀和风声簌簌，但那里的氛围令我失望。坟堆和碑石竟是一大片的单调、枯燥和简陋，构不成任何空间几何优美图案。(请注意，是简陋，不是简洁。简陋是一团噪音，简洁则是诗的和谐，优美的律动。比如在欧洲，仅用两根白桦树干做成的乡村墓地十字架便具有简洁的神韵和幽静)那千篇一律的简陋，加上混乱、嘈杂和压抑，没有丝毫个性可言，令我想起他们活着的时候身穿一样的衣裤，每个季度去排队领粮票油票，坐在一起"斗私批修"，"天天读"，或振臂高呼"永远健康"，"万寿无疆"。

活着不能有个性，死了也不许你有。这是做中国人的大不幸，也是一个时代的大扭曲和大荒诞。好了，这时代结束了。今天的中国人很可以活出自己的个性，死后也允许表现个性，这就为当代中国墓地文化艺术创作的繁荣提供一个前提。范氏父子墓碑上面的那架大钢琴造型则是个很别致的开端。去年，我在欧洲参观过不下一百座墓地，也不常见能高度概括死者生前的个性和苦苦追求的雕塑，包括巴黎肖邦墓和比才墓。

作为一项预测，我确信，当代中国悄悄开始了墓地文化艺术创作新时期。中国人只有一丘黄土盖脸的荒凉时代结束了。当然，墓地文化艺术的繁荣还有另一个前提：活人艺术世界的多姿多彩。它的风格实际上是该前提在彼岸的投影和折射。正因为有这层关系，秦俑二号坑的发掘对古代艺术史的研究才有重大意义。

欧洲墓地给我留下了深刻印象。在一些大科学家的墓碑上，刻有物理数学公式，表明他们一生取得的成就；在人作曲家的墓碑上，则往往刻有一句千古绝唱的旋律；在费尔巴哈长眠处，刻着他的名言："是人创造了上帝，而不是上帝创造了人。"

去这样的墓地走走，其实是去翻开一部激动人心的书。灵拔高了，魂净化了，生命的价值、目的和意义比先前更明确。这便是我重视墓地文化艺术的缘由。

在巴黎墓地，有成百个世界级的文化艺术创造者在那里安息，成了文化旅游胜地之一。我希望到下个世纪末，北京、上海也有叫人流连忘返的坟场，碑上刻着伟大的物理数学方程和永恒的乐句，其时春有草树，山有烟霞，或远处有天风海涛，一弯新月斜挂。

中国山水画的精神境界

心情好，一点也不觉得烦躁、灼热和焦虑的时候，我决不会翻开宋朝马远的《山径春行图》和明朝沈周的《仿大痴山水图》。即使翻开了，我的心眼也看不到，视而不见。欣赏中国山水画要肉眼和心眼并用，而且心眼更为重要。

我喜欢中国山水画的理由也是我对道家思想心向往之的理由。独立于“道”之外的中国山水画是没有的。从五代的荆浩到清初画坛几位大师，无一不是道家或深受道家思想影响的艺术家。

中国山水画所追求的境界不外是醇古秀雅，极尽苍茫之致；再就是雄浑之神，静逸之气。

我喜欢中国山水画，归根到底是我喜欢它在宣纸上所表现出来的境界。在即心即境，神守其舍的氛围中，道便会自然而然地出现。这个道便是绝对虚静的心灵。我渴望这绝对的虚静，尤其在今日的大上海。

现代人一旦同道在一起，便仿佛沉潜到了太平洋最深处的底部。无论海面上有多么大的惊涛骇浪，这底部仍然保持着绝对的虚静。对于人生，这虚静当是至关重要的。一天 24 小时，你可以在万丈红尘中拼搏，可以“下海”，从事第二、第三职业，但上床就寝前半小时则无论如何需要得到灵的虚魂的静。对于我，欣赏南宋山水便有缓解现代人的压抑和焦虑的功能。或者说，它有解毒的作用，消炎的作用。要知道，人的精神也会有炎症的。

现代科学技术有破坏大自然本性的弊病，而中国山水画的功能之一恰在于教人敬天地之性而不敢亵。——这正是人之为道的核心所在。

同中国山水画在一起，就是同天地之道共呼吸。

目前，中国人还比较贫穷，正在拼着命追求物质财富。再过二三十年，一旦我们的生活水平达到或接近今日日本国民的生活水平，我们渴望中国山水画的心情将会更迫切。

据我所知，从 1965 年至 1975 年，日本人在拼死拼活追求空调、汽车和私人住宅。从 1975 年开始，这种追求发生了逆转。现在追求精神财富的人数是追求物欲者的两倍。

预料二三十年后，中国山水画的精神境界将为越来越多中国人热烈追求。我指的是追求的阔天长和秋山明净的飘逸。如果到那时候中国的山河、原野、溪流、湖泊和树林被工农业技术污染得不成样子，那么，热爱中国山水画的人将会更多，更踊跃。——我相信，未来的岁月，将为我现在的预测作证。

我与德国理论物理学家玻恩的论著

先生滴水之恩，

学生必以涌泉相报。

玻恩(M. Born,1882—1970)给了我一个世界观，使我在黑灯瞎火，飓风骇浪的困厄日子里，绝处逢生，为此，我要终生对他怀着感激之情。

1969年5月底，我从“牛棚”释放出来。同时宣布把我下放到辽宁兴城“五七”干校接受改造。我心里明白，此去颇有流放西伯利亚的味道。

离6月底出发还有一个月。按道理要做些必要的物质准备，比如缝缝补补呀，添置冬天的衣服鞋袜呀，因为毕竟是去关外东北；当然还有蚊帐，肉末辣酱之类。——所有这一切，我都没有考虑。我自知我是个抗寒品种，且习惯“粗饲料”。十多年的集体生活早已将我培育成了一位“世路如今已惯，此心到处悠然”的逆旅过客。

我感到最迫切需要的是为自已准备一些精神食粮，以便在内心世界筑起一个胡桃核，一个坚固的要塞，在荒漠的人生旅途上掘一道隐蔽的甘泉。我想到，除了随身携带几本数学书外，还必须偷偷地带上几个有关自然哲学智慧的经典。玻恩的 *Physics in my gen-*

eration(《我这一代的物理学》，1956 年第一版）和 *The restless universe*（《不息的宇宙》，1951 年版）以及 *Natural Philosophy of Cause and Chance*（《因果与机遇的自然哲学》）是我最先想到的三本。我利用中国农业科学院的集体借书证，从中国科学院中关村图书馆将这三本书浑水摸鱼地偷偷借了出来。我之所以要在这里使用“偷偷地”，“浑水摸鱼地”这类副词，因为这些书籍不对农业科学的口，而且它们归根到底传播了资产阶级哲学观点，尽管是一种自然科学的哲学，但毕竟是一种“毒品”，倘若被发现，就要遭批判。当然，自然哲学的阶级性比起人文哲学的阶级性怎么也要淡化些，不容易太上纲上线，置人于“反革命”的可怕境地。

人活在世上该冒点风险的还是要冒，否则不如一死。

当时的中国没有复印机，所以只好手抄。日夜抄了一个月。我特意用了几个小笔记本，为的是下放时便于隐藏，携带。6 月 30 日集合出发去北京站的时候，在我的口袋里就装有其中两个小本本，密密麻麻的全是手抄英文，准备随时随地进行“反刍”，细细咀嚼。另外还可以提高英文阅读能力。

刚到干校，并没有分配我放羊。我先在食堂包干挑水。一天挑四十多担，一个来回计百米左右。开始半个月两个肩压得大红肿，但我喜欢干这重活。因为它利索，有点个人自由，能逃脱众人的监视，偷闲读几页数学和玻恩的论著。每天清晨，天还没有亮我就提早半小时起床，为的是跑到食堂后面的一排白桦林中去看几段玻恩的真知灼见。我永远不会忘记我借助于白桦树的树皮反射东方天边鱼肚白的一缕晨光熹微仔细同玻恩交谈的情景。今天回忆起自己当年这种“冬月映雪读书”的精神，颇有些自豪感。

从井台挑着一担水，往食堂走的路上是难以进行思考的，但每回挑着空水桶往回走的时候，我便将刚在白桦林中匆匆读到的东西不断回味，反刍，吃透其含义，优哉游哉。那硬语盘空，吞天浴月的论述，默契神会，教我飘然不群，深叹其思想之广、之精微。

“真正的哲学精神即为了真理而研究真理的精神。”(a true philosophical spirit: the search of truth for its own sake)——玻恩如是说。当我默默地用英语背诵这句文约而义丰的话语,心中颇有一股扬眉吐气、激昂青云的豪情。我想,这大概就是陶渊明所说的"好读书,不求甚解,每有会意,便欣然忘食"的情趣吧。

事实上,真正的纯粹数学研究和理论物理学研究,都充满了一种真正的哲学精神。那最初隐蔽蕴藏着的宇宙本质,必然会向勇毅的追求真理者披露它的奥秘,将其宝藏公开给他,让他享受。我深信,推进科学发展的一个巨大动力是探求未知事物的好奇心理和冒险精神,而不是获取什么实用价值。要知道,核裂变或核聚变可产生巨大的能量这一发现来源于自然哲学家(从古希腊哲学家到普朗克、海森伯、普朗克、玻尔、哈恩和爱因斯坦)企图了解物质结构的努力,而不是为了寻找新能源才发现的。

当时我正在阅读魏尔斯特拉斯定理。该定理的要害是说,可以用某一多项式(如代数多项式级数)以任何预先指定的准确度逼近任一连续函数。

这一重要定理的发现来源于 1885 年魏尔斯特拉斯这一追求纯粹数学真理的考虑:如果函数可以展开成幂级数,并能保证用多项式来逼近函数到任意精确度,那么,它的反命题是否也正确?事实上,函数 $f(x)$ 在区间 (a,b) 上可以用多项式来一致逼近,完全等价于函数 $f(x)$ 在这个区间上可以展开成一个一致收敛的多项式级数。

我特别喜欢"一致逼近"这个术语,这个概念,因为它符合我的认识论,符合我对世界的理解:

因为人类追求真理的过程在本质上也是一个多项式序列(当其次数无限增大时)对外部实在世界的一致逼近。

是的,我喜欢玻恩,因为他能启发我进一步思索世界。他给我的不仅仅是知识,而是智慧,是一个奇妙的着眼点。有了这个眼点,我便可以达到与万物一体,宇宙在我的境界;有了玻恩给我指出的眼点,我便能心神奔驰于内,欣然自得。

那些年，政治运动不断。狠抓“5·16”之后又是“一打三反”。每天开批斗大会直到深夜。幸亏我可以思想开小差，否则我准会发疯。

在全场挥动着语录，高呼“万寿无疆，永远健康”的时候，我心里却在偷偷举着我的小笔记本，脑子里仍旧在“反刍”玻恩这句话：在普朗克关系式 $E=h\upsilon$ 中，E 为光子能量，它集中在很小的粒子中，而 υ 为波的频率，却需要用一个无限的波列来定义。

我意识到了自然界的这种荒诞结构：它既是粒子又是波。按人类理解，这是一个根本性的不合理：量子公式居然把粒子的能量和波的频率等同起来，集于一身！

后来，放羊的时候，每当我登山远望，看着浩浩风起波，冥冥日沉夕的景色，我还在想起自然界的这种根本荒诞。不，也许是人类思维方式的根本荒诞。

玻恩是犹太人，能弹一手好钢琴。早年是著名哥丁根原子物理学派导师。希特勒上台，他流亡英国。1953 年退休，决定回到联邦德国。1954 年荣获诺贝尔物理学奖金。“文革”前我经常读他发表在报纸杂志上的讲演和论文，真是一篇不漏。我最后拜读他的一篇论文是发表在 1965 年英文版 *Universitas* 杂志上的《符号与实在》，翌年便发生了“文革”，随即我便中断了同玻恩的“联系”。

1973 年的冬天我才知道他死于 1970 年，享年 88 岁。那是我休探亲假回北京，抽空去中关村中国科学院图书馆浏览联邦德国一本著名杂志《物理新闻》(*Physikalisehe Blatter*)得到的信息。

他的终焉之地是哥丁根。墓地是一张特写照片。碑石上刻着他一生最高的成就：

$$\mathrm{Pq}-\mathrm{qP}=\mathrm{h}/2\pi\mathrm{i}$$

这是 1925 年的发现。这意味着坐标 q 和动量 P 不是用数值来表示的，而是用符号。其乘积依赖于因子的次序。

哦，符号！人是创造各种符号的生物。1993 年 10 月，我造访过玻恩的墓地。我一个人在那里呆了很久。我凝视着碑上的公式，想起他一生神游天地间，可以无愧矣；当然，我还想起他的心思微、魄力大的胸襟：微者条理于公式中，大者磅礴乎公式外。我想起用这样两句来概括玻恩的一生："俯仰无愧天地，褒贬自有春秋。"今天在我的书房便有这副对联，它出自中国画画家袁婧薇女士的手笔。

上述公式的发现曾使玻恩激动不已。他说，"就好像一个航行很久的水手远远看见了陆地"。我理解玻恩这种纯粹的幸福。这是典型的明其道，不计其功的幸福。

自那以后，我会经常无缘无故突然记起玻恩的坟地和墓碑上面刻着的那个奇特的量子力学公式。那是属于哥丁根学派形式的量子力学。我会暗自追问：那个公式是不是出自上帝之手呢？

1882 年玻恩出生在东普鲁士西里西亚省的首府布勒斯劳，现在划归为波兰领土。1988 年 11 月 2 日我赴民主德国访问经过波兰大草原进入昔日西里西亚省的时候，我又自然想起玻恩及其论著，想起他在青年时代呆过的布勒斯劳天文台。一百多年前德国天文学家和数学家贝塞尔也在这里生活过，思考过。

我不会忘记我的精神导师，不会忘记玻恩那一语胜人千百、够我终身受用的自然哲学论述。

在我眼里，玻恩是仅次于上帝的人，因为他写下了那个公式，一生做了那么多的事，仅那本《光学》专著就够神气的了。

我和鸟类世界

尽管我热爱昆虫世界，但我的爱还是很有些保留的。比如对臭虫和跳蚤我就怎么也爱不起来。

对鸟类世界，我只有“热爱”二字。的确，我还找不出有我憎恨的一种鸟雀，哪怕是在我们中国民间宣布为不受欢迎的不祥之物乌鸦，我也照旧对它抱有满腔的热情。

乌鸦和喜鹊

中国民间对喜鹊一向抱有好感，认为它是吉祥之物，它的来到有喜事临门的预兆。比如 1961 年 7 月的一天早晨，有只喜鹊飞来站在我家那幢清末老屋的屋顶上鸣叫了好一阵子，顿时，我母亲便喜出望外。果然，下午我便从北京大学毕业回到家乡江西来度假。晚上，我家那头走失了整整两天的大肥猪也自动跑了回来。

母亲是很迷信喜鹊同人间喜事临门有严格因果关联的，对此我却报以一笑。但我从不在母亲面前戳穿这关联是不存在的。事实上,1948年我弟弟患脑炎夭折,那天清晨也有只喜鹊在我家屋顶欢叫了好几声。这又作何解释呢?可见喜鹊的欢叫同人间的哀乐并没有什么因果关联,恰如上海某市民8点半钟腹泻,9点半美国旧金山便发生了5级地震这两个事件并没有任何因果关联一样。

喜鹊之所以讨中国老百姓喜欢,估计同它的鸣叫频率和音色有关。那短促而爽朗的叫声给人的主观感觉是欢乐、活泼和明快,颇有风扫残云的味道。

喜鹊之所以能成为希望或盼望的象征,还因为它总是在早晨8点左右开始飞到高高的树上或屋顶(根据我早年的观察,是江西清朝末年老屋或50年代北京四合院的屋顶,而决不是今日上海希尔顿或花园饭店的屋顶)上去鸣叫的缘故;那叫声恒伴着久雨初晴朝阳的照耀,给屋主人以充满希望的心理氛围。其次便是因为它的鸣叫的姿势又总是翘尾抬头眺望远处的缘故。

以上三条都是喜鹊的生活习性。中国老百姓硬是把它移情,并加以人格化。

我对喜鹊还是抱欢迎态度的,决无半点敌意。设想下了一个星期的春雨,突然放晴,打开窗,让明媚的朝阳和喜鹊的欢唱一块放进屋里,有什么不好?——我始终把喜鹊的鸣叫看成是莫扎特交响曲的第三乐章:小步舞曲。里面仿佛有单簧管在吹奏。记得1993年5月14日我来到统一后的德国睡了第一夜,第二天早晨便是被树上的喜鹊叫醒的。

乌鸦的形象及其叫声则全然不同于喜鹊。乌鸦是凄凉和悲哀的象征。它既无沉静有深刻。究其原因,我估计有以下三个:

第一,它多半在夕阳西下或暮色苍茫中出现。在唐诗宋词和元曲中,昏鸦永远是主角之一。如果把有关昏鸦或寒鸦的句子拿掉,那么,中国古诗词便会出现浅薄。要是再把晚钟、夜半隔山钟或远寺钟声带夕阳这类句子拿掉,那么,中国古诗词的魅力便会顿时减半。

寒鸦比喜鹊深沉,更富有哲理,是因为夕阳比朝阳深沉的缘故。朝阳是开端,是青少年;夕阳则是终结,是暮年,是饱更事变、拥有丰富内外阅历的晚年。

第二，乌鸦总是同死亡纠结在一起。我确信死亡同乌鸦的确存在着某种生物学的因果关联。据说，它对动物腐烂的尸体特别敏感。它的嗅觉在几里路以外便能闻到从尸体散发出来的化学物质。于是乌鸦便同死神构成了一个永远叫人猜不透的、无法破译的元(原)句子。世界人生第一哲学原理正是由这个象征性句子写成的。

这便是我更热爱、更看重乌鸦或昏鸦、寒鸦的理由。因为从它身上，我经常读出世界的诗结构，尤其是当它振翅，袅袅地、不慌不忙地向着天边最后一缕晚霞飞去的时候。

我永远忘不了，六岁的时候我母亲牵着我的手，步行三四华里去麻家岭探望外婆的情景。回来的路上要走过一墓地，其时夕阳衔山，在一座新坟的坟头上用土块压着几张有好些小洞眼的纸钱，墓碑前还有一点剩下的香火在那里燃烧，缭绕。

秋风乍起，西北浮云，突然有只昏鸦惊空而过。待那“呱呱”低沉的叫声消失在乱坟荒冢的周遭，世界便是一片寂静。

“妈，我怕！”我记得我用双手紧紧抓住母亲的衣角。

这不寒而栗的经历恐怕是童年我最早的一批记忆了。后来，这类经历便将我一步步推上了哲学思考的道路。

50 年代我在北大上学，经常一个人逛圆明园的破败和荒野，其中最令我难忘的，也是那里的残冬和黄昏落日，以及寒鸦数点，又拣枯树深处飞去……

70 年代初，我在辽西海边放羊。夕阳西下，我赶着羊群归圈，常路过荒坟一角，衰草寒烟，当晚秋的海风吹来，有只寒鸦霍地“呱呱”腾空而起，我又一次不寒而栗。这种性质的战栗比起十部中外哲学经典教给我的还要多，还要深刻，还要生动。

1993 年深秋，我在德国、荷兰和比利时三国交界处的乡村墓地也经常见到西欧的昏鸦或寒鸦。它所营造出来的氛围原是普遍世界的哲学，并迫使我追问：

我是谁？我为什么来到这个世界？我从哪里来？我最后回到何处去？

我又一次发觉：原来我需要通过一次次忧郁和战栗才能认识自己和世界。我就是这样渐渐成熟起来，四十不惑，五十知天命的。

最后，我想说，是乌鸦的低沉叫声给人以深沉感。喜鹊和麻雀的“叽叽喳喳”鸣叫才造成了它们的浮躁和浅薄。

不过，从物种分类来看，乌鸦和喜鹊均属鸦科，乌鸦有许多亚种，名称都很诗意，像星鸦、红嘴山鸦、秃鼻乌鸦、大嘴乌鸦、松鸦、黑头噪鸦、黑色型寒鸦、黑白寒鸦……

我喜欢荒寒中的昏鸦，许多年我一直把它看成是我的哲学思考的导师。迁居上海十二年，我一次也没有见过归林的寒鸦。因为在这里的生态环境连乌鸦都存活不了。上海作为一座大城市显得浮躁、浅薄，这兴许也是一个原因。在莫斯科和莱比锡的街心公园，我就见过成群的、一点也不怕人的黑型寒鸦在人行道上觅食。这无疑加深了这两座城市的哲理沉思的氛围。

老鹰——空中霸王

老鹰是我们老家农民对这个生物种的称谓。诗人叫它“雄鹰”；鸟类学家则把它分成苍鹰、雀鹰……

我不是生物学家，我不知道地球上的鹰科究竟有多少个亚种？一百年前有多少，如今还剩下几种？现代工业文明使许多物种灭绝令我忧虑.

1950 年我在江西外婆家放牛，还亲眼见过老鹰在天空翻飞和俯冲下来抓打谷场上小鸡的情景。事隔四十五年，母鸡的不畏强暴依然令我肃然起敬：

为了保护十几只小鸡，老母鸡硬是挺身而出，张开翅膀，敢于同比自己强大千百倍的老鹰对抗。

这是有关大自然伟大母爱普遍性的最生动的一课。母爱是造物主的安排；老鹰抓小鸡则是造物主的设计。两者是矛盾的对立。

赞叹老母鸡的伟大爱和怜悯小鸡的遭遇是对的；崇拜老鹰的强悍、霸道不可一世，以及它的雄风，也没有错。——要知道，生存竞争法则是大自然的法则。大自然即上帝，即天道。

大自然是没有良心、道德法则的。猫吃老鼠以及狼群吃掉老弱病残的野羚羊便是天经地义。人类社会则不能没有道德法则，不能没有恻隐之心。不过，在漫长的进化史上，人类的道德、良心起源于什么时候呢？

苍鹰的食物以田鼠为主；对其他小鸟和蛇类，它也感兴趣。1969—1972年我在辽宁放羊便见过成对的苍鹰在天空翻飞、不断鸣叫的情景：ga-ha，ga-ha……

后来，我便很少见到，听到。估计是锦西化工厂的浓烟破坏了周遭山地次生林——苍鹰赖以生存的生态环境——所致。

雄鹰的所作所为是很男性的。我爱雄鹰，因为我推崇雄风，赞美“鹰击长空”的潇洒、意志和胆略，赞美它的进攻性，野性。如果说，寒鸦是出世的象征，那么，雄鹰便是入世的感召：要及早去建功立业，有所作为。

在我身上，好像既有“寒鸦情结”，也有“雄鹰情结”。只有这两个“情结”合起来才是真实的、完整的我。

我为什么要伏案写作

——我生活在我的世界里

叫我如何来回答这个提问呢?

你不妨去问一问小鸟为什么要清唱枝头?白斑鹿和羚羊为什么一发现危险就立刻飞奔起来,逃之夭夭?蛇为什么要脱去一层皮?春蚕为什么要吐丝作茧?人为什么会做梦?碰上做好梦时,都后悔不该醒来,不愿回到处处是不尽如人意的现实世界。

小时候,我玩过铜板。有一回我梦到我在爬山,山坡上遍地都是广东省、江西省、湖北省和湖南省铸造的铜板。我欢喜若狂,把铜钱一一收集起来。回家时,将一口袋铜板倒在抽屉里,那叮咚会合起来的一声巨响把我从梦中吵醒,我是后悔不及,惋惜不已。

我写作,就像我在做一个个好梦,甜梦。梦醒了,又再做。当然我做写作梦是日梦,是醒着做梦,而不是夜梦。日梦比夜梦高贵。

也许,我之所以要写,主要理由还是因为只有在写作的时候我的灵魂才能安定下来,烦躁和焦灼才会变成平静和清凉,内心一片混乱才会变成秩序井然,无家可归感才会变得真正回到了自己的家园,把棉大衣脱去,坐在沙发上,听火炉里毕毕剥剥的燃烧声音,北风在窗外一个劲地呼号……

也只有在伏案写作的时候，我才成了世界的回音壁，成了 20 和 21 世纪交接点上的反光镜，内心颇有一种风流、潇洒的自我感觉；这是一种内在的风流、潇洒，我追求这种格调，这种生存方式。

只有在伏案写作的时候，我好像才成了一位世界公民。因为这时候，我才面对着全世界说话；面对着我的世界哭、笑，或又是哭来又是笑。

一个人活在这个多灾多难的世界上，只要有个安心立命之处，即便是外界有种种困厄和灾难，也可以抗得过去的。

一个人活在这个多灾多难的世界上，手头上只要有件无法搁下、叫你日夜牵心挂肠的工作在做，你才能变得无比的执著坚强、顽强，转危为安。

而写作对于我，正是这样一个安心立命之处，正是这样一份工作。伏案写作使我的内心世界变得正常、清吉、平安。

活在这个世界上，我处处、事事都不能自己做主，只有在屋子里写作的时候，我才能自作主张，自己说了算，不再受委曲，仰人鼻息。

既然如此，我为什么不写呢？

13 年前，我做梦也不曾想到，写作会成为我生命存在的内容和形式。如今，我和写作的关系已成了相依为命的关系，就像寡妇和她的孤儿相依为命；天空和海水相依为命；物理世界同数学相依为命。或者说，我和写作的关系有点像牧羊人和羊群的关系，只是我说不清，谁是牧羊人：我还是我的世界？

我愿我的世界是牧羊人，我是羊群；

我愿我的世界引导我去寻找丰盛的牧草，去觅寻荒漠中的甘泉；

我愿我的世界带领我走出迷途，走出焦虑和烦忧的大峡谷。

是的，我经常是在焦虑、烦忧的时候动手写作，就像一位虔诚的基督教徒在焦虑、烦忧的时候开始祈祷：

“上帝啊，求你发出你的亮光，引导我从黑暗走向光明，从不安定到安定，从混乱到秩序。”

有一回，我因为没有评上正教授，内心不免有点混乱，有点黯然，失去了平衡。黄昏，在走投无路的时候，我开始用散文的笔触写作《人在茫茫的开放宇宙中》。当我写到最远的类星体，写到它的辐射源离地球竟是这么远，以至于它的光到达地球需要二百亿年的时候，我的脸刷地一下红了，为我没有当上正教授的沮丧和耿耿于怀，为我在这个小小地球上的患得患失！

深深赞叹宇宙规模、年龄和结构的宏伟，会驱赶掉我内心的渺小和卑微，就像莫扎特的钢琴协奏曲能冲刷掉落在我灵魂深处的厚厚尘埃。

我拿起笔来写作，其实就是以水墨、淡彩抒写峰峦浑厚、烟林清旷的大自然，抒写自己的洒脱襟抱。

也许除了写作，其他事情我都不愿干，也干不好。种田、开机器、当外科医生、做公司总裁、当文化部长或是去开电梯……对我都不合适。

唯有写作或去山坡放羊这两件事才能使我自由自在，得心应手。这是多年经验证明了的。我之所以喜欢放羊，因为我可以得闲暇，着色山水，面对山深草木绿默默抒发自己的胸臆和襟抱。其实那也是一种写作，不用笔和稿纸的写作。

最近十年，我经常处在这种情况：刚把一部 20 万字的书稿用快件寄交给出版社，我就会吹口哨，进入一种轻松的心境，有种解放感。但三天一过，人生的大空虚又会猛然袭来，觉得整个人（全身心）都是飘荡的，无着落的。于是我马上又要动手写另一本新书，一本全然不同于先前主题的书，且跨度很大，比如从西方古典音乐突然跳跃到自然哲学：因果过程和随机过程；或从对艺术世界的哲学沉思，猛地跳跃到对精神病患者世界的探索。这有点像是一只骚动的漂泊鸟。

总的来说，我伏案写作就是“心与造物者游”，或如庄子所提倡的：“独与天地精神往来”。

探讨世界或宇宙的因果过程和随机过程不是“独与天地精神往来”是什么？

同办公室的人常对我说：“赵兄，你生活在你的独特世界里，自得其乐。”

此话确实不假。

我想起我有位朋友的儿子，患了二十多年的精神分裂症的儿子。过去他发疯，乱喊，乱打人，现在安静下来了，就像一座不再喷火焰和岩浆的火山那样太平。他整天在想自己的心事，有时在喃喃自言自语，还发出格格的笑声。外界的一切，他都很淡漠，从不过问，即便是周围起火或发生大地震，他也无动于衷。

和他相似，我也整天价日生活在我的世界里。我写作，其实是我在喃喃自语。但同他又有两个大区别：

（一）我同时也关注外部世界的一切重大事变。即便是马路上一个弃婴，也能扰乱我内心世界的平静。

（二）精神病人所生活的世界是绝缘的，它无法同其他（千百万正常）人的世界交流，沟通。我所生活的世界却能很好地同他人的世界相互交流，沟通。近年来，我经常收到全国各地读者的来信就很能说明问题。

比如，1992 年 5 月，黑龙江省绥化铁路防疫站有位读者给我写信："我今年 29 岁，1987 年毕业于南京铁道医学院预防医学系。两年的高中生活和五年的大学生活是在追问天地人的一连串'为什么'度过的；有时候甚至很痛苦，好像有轻度的强迫症。1987 年一个偶然的机会我买到了您的两本书《科学·艺术·哲学断想》和《哲学与当代世界》，一下子如获至宝，一口气读了好几遍，再也放不下来。书中每句话，每个字，好像都是专门为我写的，使我在多年黑暗的摸索中终于找到了一个出口，来到了一片明净的天空底下，终于找到了人生的归宿——精神家园……"

我在这里要对广大热情的读者说声："谢谢了，谢谢你们看得起我，喜欢读我写的书！"

既然如此，既然我的内心世界能同千万个读者的内心世界息息相通，我在稿纸上的喃喃自语以及毫无忌讳地哭和笑，能引起好些人的共鸣，我为什么不写呢？

当然也有人批评、嘲笑我写的东西。说我的书毫无用处，既不能创汇，增加一元银行存款，更不能帮他弄到二室一厅的住房。

这类嘲笑全来自那些重物质生活、轻精神生活的人们。他笑我，我也笑他。当然，平衡、和谐、美好的人生应重两者。物质富有加上精神富有才是真正的富有。但是物质上的满足毕竟有限度的。比如午餐一荤、一素、一汤于我便足矣，不必十八道菜，吃得五颜六肿，昏天黑地。精神满足则是无限度的。你会拉小提琴，还想弹钢琴，并且作曲……再得个诺贝尔文学奖和物理学奖。

我就对我自己的现状很不满意。觉得我手中掌握的“语言”品种太少，我多么渴望再掌握音乐、绘画和建筑的语言去从事“写作”，表述我所感觉、所理解的世界啊！

在这方面，我承认我是个贪得无厌的人。面对物质世界我的要求则很清淡。我说过夏天我只有三五条裤子；手里有了梨，我再不会去要苹果；有了自行车，我从不想去弄辆摩托骑。

我生活在我所感觉和我所理解的世界里，就像我小时候回到了向塘超林聂家我外婆家，心里既踏实又满足。

这兴许是我把我所感觉、所理解的世界倾吐在稿纸上的主要原因和心理动机。

我之所以特别喜欢写作，原是因为写作于我才是思维最高、最有效的方式。因为要把好些朦胧、模糊的东西变成语言文字，这就势必要压迫、强制自己把它们努力提升到清晰的意识层上来。比如对以下三个课题我现在只有一些零散的、朦胧的但令我非常激动的感觉（或叫直觉）：《精神病患者的世界》、《自然界的因果过程和随机过程》、《世纪交替的欧洲精神》。我确信，要是把这三个课题（目前在我的大脑中它们仅仅是三个灵感的火花）渐渐展开成三本二二十万字的专著，我最后获得的准是三个广大的世界。

写作好像是我的向导；它善于引导我步步深入一片未开垦的新大陆，并使我最后发现它的深邃和阔远。这创作过程一般分三个阶段：

（一）山有小口，仿佛若有光；

（二）初极狭，才通人；

（三）豁然开朗，土地平旷，屋舍俨然，一个幽远、灿烂世界便霍地展现在我面前。

既然如此，既然写作能让我获得这样一个洒脱的富有诗化结构的世界，我又何乐而不为呢？我又何乐而不将登临眺望所得之美景，罗列于胸中，展之于纸上呢？

世上大概有三类有抱负、志向的男子汉：

（一）愿抓大权者。比如当将军，元帅，指挥几十万大军，发号施令，很威风，所谓叱咤风云。

（二）想拥有大财富者，成为好几家跨国公司的总裁，在法国、美国、瑞士和塞浦路斯都有自己的城堡、庄园和海滨别墅，威风得可以算作是世界级巨富。

（三）一生写了很多著作，拥有千万读者的共鸣。我想起宋朝词人柳永。“杨柳岸，晓风残月”这类千古名句便是他吟唱出来的，为宋元时期广大市民极口推崇。当时流传这样一句话：

“凡有井水饮处，即能歌柳词。”

不能不承认，这也是一种类型的威风。

前两种类型的威风我是命中注定追求不到的，这后一种，即柳永式的潇洒，我拼命努力，或许还能逼近它。

尽管他一生失意，怀才不遇，只好“忍把浮名，换了浅斟低唱”，但我仍旧想跟踪他的足迹，步其后尘。

即便我也是那般的穷愁，我也认了！

我发誓，我决不为我四十五岁方才开始选择的写作生涯而后悔。我不见异思迁。

我失去的是世俗的种种追求，得到的却是笔意纵横，窥视造物主的设计和安排；将虚静之心凝注于天地人神这诗化四重结构。

这，便是我不得不写下去的最顽强的理由。

1992年5月23日晚上，我坐在旁边听到周玉明同著名芭蕾舞演员、多次获得国际比赛大奖的辛丽丽小姐的谈话：

“最近你胖了些。”周说。

“不上台跳，在家里干坐着休息，我就会瘦，精神不振。上台跳了，我才会结实胖点，身体健康。”

辛丽丽如此爱芭蕾，是个真正的艺术家。我希望我同伏案写作也保持这种生生死死的关系。不写，我的身心反而会萎缩；只要我在写，身心都会结实，健康，欣欣向荣。对于我，写作还有一种心理治疗的功能，也就是解郁结的作用。

“结”即心理能量的郁积：“心之忧兮，如或结之”(《小雅·正月》)：“心重结，意不舒”(《汉书》)。

“书者，抒也，散也。抒胸中气，散胸中郁。”

写作既然有这种活血化瘀的功能，我为什么不写呢？

写作于我，既是对外部世界混乱变动的一种梳理、整理或把握，同时也是对自身内部世界思绪的一种清理、归纳和安顿。

也许，我生生死死追求世界观的满足也可以被看成是一位精神障碍已经固结的患者，而为了将我的深隐精神困境陈述出来，散发出来，写作正是一种最好的方法。在这种意义上，我的作品都是精神困惑者力求清醒的探索。

我用写作来缓解自己内心的激烈冲突，使我同外部世界、同他人和同自己的冲突、矛盾得到暂时的和解。

最后，我想起德国大诗人海涅。在生命重危阶段，他不顾医生的劝告，仍然在伏案疾书，赶写回忆录，直到临终他还在喊：“给我纸和笔！”

我希望，这也是我对生命和世界最后一次索取和要求。很幸运，1993年10月我去德国的杜塞多夫曾造访了他的故居。久久在屋前徘徊，我又记起这叫喊。那也是我的命中注定。

哦，壮丽的布朗运动

——我和我的世界同在

自古以来，许多人(尤其是文学艺术家)都懂得以满腔热情去赞美、惊叹落日的壮丽，以及雨后天空出现彩虹的壮观。唐人笔下的"落霞与孤鹜齐飞，秋水共长天一色"便是明证。

其实，自然界还有另一种隐蔽的更为壮丽景色。布朗运动就是其一。我们要学会惊叹、赞美类似于布朗运动的气象峥嵘，五色绚丽的大自然景观。

布朗运动是"无字之书"。我们要善于取无字书而读之。——无字书者，风云雷电，天地万物，大自然结构是也。

打开"布朗运动"这本无字之书读第一页的人是英国植物学家布朗(R. Brown，1773—1858)。1827年，他首先观察到，在显微镜下，悬浮在液体中的花粉呈现出一种经久不息的骚动，飘忽不定(无规则)地从一处跑到另一处。这个现象后来被称之为布朗运动(the Brownian movement)。一般的人是决不会对此类现象发生兴趣的，即便是注意到了也不会跟踪追迹打破砂锅问到底。更不会去测量布朗运动。正是这测量，把东西方自然哲学区分了开来。

1972年我本人曾用肉眼观察过布朗运动的壮观。将一些示踪粉末微粒放入一玻璃杯清水中。微粒不是有规律地下沉，而是永无休止地和完全无规则地在那里骚动。它们上升、下降，再上升，又拐弯……其要害是：永远处在不停息的骚动状态。这种运动是由于液体分子对它们的碰撞而引起的。分子碰撞不仅使微粒产生移动，而且还产生转动。

在我眼里，这永不停息的骚动是非常壮丽的，壮美的。将虚静之心凝注于这一壮观山水画面，有几大好处：

第一，借彼物理，抒我心胸；山不在高，唯深则幽。

第二，避免掉了生命场中人与人之间的种种倾轧、嫉妒和钩心斗角；也可避免掉外界的种种诱惑，比如玩股票，一心想发大财。

第三，独与天地精神往来，清风入弦，绝去炎嚣，丽从幽、深、澹、远出。

法国科学家佩兰(1870—1942)对布朗运动的精密实验研究给我印象更深。他用手在水中搓一种叫藤黄的植物，制备成乳浊液。开始得到的颗粒大小很不一样。为了得到均匀的即颗粒相等的乳浊液，需按尺寸把颗粒分开。为此，他细心分离了一公斤藤黄，经过几个月的每天操作，才得到符合实验要求的几百毫克的颗粒，其直径是 3/4 微米。(实验物理这种仔细、精密和耐心对我有极大感染力。我心目中的自然哲学是既动脑也动手)佩兰的实验研究正在于测量布朗运动，即定量地研究该自然现象。从中我们至少可得出三个重大结论：

第一，世界万物都是由小颗粒组成的，这些小颗粒有间隔。这就是物质不连续性结构。假设佩兰把藤黄微小颗粒当作进入分子、原子世界的跳板。——当然这是爱因斯坦想象力的结果。爱因斯坦猜测，在布朗运动中可见的物质微粒同不可见的分子一样，完全以等同资格参与连续不断的碰撞所引起的跳动和能量交换，它表明每个微粒获得了同一个分子具有相等的平均动能：

$$\frac{1}{2}M\,\overline{V}^2=\frac{1}{2}m\,\overline{v}^2$$

式中 M 和 V 代表微粒(比如藤黄乳浊液中的微粒)的质量和速度，m 和 v 代表分子的质量和速度。若是微粒的能量可被测得，我们便能推算出分子的能量。(爱因斯坦和佩兰的思路都是一种高超的艺术！他们假定，布朗运动中每个颗粒的运动都可以看成是不可见的分子的运动。)

佩兰的实验间接地证明了分子的存在，为原子概念做出了贡献，从而荣获 1926 年诺贝尔奖。

在我眼里，上述等式便是天地之元气，也是古今不可磨灭的大散文诗。久久将它涵养，不仅胸中会脱去尘浊，自然丘壑内营，而且还会得到一片大清凉和高贵的宁静。尽管这个等式所刻画的是世界的原(元)骚动，给予我灵魂的，却是和谐、恬静。

对于我的灵和魂，这个等式宛如老木寒泉，风声簌簌。同它交往，是"上与造物主游"，足以抵抗住出国热的诱惑和对癌症的恐惧。(近年来，在我周围有许多友人纷纷倒下，突然撒手，走了)。

第二，早上起床，将厚厚窗帘掀开一个三四厘米宽的缝，让阳光射进书房，这时，我看见无数尘埃颗粒在光线中作无规则地骚动。——这是布朗运动的另一种形式。空气中的分子在永恒地作剧烈的骚动，并从四面八方迅速撞击尘微粒。世纪交替之际，以马赫为首的一派哲学主张，我们没有必要在我们的感觉之外的领域去寻找可能存在着什么。布朗运动说明这种哲学主张是站不住脚的。

平常，我们迟钝的人类感官觉得屋子里的空气是平静的，没有任何骚动。其实这是我们的错觉。正常经验称之为平衡的东西，自然哲学指出，它其实是一个完全在作无规则骚动的系统。黑格尔的话是对的，他说，哲学的观念常常是普通日常观念的反面。

第三，佩兰用许多种不同的方法，通过研究乳浊液，得到下列一组阿伏伽德罗数：

68×10^{22}，用类似于气体的乳浊液的分布方法；

62×10^{22}，用类似于液体的乳浊液的分布方法；

60×10^{22}，测浓乳浊液中的骚动方法；

65×10^{22}，测平移布朗运动方法；

65×10^{22}，测转动布朗运动方法。

粗略的平均值是 64×10^{22}。就是说，一切气体在给定的温度和压强下，单位体积都包含有完全相等的分子数。——这是阿伏伽德罗的猜测。或者说，如果气态物质在相同的温度和压力下占据相同的体积，那么它们含有相同的分子数。佩兰用藤黄乳浊液测定了阿伏伽德罗常数。他应用了多种测定的方法，结果都是一个。这说明阿伏伽德罗常数是观测中一种不变的东西。它代表着外部实在世界的某种信息。

如果说，对电子进行的观测总是得出相同的电荷、静止质量和自旋，这一事实就完全证明，正是它们代表着客观实在世界的绝对，那么，阿伏伽德罗常数、普朗克常数和光速同样也是这种绝对。

从表面看布朗运动是种很卑微、微不足道的自然现象。现代西方自然哲学研究的特点，正是从这里出发，应用精密实验方法和高深的数学，一步步地从个别(特殊)上升到世界的普遍，上升到绝对的不变性。

文学艺术家则是努力揭示人类普遍的世界处境：元荒诞，元孤独，元无助，元痛苦，元烦恼和元惆怅……

近来我萌念写剧本，正是为了揭示人类在世界的普遍境况。

于是我终于明白了，我要同时在东西两条战线上作战：在自然哲学，要努力揭示、逼近"形而上的实在世界"；在文学艺术和社会科学战线，则要努力表述、揭示人类在世界的形而上处境(元境况)。我永远不会忘记，伟大的德国物理学家克劳修斯在 1865 年写下了两条宇宙基本定律：

宇宙的总能量守恒；

宇宙的熵趋于极大值。

亲爱的读者，你不觉得克劳修斯笔下所勾勒出来的宇宙图景是非常壮丽么？它同分子的热运动(正是它才引起了布朗运动)是一样的壮观，一样的阔远、深远、迷远。

"山水原是风流潇洒之事。"

对布朗运动作定量的研究是正宗的内心世界的风流潇洒。那是典型的世界诗结构。

面对它的壮丽，我的心在猛跳，生命好像才开始……

与其说我现在是无比地眷恋生命，不如说我是无限地流连忘返于自然山水画的壮丽。于是我写下了一首诗：

世界的诗结构或
诗的世界结构
原是一回事
它日夜等着
一双慧眼去
发现和揭示
于是就有了
数学诗人或诗的数学
地质学诗人或诗的地质学

明月湾古村

——新桃花源记

来苏州太湖洞庭西山岛已经十三天了，还有两天，上海作家协会举办的创作夏令营就要结束。

开头十多天因气温高达 38 度，所以只得天天龟缩在有冷气的屋子里埋头写作，不敢出来。近日气温稍有降低，便勃然动了游兴。

首先想到的地方就是去明月湾。听说从石公山山庄出发一直往西要步行四十分钟。

大凡人的活动都怀有一个目的。我的目的就是想去那里欣赏明、清两代民间住宅建筑艺术。在我的心目中，这个动机的强烈程度绝不亚于我冒着严寒，走十几里路，去听一场莫扎特音乐会。事实上建筑也是音乐，只不过是凝固着的音乐罢了；而音乐则是流动的建筑。其实，在我此行的目的后面，还隐藏着一个潜意识的音乐美学动机：将明、清的建筑同莫扎特音乐做一些比较研究。因为我眼下正在同友人合作写本《莫扎特之魂》的专著。由石子铺成的小道一直在橘子树和枣树底下穿引。据我观察，好些枣树的树龄都在百年以上。听到远远近近的那洪亮而高亢的蝉声，以及离我脚下约有五十来米远的太湖拍岸浪声，我意识到这是一首正宗的盛夏奏鸣曲。

这里的果园呈一块块梯田形状，边墙均由整齐的花岗石或青石堆砌而成，显得十分洁净和高雅。偶尔遇上一、两个果农在树下锄草，我便用普通话问路。他们都很热情地为我作指点。独自走在乡间小路，间或听到有人在说话，却看不到人影，可见树木之茂盛。当啄木鸟飞跃，山上清泉淙淙幽幽，我顿时便忘却了为全球生态环境危机而忧心的悲哀。至少这里暂时还是个太平盛世，还是新的世外桃源。

“小朋友，明月湾村在哪里？”我问两个正在路旁玩耍的男孩。

“这里就是明月湾村。”有个约莫十二岁的孩子用普通话回答，这使我吃惊不小。

“你怎么会说普通话？”

“学校老师教的。电视机里也说普通话。”

我笑了。

“你能带我去看看古代的房屋吗？”

“我家就是。”

孩子领路，我跟着走。这里的巷子幽深雅洁，古风犹存，令人有隔世之感。经过水磨青砖做贴面的墙壁，我就情不自禁地伸出右手去摸摸。用触觉去感知古老历史自有一种奇特的心理体验。那是任何历史著作不能告诉我的。

脚下踏着的一条条长石板最令我惊异。后来一位七十开外的老人告诉我，这条石板街约两里路长，全是用四千多块花岗石条铺成，建于清朝乾隆三十五年。

我推算了一下，那该是1770年，贝多芬正好诞生，莫扎特14岁。正是那一年，莫扎特创作了二十三首曲子。

我参观了好几幢明、清的住宅。尽管年久失修，但木雕、石雕和砖雕还清晰可见。我特别喜欢门枕、柱础的石雕，以及门楣、照壁和墙垣的砖雕。我想，要是在这里演奏莫扎特的钢琴奏鸣曲或室内乐，必定会产生出一种奇美的效果。那是同一时代东、西方文化在太湖岸边相碰撞，其美学功能便是双倍地散我不平气，洗我不和心。

明月湾村状若一弯新月，故有明月湾之美称，她傍山临太湖，空气清新，岛上村民淳朴而好客。

男孩的母亲用自己种的碧螺春新茶款待我。然后又领着我去参观她那张明朝的床。上面的雕刻装饰都是一些神话传说故事。令我惊讶。

当我起身告别，向围观的村民道谢，我发觉他们脸上的表情都很祥和、自在。

我突然想起“安居乐业”这个古老的成语。其实，这个成语历来都有两大前提：地球生态环境平衡，以及社会安定。两个前提缺一不可。

严格来说，独立于地球生态环境之外的所谓新世外桃源是没有的。比如，明月湾也或多或少受到了酸雨的侵害；因地球臭氧层遭到破坏，过量紫外线同样在灼伤这里的果农和山羊。

走出村子，我看到山抱水湾，波光摇曳，心里便在默念着一句读白：

明月湾，祝愿你的村民永远古朴、清吉、平安，不受现代物质文明过多的干扰！

弗洛姆，我的金子朋友

我有金子朋友，也有银子朋友。不过这些金子和银子绝大多数只生活在书本里。当我打开他们写的书，我才会听到他们的声音，听到他们对光、电、磁的绝妙假设，对感觉世界、物理科学和外部实在世界的独特见解，以及对上下千载、纵横百国的伟论和对人生若尘露，天道渺悠悠的叹息。

我第一次知道弗洛姆(Erich Fromm)这个人的名字，读到他的哲学和精神分析方面的论著，还是1978年的事。我相信，在当时的中国大陆，我是最初从书本上结识弗洛姆的少数几个读者中的一个。因为"近水楼台"。当时我刚离开中国农业科学院，来到中国社会科学院哲学研究所《哲学译丛》杂志编辑部担任德、英文翻译和编辑工作。

我经常选出弗洛姆的文章把它译成中文，发表在《哲学译丛》上。他的文字并不算艰涩，译起来非常顺手，简直是一种精神享受，这尤其是当我进入弗洛姆角色的时候。我就是这样认识他的，并且成了我的一位金子朋友。今天，我建议有志于研究西方文化的年轻人不妨老老实实坐下来做两、三年的翻译工作，逐字逐句地翻。翻译是从事西方文化研究的基本功和前提。翻译是学走路，研究是独自跑马拉松。只有先学会了走才能跑。

是的，我是从翻译中认识弗洛姆的。翻译是最好的、事半功倍的读书方法，是最彻底的精读。

我喜欢弗洛姆观察当代世界和现代人的独特眼点。我想，所谓哲学思考，其要害就是选择一个独特的视角去仰观俯察，于是便得到林无静树、川无停流这样一幅世界画面。

弗洛姆是当代美国著名精神分析学家、哲学家和社会学家。1980年初夏的一天，我去圆明园的荒野中散步，意外遇上美国《生活》杂志的一位记者。当我问到美国大学生是否阅读弗洛姆著作的时候，他颇为赞叹地说：

"哦，美国许多文科大学生都喜欢看他写的书！"

对弗洛姆的书，我有一种信赖感，尤其是当他剖析现代人的精神结构的时候。（是的，精神结构。物质有结构，精神也有结构）

有关物质结构知识的基础是物理、化学实验，有关精神结构知识的基础则是生理、心理和精神分析临床经验。恰恰是在精神分析临床方面，弗洛姆有着多年坚实而丰富的经验。我承认，这是我把他看成是我的金子朋友的主要理由之一。"缺什么，爱什么。"——因为我缺这方面的经验，所以才爱同弗洛姆交朋友，推心置腹。我就很赞成弗洛姆对有些存在主义精神分析学家的批评：

"萨特的心理学思想虽然显赫一时，但毕竟是肤浅的。因为它没有坚实的临床基础。某些存在主义精神分析学家也是如此。"

1900年弗洛姆出生于德国的莱茵河畔法兰克福。他是独生子。双亲都是正统的犹太人。从孩童时代起，弗洛姆就深感孤独。据他自己说，他之所以有孤独感，并不仅仅是因为犹太人在德国总是被人另眼看待的缘故。

我想，犹太人被歧视所造成的孤独只是"外在的孤独"。比"外在的孤独"更难对付的，却是"根本的孤独"，即"内在的孤独"。

弗洛姆说："我一直在期待着什么东西能把我从这种孤独中拯救出

来。”这种东西便是他日后的哲学思考。哲学思考于他，正是把他从“根本的孤境”中拯救出来的圣手的福音。哲学思考于他，正是他对内外孤独感的夹击的一种永恒报复和最勇猛的反抗。

从弗洛姆身上，我又一次看到，根本的、与人生俱来的孤独感，乃是哲学思考最深厚的土壤和最深沉的心理背景。

又何止是哲学创作呢？科学和艺术创作不也是这样吗？

1990年5月上旬，我随同上海作家协会散文组的十几位作家去皖南采风。顺便我们游览了中国佛教四大圣地之一的九华山。当我穿过茂林修竹，一步步登着数不清的石级，最后走进一座古刹的时候，我心里不但没有肃然起敬意，反而发出了一阵冷冷的嘲笑。在我看来，只有到自己的内心，从事科学、艺术和哲学的创作，才是最好的出家，也是最高意义上的解脱。只要回到自己的内心，便可远隔尘嚣，终隐南山雾。还是白居易那两句：

> 始知真隐者，不必在山林。

我赞同佛教的目标，但不同意它的途径。在这种意义上，我是一个“居士”。

也许弗洛姆是个“洋居士”，所以才成了我的密友，我的金子朋友。他把哲学思考和创作看成是将自己从孤境中解脱出来的唯一手段，无疑地影响了我。当时，我的灵魂正徘徊在十字路口，刚刚拿起笔来想写点属于自己的东西，时间是1981年。

从1983到1990年是我一生中的黄金岁月。我的七本书便是在这八九年间完成的。但一想到自己的年龄，难免有“盛衰各有时，立身苦不早”的慨叹。

今天的我，用下面两句来描述，刻画，是再恰当不过了：

“老牛自知黄昏短，不用扬鞭自奋蹄。”

1990年5月14日

黄昏却下潇潇雨

——我一生惆怅的时刻

有了几回惆怅的人生，才是有了起伏，有了变化，有了曲折和色彩斑斓的人生。

——1991 年夏日创作笔记

小时候，读中国古典小说，并不懂得开头两句的含义："花有重开日，人无再少年。"

今天便懂得了。其实，在世界上有两类过程：可逆和不可逆过程。冰遇热，融解成水便是可逆过程。因为只要气温一下降，水结成冰。人从少年成长为青年、壮年和老年，这个过程便是不可逆的。生米煮成了熟饭，是一个不可逆过程；木柴燃烧也是一个不可逆过程。因为散去的热和剩下的灰，不可能再回到原先的木柴状态。

只有面对不可逆过程，人的惆怅才油然而生。

"长亭外，古道边，芳草碧连天……天之涯，地之角，知交半零落……"这首曾经流行于二三十年代校园的送别歌之所以具有一种永久的魅力，正是因为它道出了人的根本惆怅，那词曲交融，凄凄婉转，颇有黯然销魂的味道。

人事纷迁，古道夕阳，童梦依依，原是一个不可逆的自然过程，它最能勾起人的惆怅情怀。勾起天涯行客的离愁别恨。

1952 年，也就是距今 39 年前，我曾在上海老西门复兴东路的私立肇和中学读初中。

如今我路过老西门，间或还会特意弯进这条狭窄的弄堂去看看我当年的母校，回顾我的少年平庸和平庸少年时代。

铁门紧闭。

透过门缝往里头瞧，当年的建筑有的还在，但老师和同学都不知去向了。事隔 39 年，我还清楚地记得我的同桌叫孙云梅。她喜欢吃零食，抽屉里尽是花生壳，豆子皮。

班上同学都叫我“小江西”，不欺生。当时我最害怕两门功课：代数和英文。可今天，正是外语和数学成了我的至爱亲朋。人会变的。不要把一个少年看死。

课间休息，我最眷念的便是摆在校门口的罗宋面包摊。用刀切开，往里头涂点苹果酱，我认为是全世界最好吃的东西。

一切都逝去了！

突然，人去楼空，万里乾坤，半世飘然羁旅，唯有此情最苦的感叹便涌上了心头。自古以来，文人把这感叹或情绪称之为“惆怅”。所谓叹年光过尽，书生老去，慷慨生衰，空惆怅。

汉语词典把“惆怅”解释为伤感、失意。

这未免太简单，太浮浅了。惆怅是人类潜意识王国里的一种朦胧情绪，它比孤独、压抑都要复杂、矛盾。它往往是由两种方向相反的力同时作用在一个人身上所产生的一种极微妙的心理效应；它的主要成分是“无可奈何花落去”，更多的则是一种说不清、道不明的思绪在相互撞击，翻腾，滚动，纠缠。

古罗马大将恺撒，身经百战，历尽艰辛当了皇帝。当他坐上皇位，在那里却发现了空虚，于是他高声叫道：“原来不过如此呀！”突然，一团惆怅便向他的心头猛袭。

因为他觉得高贵功名，皆人世浮荣；正如中国古人所感叹的：“盛席华筵散场。”

18世纪，英国历史学家吉朋用了23年写了《罗马帝国衰亡史》一书。1787年6月27日夜，他完成了这部巨著，并写下了他的矛盾心情：一方面，他有种获得了最后解放和自由的愉快心情；另一方面又有一种惜别之感：作品的完成，仿佛是在同一个朝夕相处多年的好友分手道别。于是在他写完了全书最后一页最后一行之后，他放下了笔，趁着深夜的月光在庭院散步。关于这一点，吉朋曾这样写道：

“我掩盖不了最初重新获得了自由的喜悦心情；或许，我的声誉就这样奠定了。不过我的骄傲顷刻之间便消失掉了，一缕淡淡的忧郁弥漫了我的心头……”

为什么？——因为他觉得：“我史之行于世，久暂固未可卜，但历史学家的生命，终究是短促倏忽的。”

最后一句的英文原文是：“The life of the listorian must be short ance Precarions.”（也可以译成：历史学家的一生毕竟是短暂的和朝不保夕的。）这，正是人类根本惆怅的总根源，尤其是当一个人获得了最后的胜利，或攀登上了人生和事业顶峰的时候……因为意识到人生如寄，生命短暂；一位美貌的女子当她意识到容华一朝改、颜落风催电的时候，惆怅感便会纠缠心头……

1986年夏秋之交，我曾回过一趟我放羊六年的地方，但是我不敢靠近羊圈，即便是我当年赶着羊群走过的山坡小道，我也不敢靠近，而是离得很远很远，那简直是在眺望。

我怕太靠近山坡草地和羊圈会突然听到羊叫，无端勾起我心中无限的惆怅。

我只是靠着一株白桦，静悄悄地朝羊圈偷偷看上几眼，好像生怕扬起往日岁月的尘土。其时正逢天色已晚，黄昏却下潇潇雨的时刻。于是我写下了几行诗：

旧日的时光

说走就走
唯有现时当前
才归我拥有
回忆中的画面
只剩下海天迷离
海鸥尖声啼

我害怕惆怅，不过要是同它拉开一段美学和哲学的距离，我倒喜欢体验它，咀嚼它，玩味它。因为惆怅在本质上是内心经历，是文化，是诗，是散文诗，是哲理诗。

随着我的白发和脸上的皱纹越来越多，惆怅在我身上出现的次数和频率也越来越高，在我心灵上刻下的痕迹也越来越深。

青年时代的惆怅是浅薄的；壮年的惆怅是深沉的。因为后者是晚秋的落叶，是古筝或古琴在黄昏却下潇潇雨的时刻呜呜咽咽地弹奏，如泣如诉。

是的，我一生的惆怅，多半发生在当我意识到了人类是宇宙中的“独苗”，只有在地球上才能找到液体状态水的时候；或是多半发生在当我获悉河外星系不断向无限远处延伸，而我又正好站在阳台或一株树下听黄昏却下潇潇雨的时刻。

惆怅催人成熟。因为惆怅是内外阅历，是文化。

小惆怅，小成熟；大惆怅，大成熟。根本的惆怅，根本的成熟。最后的惆怅，最后的完成。

德国大诗人歌德死前说出的最后一句话，是叫人把窗帘拉开些，让更多的阳光射进来。——这是歌德最后的惆怅，也是他的最后完成。

我读过不少小说。我发觉一部好的小说几乎都有一个令读者惆怅不已的结尾。比如哈代的《德伯家的苔丝》：

“7 月里的一天，太阳升起的时候，安吉尔和丽莎·露两人站在温顿塞斯特的西山顶上，正望着底下的监狱。6 点刚过几分钟，监狱的塔顶升起了一样东西。一面黑旗（这是执行死刑的标志）在风中招展。诸神结束了对苔丝的戏弄。”

我第一次读到这个结尾记得是大学三年级的时候。那天我独自一人在圆明园的荒野中漫游了很久很久，一个下午又加一个晚上。那惆怅对我的启迪，绝不亚于贝多芬一部钢琴协奏曲对我的启迪。何况，圆明园这种地方，这样一个去处，正是叫人惆怅不已的特殊空间。

其实，自然科学到了极致，逼近极玄之域，也会叫人惆怅不已的。比如，热的传递自然方向就使我很是惆怅：

热能只可由热的物体流向冷的物体。

为什么热能不能自动地（即在不消耗功的情况下）从冷的物体流向热的物体？

要是这种自然现象会发生，那么，我们就能见到在炎热的夏天池溏中的水会突然结冰，人也有再少年。

但这是不可能的。

热力学是第二定律把这一点清楚地告诉了我们。该定律是自然界至高无上的法则，它比牛顿力学和量子力学所给出的运动定律还要基本。在它面前惆怅原是我根本惆怅的时刻。

“人无再少年”便是导源于热力学第二定律，导源于热传递的自然方向。

“人无再少年”标出了时间箭头所指。

老年人常思昔日往事，年轻人常思将来。我则是两者兼思。其实，人生的结构系由三个环节所组成：业已成了陈迹的昨天，尚未到来的明天，务必紧紧抓住的今天。人生的全部艺术，恰在好好处理这三个环节。

遇上黄昏却下潇潇雨的时刻，我总是想起这几句古诗：

“昔我往矣，杨柳依依；今我来思，雨雪霏霏。”

中国的古诗真好。它算是登峰造极了，比英文古诗和德文古诗合在一起造出的意境都要高出一层。因为它清空、高古和淡雅，绮丽中带悲壮，语尽意不尽，意尽情不尽，恒动我乡魂旅思，令人满怀萧瑟。